LES LECTURES

DE

MADAME DE SÉVIGNÉ

ET SES

JUGEMENTS LITTÉRAIRES.

———◦➤❀◦———

LES
LECTURES

DE

MADAME DE SÉVIGNÉ

ET SES

JUGEMENTS LITTÉRAIRES,

PAR

A. BÉZIERS,

Professeur de Logique au Lycée du Havre.

HAVRE,

IMP. A. MIGNOT, RUE DE L'HOPITAL, N° 16.

—

1863.

AVERTISSEMENT

Nous nous sommes proposé, en écrivant ce livre, un but littéraire et moral. Il suffira de jeter les yeux sur le titre et les sommaires des chapitres pour reconnaître le caractère littéraire de l'ouvrage ; nous avons rassemblé les principaux passages de Mme DE SÉVIGNÉ relatifs à chaque écrivain ou à chaque genre ; puis, nous les avons liés ensemble et présentés de la manière la plus agréable qu'il nous a été possible. Cela ne forme pas un cours de littérature, mais peut servir, il nous semble, de complément à un cours de littérature.

Sous le rapport moral, nous avons pensé qu'on ne pouvait offrir un modèle plus parfait que cette femme aussi sage que spirituelle, qui s'est tenue éloignée de tous les excès. Et si quelquefois sa plume, autorisée par l'esprit du temps, a pris un peu trop de liberté, nous n'avons pas hésité à le reconnaître, avec tout le respect dû à la supériorité du génie.

Nous dédions ce livre à la jeunesse ; puisse-t-il lui inspirer le désir d'en lire un meilleur ! Nous serions bien récompensé, si nous avions le bonheur de lui avoir servi d'introducteur auprès de la reine de notre littérature !

CHAPITRE Ier.

DE SES LECTURES EN GÉNÉRAL.

De la variété de ses lectures. — Sa bibliothèque aux Rochers.
— Ses lectures avec son fils. — Elle recommande la lecture
à tous les membres de sa famille et surtout à son petit-
fils, le marquis de Grignan. — Conseils qu'elle donne pour
l'éducation de Pauline, sa petite-fille. — Une journée de
Mme de Sévigné. — Examen de deux questions.

Nous ne pouvons mieux commencer, il nous
semble, cet ouvrage, qu'en produisant les passages
où Mme de Sévigné parle de ses lectures en général :
on verra qu'elle y mettait une grande variété, nourris-
sant d'abord son âme avec des livres de morale et de
religion; mais récréant souvent son esprit par d'autres
livres de toute espèce. Elle avait besoin de tout connaître, de jouir de toutes choses; mais elle ne grappil-
lait pas, elle faisait une récolte complète, et puis elle

employait à chaque instant ses abondantes provisions, surtout dans sa correspondance avec sa fille et avec Bussy de Rabutin, son cousin. Si l'on regarde par les mille facettes de cet esprit aussi brillant que solide, on sera surpris de voir la variété et l'étendue de son instruction : rien ne lui était étranger, depuis la poésie légère, qui tenait une si grande place de son temps, jusqu'à ces discussions de théologie qui n'en tenaient pas une moins grande. Dans la même lettre, elle subtilisait avec une maxime de La Rochefoucauld, faisait une allusion maligne avec un vers de La Fontaine ou de Molière, s'enthousiasmait pour la morale de Nicole et discutait théologie ou philosophie contre sa fille ; ce qui n'excluait pas, bien entendu, les nouvelles de la cour ou de la guerre, ni les protestations mille fois répétées d'amour maternel. On se demande comment elle peut passer, avec autant de facilité et de prestesse, d'un terrain sur l'autre, à travers haies et fossés. C'était la même chose pour ses lectures;

Passer du grave au doux, du plaisant au sévère,

était nécessité et habitude chez elle. On peut en juger par la manière dont elle composait sa bibliothèque de campagne, quand elle partait pour sa terre des Rochers, en Bretagne ; elle y avait plus de loisirs qu'à Paris, c'est là par conséquent qu'elle lisait le plus.

Elle y passa une partie de l'année 1680, et, en arrivant elle avait fait son catalogue, comme elle nous

l'apprend par une lettre adressée à sa fille : « J'ai
» apporté ici quantité de livres choisis ; je les ai rangés
» ce matin. On ne met pas la main sur un, tel
» qu'il soit, qu'on n'ait envie de le lire tout entier.
» Toute une tablette de dévotion, et quelle dévotion !
» bon Dieu, quel point de vue pour honorer notre
» religion ! L'autre est toute d'histoires admirables ;
» l'autre de morale, l'autre de poésies et de nou-
» velles et de mémoires. Les romans sont méprisés
» et ont gagné les petites armoires. Quand j'entre
» dans ce cabinet, je ne comprends pas pourquoi
» j'en sors. »

Un bibliothécaire pourrait peut-être critiquer cet
ordre dans lequel elle a rangé ses livres, et trouver
que les mémoires seraient mieux placés à côté de
l'histoire. Quant à nous, nous sommes frappé surtout
de l'enthousiasme qui l'anime, quand elle parle de ses
livres bien-aimés, dont elle a peine à se séparer, ainsi
que du rang qu'elle leur assigne, suivant ses prédi-
lections. La piété tenait une grande place, au dix-
septième siècle, dans la vie des hommes ; rien d'é-
tonnant donc que les livres de dévotion occupent la
première tablette. Mais l'histoire, notre passion et
notre gloire d'aujourd'hui, était bien négligée alors ;
et pourtant l'on verra, par tout ce qu'elle en dit, que
c'est par un sentiment de préférence qu'elle lui donne
le second rang. Que n'a-t-elle donc attendu notre
siècle, ce siècle littéraire si grand par l'histoire ! Mais
elle y aurait perdu peut-être d'un autre côté ; car ce

même siècle est si petit par la piété! Elle a l'air, dans
ce passage, de mépriser les romans; elle en a pourtant dévoré beaucoup et de bien gros; nous y revien-
drons; en attendant, allons la retrouver aux Rochers.

Elle y est installée depuis quelques jours; elle
surveille ses ouvriers; elle fait des promenades dans
ses bois; mais elle se plaît surtout dans la compagnie
de ses livres, ce qui ne l'empêche pas de désirer une
autre compagnie que vous savez bien. Elle écrit à sa
fille : « Quand je suis dans mon cabinet, c'est une si
» bonne compagnie que je dis en moi-même : ce petit
» endroit serait digne de ma fille; elle ne mettrait
» pas la main sur un livre qu'elle n'en fût contente;
» on ne sait auquel entendre. » Nous aimons beaucoup
cette personnification des livres élevant tous la voix
d'une manière également engageante : cela nous rappelle quelques doux moments de notre vie; cela nous
rappelle aussi un auteur que nous aimions bien, à cet
âge où l'imagination plaît avant tout dans les livres.
Nous avons souvent depuis pensé à Michelet, étant au
milieu des archives de notre pays, et s'imaginant que
tous ces morts se raniment et se mettent à faire
une danse galvanique autour de lui; mais l'imagination de Mme de Sévigné ne s'est pas mise autant
en frais.

Quand son fils était aux Rochers, elle ne faisait
pas seulement des lectures en tête-à-tête avec son

auteur; on lisait aussi en commun après le dîner, et
son fils était le lecteur de la maison. Il lui convenait
beaucoup pour l'amour qu'il avait de la lecture, et
pour la manière dont il lisait : « Mon fils a une qualité
» très commode, c'est qu'il est fort aise de relire deux
» fois, trois fois, ce qu'il a trouvé beau; il le goûte,
» il y entre davantage, il le sait par cœur, cela s'in-
» corpore; il croit avoir fait ce qu'il lit ainsi pour la
» troisième fois. » Comme ils lisaient beaucoup, ils
variaient leurs lectures : « Mon fils nous lit des livres
» très agréables et fort bons; nous en avons un de
» dévotion, les autres d'histoire; cela nous amuse et
» nous occupe. » Elle écrivait ceci, le 18 septembre 1689, époque où son fils était marié et s'était rangé
dans la piété. Ils se reposaient de la lecture en raison-
nant sur ce qu'ils avaient lu; et cela durait des heures !
« Mon fils est infatigable, il lit cinq heures de suite,
» si l'on veut. » On a souhaité, n'est-il pas vrai, plus
d'une fois, un lecteur de pareille force, à la campagne, les jours de mauvais temps? Quand le baron était
absent, elle lisait elle-même « pour épargner la petite
» poitrine de sa fille. » Etant plus jeune, et avant
qu'elle eût son rhumatisme, Mme de Sevigné lisait
souvent même durant ses promenades, et sous les
arbres de son parc : « Je m'en vais dans ces aimables
» allées; j'ai un laquais qui me suit; j'ai des livres; je
» change de place et je varie le tour de mes prome-
» nades. Un livre de dévotion et un livre d'histoire :
» on va de l'un à l'autre, cela fait du divertisse-
» ment. »

Plus d'une fois elle s'est félicitée de n'avoir point de mémoire, parce qu'elle retrouve le même plaisir aux mêmes lectures : « Nous lisons beaucoup, et je » sens le plaisir de n'avoir point de mémoire; car les » œuvres de Corneille, les œuvres de Despréaux, » celles de Sarrazin, celles de Voiture, tout cela re- » passe devant moi sans m'ennuyer; au contraire, » nous donnons quelquefois dans les Morales de » Plutarque, qui sont admirables; les Préjugés (ou- » vrage de Nicole contre les calvinistes), les Réponses » des ministres, un peu d'Alkoran, si on voulait; » enfin je ne sais quel pays nous ne battons pas. »

Nous avons entendu un père de famille recommander à ses enfants de lire très peu de livres, et citer, à l'appui de ses conseils, le proverbe latin, *timeo virum unius libri* : je crains un homme d'un seul livre. Si nous ne craignions pas de tomber dans la vulgarité, nous répondrions à cela que celui qui n'a lu qu'un seul livre est comme la souris qui n'a qu'un trou. Si Napoléon Ier n'avait lu qu'un seul livre, il n'aurait pas montré, dans la discussion du Concordat, une connaissance de l'histoire ecclésiastique, qui étonna les cardinaux les plus savants. Mais, pendant qu'il était sous-lieutenant d'artillerie dans une petite ville, il avait lu tous les livres de l'unique librairie de cette ville, sans en excepter les livres de droit canon. L'adage nous paraîtrait vrai tout au plus pour le cas où l'on discute sur un seul livre; or, il est bien rare que la discussion ne fasse pas sortir, aller de droite, de gauche, et courir du pays. Mᵐᵉ de Sévigné n'approuve pas cet adage ; car elle regrette que sa fille n'ait pas le temps de faire aucun usage de la beauté et de l'étendue de son esprit. Elle lui écrit le 24 janvier 1689 : « Vous ne vous servez que du bon et du » solide, cela est fort bien ; mais c'est dommage que » tout ne soit pas employé ; je trouve que M. Descartes » y perd beaucoup. » Mᵐᵉ de Grignan possédait la philosophie nouvelle, et lisait principalement les livres qui avaient trait au cartésianisme. Sa mère revient sur ce chapitre le 18 janvier 1690 : « Il y a, dit-elle, » une personne qui a beaucoup d'esprit assurément ; » mais elle l'a si délicat et si dégoûté, qu'elle ne peut » lire que cinq ou six ouvrages sublimes, exquis et » d'un goût distingué. Elle ne peut pas souffrir tous » les livres d'histoire : grand retranchement et qui » fait la subsistance de tout le monde. Elle a encore » un malheur, c'est qu'elle ne peut pas relire deux » fois ces livres choisis qu'elle estime uniquement. » Cette personne dit qu'on l'outrage, quand on dit » qu'elle n'aime point à lire ; autre procès à juger ! »

Mᵐᵉ de Sévigné recommande la lecture à tous les membres de sa famille, surtout au marquis de Grignan, son petit-fils, qui n'en avait pas le goût. Il était au service, en l'année 1689, à la tête d'une compagnie, et ne cherchait pas à s'instruire, même en ce qui concernait la guerre. Elle espère pourtant qu'il sentira les inconvénients de l'ignorance pour un homme de sa profession et qu'il voudra connaître enfin les grandes actions des autres. D'ailleurs la lecture apprend à rendre, et c'est une jolie chose de savoir écrire ce que l'on pense. Elle lui écrivait, à cet effet; le 14 septembre 1689, elle dit : « J'ai écrit au » marquis.... Je le prie de lire, dans cette vilaine gar- » nison où il n'a rien à faire; je lui dis que, puis- » qu'il aime la guerre, c'est quelque chose de mons- » trueux de n'avoir point envie de voir les livres qui » en parlent, et de connaître les gens qui ont excellé » dans cet état; je le gronde, je le tourmente; j'es- » père que nous le ferons changer. »

Non-seulement, à ses yeux, la lecture donne de l'instruction et du style; mais, en outre, elle est un aliment pour la conversation. Elle a admiré sous ce rapport le comte d'Estrées qui les a amusés pendant une soirée aux Rochers. « C'était, dit-elle, un plaisir » de l'entendre causer avec son fils sur les poètes an- » ciens et modernes, l'histoire, la philosophie, la » morale; il sait tout; il n'est neuf sur rien : cela » est joli. On fronda aussi les ignorants et leur bons » mots; cela fit rire et la soirée fut très agréable. » Le comte d'Estrées passait ses nuits à lire : elle trouve que c'est trop; elle voudrait que le marquis eût pour la lecture seulement la moitié de l'inclination du comte. — 20 novembre 1689.

Il paraît que c'est Mme de Grignan qui avait donné à son fils le dégoût de l'histoire, soit par ses conseils, soit par son exemple. Sa mère lui en fait un reproche, en la plaignant de ne point aimer les histoires : « C'est » un grand asile contre l'ennui ; il y en a de si belles ; » on est si aise de se transporter un peu en d'autres » siècles ! Cette diversité donne des connaissances et » des lumières. C'est ce retranchement de livres qui » vous jette dans les oraisons du père Coton, et dans » la disette de ne plus savoir que lire. » Il s'agit ici de ce jésuite qui fut le confesseur d'Henri IV, et, après lui, de Louis XIII, de celui qui dit à Ravaillac, après son crime : «Donnez-vous bien de garde d'accuser les gens de bien ! »

Mme de Grignan n'aimant pas l'histoire, devait être ignorante en histoire. Sa mère se moque d'elle à cet égard : « Vous ne savez pas, dit-elle, de quoi » traite Justin. La petite de Biais disait qu'elle avait vu » quelque chose de la conversion de Saint-Augustin » dans Quinte-Curce : vous pouvez fort bien en dire » autant. » Et elle la renvoie à son père Descartes : « Puisque vous n'êtes pas plus grasse pour être igno- » rante, je vous conseille de répéter les vieilles leçons » de votre père Descartes. » — 9 juin 1680.

Il y avait dans la famille de Grignan une jeune fille, nommée Pauline, qui ressemblait, dit-on, à sa grand'mère, et qui avait un esprit aussi fin qu'elle, c'est elle qui, plus tard, étant devenue la marquise de Simiane, publia les lettres de Mme de Sévigné. Or, Mme de Sévigné se sentait pour elle une vive sympathie,

sans la connaître autrement que par sa correspondance. Elle parlait souvent de Pauline, donnait
des conseils à Mme de Grignan, relativement à son
éducation, la félicitait d'avoir une si charmante enfant,
et regrettait que le frère de Pauline, le marquis dont
nous avons déjà parlé, n'eût pas la même ardeur pour
s'instruire : « Le marquis serait bien heureux d'aimer
» à lire, comme Pauline, qui est ravie de savoir et de
» connaître : la jolie, l'heureuse disposition ! on est
» au-dessus de l'ennui et de l'oisiveté, deux vilaines
» bêtes... » Mais elle voudrait que Pauline eût quelque
ordre dans le choix des histoires, qu'elle commençât
par un bout et finît par l'autre, pour lui donner une
teinture légère, mais générale de toute chose. Et,
dans sa lettre du 14 décembre 1689, elle donne un
exemple qui nous montre ce qu'elle entendait par cet
ordre. Elle parle de Davila, auteur d'une *Histoire des
Guerres civiles de France*, depuis la mort d'Henri II,
1559, jusqu'à la paix de Vervins, 1598 ; elle le trouve
admirable, et, en effet, il est attachant par l'intérêt
des détails et par l'enchaînement de ses récits, malgré
sa partialité pour Catherine de Médicis et ses harangues
aussi peu authentiques que celles de Tite-Live. « Mais
» on l'aime mieux, dit-elle, quand on connaît un peu
» ce qui conduit à ce temps-là, comme Louis XII,
» François Ier et d'autres : ma fille, c'est à vous à
» gouverner et à rectifier. » Elle a bien raison : en histoire il faut comprendre ; la suite des faits corres-
pond à une suite d'idées dont les dates sont quelquefois, mais pas toujours, les jalons ; car les développe-

ments de l'humanité ne suivent pas ordinairement la ligne droite.

L'éducation de Pauline la préoccupait beaucoup, et elle entre assez souvent dans des détails relativement au choix des livres qu'elle peut lire. Un jour elle en passe en revue un assez grand nombre, presque tous en italien, parce qu'elle désirait que sa petite-fille se perfectionnât dans cette langue, tout en étudiant l'histoire et la poésie. Le premier qu'elle nomme est encore Davila, qui écrivit son histoire pendant son séjour à Venise : « Il est beau en italien, dit-elle. » Elle nomme ensuite Guichardin, l'auteur d'une *Histoire d'Italie* qui va de 1490 à 1534; mais il lui paraît long. Les seize premiers livres de cet ouvrage sont d'une beauté achevée; les autres sont bien inférieurs. Charles-Quint faisait un grand cas de cet historien : un jour ses officiers se plaignaient de ce qu'il leur refusait audience, tandis qu'il entretenait Guichardin durant des heures entières : « Dans un instant, dit » l'empereur, je puis créer cent gardes; mais dans » vingt ans je ne saurais faire un Guichardin. » On avait fait de l'histoire de Guichardin un abrégé, intitulé *les Anecdotes des Médicis*; Mᵐᵉ de Sévigné l'aurait assez aimé pour Pauline, si c'eût été de l'italien. Le troisième historien dont elle parle, est Bentivoglio, ce cardinal qui mourut au moment où il allait être nommé pape, après la mort d'Urbain VIII. On a de lui une *Histoire des Guerres civiles de Flandre*, dont on estime le style, les réflexions et les descriptions,

2

au point que Bentivoglio a eu l'honneur assez rare
d'être comparé aux historiens de l'antiquité.

Mais si Mme de Sévigné recommande ces auteurs,
c'est principalement pour l'histoire; car elle n'aime
point la prose italienne. « Qu'elle s'en tienne à sa poé-
» sie, ma fille, je n'aime point la prose italienne. »
Dans la poésie, elle indique comme lecture *la Jérusalem délivrée* du Tasse, *l'Aminte*, cette gracieuse
pastorale du même poëte.

Elle n'ose dire l'Arioste : « il y a des endroits
» fâcheux. » Mais elle ne fait qu'indiquer brièvement
ces auteurs, pour revenir encore à l'histoire : « Qu'elle
» lise l'histoire; qu'elle entre dans ce goût qui peut
» si longtemps consoler son oisiveté. » Il est fâcheux
vraiment que pour faire valoir la lecture et l'étude
aux yeux de certaines gens, on soit forcé de les présenter comme un remède contre l'ennui; eh quoi! la
lumière nous a-t-elle été donnée pour nous endormir?
Et qui oserait, sans avoir la conscience profondément
troublée, se bercer dans l'oisiveté, ce sommeil de
mort, quand il a à cultiver, sinon un champ de terre,
ce champ bien plus précieux de l'âme dont le père
de famille nous demandera compte? Considérons donc
la lecture comme une semence destinée à nous nour-
rir l'esprit et le cœur, et non comme une antidote
contre les bâillements.

Mme de Sévigné craignait, en outre, qu'en retranchant l'histoire, on ne trouvât plus rien à lire. On serait moins embarrassé de nos jours peut-être ; et cependant il y a beaucoup de mères de famille qui trouvent peu de livres convenables, au milieu de la profusion de nos écrivains, et qui vont chercher des lectures pour leurs enfants dans les littératures étrangères : nos écrivains devraient bien y réfléchir !

Le passage que nous commentons n'est pas encore au bout des recommandations ; il fallait bien qu'elle indiquât au moins un livre d'histoire en français : « Qu'elle commence, dit-elle, par la *Vie du grand* » *Théodose*, et qu'elle me mande comme elle s'en » trouvera. » Cette vie est un ouvrage de Fléchier, écrit d'un style pur et élégant, mais moins estimé pour la vérité historique, car il flatte un peu trop son héros.

Elle termine cette longue liste d'auteurs en disant : « Voilà, mon enfant, bien des bagatelles. » Nous pensons qu'elle appelle cela des bagatelles, pour ne pas avoir l'air d'une pédante, ou plutôt pour ne pas blesser l'amour-propre de Mme de Grignan, en empiétant sur ses droits maternels. Mais vraiment, il faudrait qu'une mère comprît bien peu l'intérêt de ses enfants, et sentît bien peu la gravité de sa propre responsabilité, pour ne pas accueillir, et même pour ne pas solliciter les conseils de gens plus éclairés et plus expérimentés, en fait d'instruction ; le cœur d'une mère est un bon guide ; mais encore faut-il qu'un guide connaisse les lieux par où l'on doit passer.

Cependant Mme de Sévigné va quelquefois trop loin, il me semble : il ne faut pas avoir un esprit étroit, méticuleux; il ne faut pas non plus avoir des idées trop larges. Or, que pensez-vous des paroles suivantes : « Pour Pauline, cette dévoreuse de livres, » j'aime mieux qu'elle en avale de mauvais que de ne » point aimer à lire. » Supposons qu'une grand'mère pense ainsi, elle ne devrait pas le dire au moins; car la jeunesse ressemble au peuple en temps de révolution, qui va tout de suite au pire, s'il y est autorisé par quelque parole imprudente. Du reste le passage où se trouve cette phrase, et qui est du 15 janvier 1690, est si joli qu'on nous saura gré de le citer tout entier; elle ajoute donc : « Les romans, » les comédies (ce mot, à cette époque, s'appliquait » à toutes les pièces de théâtre), les Voiture, les » Sarrasin, tout cela est bientôt épuisé. A-t-elle tâté » de Lucien? Est-elle à portée des *petites lettres* (*les* » *Provinciales* de Pascal)? Ensuite, il faut l'histoire : » si on a besoin de lui pincer le nez pour la lui faire » avaler, je la plains. Quant aux beaux livres de dé- » votion, si elle ne les aime point, tant pis pour elle; » car nous ne savons que trop que, même sans dévo- » tion, on les trouve charmants. A l'égard de la mo- » rale, comme elle n'en ferait pas un aussi bon usage » que vous, je ne voudrais point qu'elle mît son petit » nez ni dans Montaigne, ni dans Charron, ni dans » les autres de cette sorte : il est bien matin pour » elle. » Cette proscription de la philosophie pour le jeune âge, est très sage; mais il n'est guère nécessaire de leur recommander de n'y pas toucher. Du reste Mme de Sévigné a parfaitement raison quand elle ajoute qu'il y a une morale plus saine pour cet âge que celle des philosophes : « c'est celle qu'on apprend » dans les bonnes conversations, dans les fables, dans » les histoires par les exemples. »

Il est, à notre avis, certains auteurs dont la lecture solitaire peut offrir des dangers ou causer de l'ennui, tandis qu'une lecture faite en commun, au sein de la famille, empêcherait l'imagination de s'allumer et forcerait l'attention de se fixer. Mme de Sévigné engage sa fille à lire ainsi le Tasse : « Je suis assurée, » dit-elle, que vous le souffririez, si vous étiez en « tiers : il y a une grande différence entre lire un livre » toute seule, ou avec des gens qui relèvent les beaux » endroits et qui réveillent l'attention. » Mme de Sévigné a joui de cette lecture en tiers, toutes les fois qu'elle avait le bonheur de posséder aux Rochers son fils, ou Corbinelli, ou l'abbé de la Mousse : elle leur demandait des explications ou elle engageait avec eux des discussions, genre d'escrime intellectuelle de la plus grande utilité, pourvu qu'on ne porte pas de trop fortes bottes, et surtout qu'on ne déboutonne pas le fleuret.

On se tromperait, au reste, si l'on s'imaginait que Mme de Sévigné passait tout son temps à la lecture; loin de là : quand elle était à Paris, elle partageait sa journée en quatre parties : l'une pour les exercices de dévotion qu'elle faisait à Saint-Paul ou dans le couvent des filles Sainte-Marie-de-la-Visitation; l'autre pour sa correspondance, qui ne s'arrêtait pas un seul jour; l'autre pour ses affaires que l'abbé de Coulanges, son oncle et son ancien tuteur, soignait de concert avec elle; l'autre pour ses visites, surtout au faubourg Saint-Germain, chez ses bons amis, M. de La Rochefoucauld et Mme de La Fayette, où elle entendait souvent, il est vrai, des nouveautés littéraires : la lecture entrecoupait seulement ces journées si remplies. Et nous parlons de l'époque de sa vie où elle avait terminé l'éducation de ses enfants, marié sa fille et où elle s'était retirée de la cour; avant cela, elle était encore plus occupée : l'on peut dire par conséquent que jamais vie n'a été plus active, ni mieux employée. A la campagne, elle avait plus de temps pour lire : mais sa vie n'était pas non plus vouée uniquement à la contemplation. Elle réglait les comptes de ses fermiers, visitait ses ouvriers, leur aidait même : elle tenait, par exemple, les pommiers droits, pendant qu'on les plantait; elle visitait ensuite ses paysans, dont elle était adorée; puis, en se promenant, elle cherchait les réparations à faire, les améliorations à pratiquer, s'arrêtant de place en place, comme on l'a vu, pour faire un goûter spirituel avec ses livres, tout en accomplissant les actes de la vie de châtelaine et de propriétaire. Par conséquent, quand elle grondait Mme de Grignan au sujet de la lecture, elle n'entendait pas qu'elle y consacrât tout son temps; elle savait que la charge de son mari lui imposait des devoirs de société qui absorbaient une grande partie de ses journées : aussi l'excuse-t-elle de son peu de lecture, à cause de ses occupations : « Pour vos lectures, ma chère enfant, vous avez trop » à parler, à raisonner, pour trouver le temps de » lire ; nous sommes ici dans un trop grand repos, et » nous en profitons. » Ce qu'elle lui reprochait plutôt, c'était de ne pas aimer les histoires et les ouvrages de longue haleine.

Nous ne terminerons pas ce chapitre, où nous avons déjà vu tant d'auteurs lus et recommandés par Mme de Sévigné, sans nous demander si toutes les dames de cette époque avaient autant d'instruction qu'elle. Il faut distinguer : les dames qui avaient eu leurs entrées à l'hôtel de Rambouillet, possédaient une instruction très étendue ; et Walckenaer, qui a compulsé tous les documents de l'époque, prétend que Mme de Sévigné n'était pas au premier rang de celles-ci. Quant aux autres qui vinrent plus tard, et qui, comme Mme de Grignan, furent élevées par des mères instruites, elles joignirent aux traditions anciennes cet esprit nouveau, que nous remarquons dans tous les arts sous le gouvernement de Louis XIV, c'est-à-dire plus d'amour de la règle, avec moins de variété. Mais dans la classe moyenne, l'ignorance était presque générale durant les deux générations.

Enfin, Mme de Sévigné aurait-elle été une des précieuses ridiculisées par Molière? Le dix-septième

siècle a vu deux sortes de précieuses : les vraies précieuses, qui avaient bien leurs petits travers, par
exemple un peu d'afféterie, mais qui avaient aussi
de grandes qualités, et auxquelles on doit d'avoir
permis à Boileau de dire :

Le latin dans les mots brave l'honnêteté,
Mais le lecteur français veut être respecté,

et puis vinrent les fausses précieuses, qui étaient
aux premières ce que le singe est à l'homme. Molière
s'est moqué de celles-ci uniquement. On dira qu'il
s'est moqué aussi du professeur de Mme de Sévigné,
de Ménage, représenté sous les traits de Vadius dans
les *Femmes savantes*. Mais l'élève n'a pas donné de
prise sur elle en rien : elle avait trop d'esprit pour
avoir de sottes prétentions !

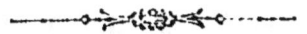

CHAPITRE II.

DES POÈTES ÉPIQUES.

L'abbé Le Bossu, sa poétique, sa famille. — Homère et Virgile. — Les inscriptions du parc des Rochers. — Nombreuses citations du Tasse. — L'Arioste. — Pétrarque. — Lucain et son traducteur Brébeuf. — Hommage rendu à Homère par Mme de Sévigné à la fin de sa vie.

La première question qui se présente ici, c'est celle de savoir si Mme de Sévigné avait une poétique qui servît de règle à ses jugements littéraires. Oui, elle en avait une; mais nous aimons à croire qu'elle appréciait encore plutôt les poètes d'après ses propres impressions. Quelle poétique suivait-elle donc? Ce n'était pas celle d'Aristote, ni celle d'Horace, ni celle de Boileau; mais c'était l'abbé Le Bossu qu'elle reconnaissait pour le législateur du Parnasse. Cet abbé a bien mérité de la république des lettres pour avoir fait un traité du *Poëme épique*, et plus encore pour avoir contribué à former la bibliothèque de Sainte-Geneviève. Il était, en outre, philosophe, et, à ce titre, il avait entrepris de concilier les doctrines de Descartes et d'Aristote.

C'est comme philosophe qu'elle en parle la première fois, le 16 septembre 1676. Elle l'avait rencontré chez son oncle de Coulanges, abbé de Livry; elle avait trouvé en lui un savant homme, et un *janséniste*, c'est-à-dire *un cartésien en perfection;* elle avait pris un plaisir sensible à l'entendre parler, et avait souhaité que sa fille fût là pour profiter de sa conversation : pour elle, elle s'en trouvait indigne !

Deux jours après, elle vit une lettre que sa fille avait écrite à Corbinelli sur des matières philosophiques; elle se proposa de la montrer au père Le Bossu, son *Mallebranche* : « Il sera ravi, dit-elle, de voir » votre esprit dans cette lettre. Il vous répondra, s'il » le peut; car, quand il ne trouve point de raisons, » il ne met point de paroles à la place. Je suis assurée » que vous aimeriez la naïveté et la clarté de son » esprit. » Le Bossu répondit aux questions de Mme de Grignan; mais il ne le fit pas à la satisfaction de Corbinelli, qui prétendait qu'il avait tort de vouloir instruire Mme de Grignan, et qu'elle en savait plus qu'eux tous.

Mme de Sévigné ne se contenta pas de faire l'éloge

de Le Bossu; son enthousiasme rejaillit jusque sur la famille de l'abbé : « Il est neveu, ajouta-t-elle, de ce » M. de la Lane qui avait une si belle femme, le car-» dinal de Retz nous a parlé vingt fois de sa divine » beauté. Il est neveu de ce grand abbé de la Lane, » janséniste. Toute sa race a de l'esprit, et lui plus que » tous. Enfin il est cousin de ce petit de la Lane qui » danse. » Mais ce qui vaut mieux que tout cela, c'est qu'il est père de l'*Art Poétique.*

Elle exhorta sa fille à lire ce traité, le 2 obtobre 1676, en disant que Corbinelli le mettait cent piques au-dessus de celui de Despréaux. Mme de Grignan l'avait déjà lu, sans connaître l'auteur, et il lui avait fait plaisir. Mme de Sévigné s'en réjouit beaucoup, quand elle l'apprit.

Ce traité lui revint en mémoire longtemps après; le 29 avril 1685, parlant de la maladie et de la résur-rection de la femme du procureur-général de Bre-tagne, elle compara plaisamment les capucins, qui la retirèrent de l'extrémité où l'avait laissée le grand médecin du pays, à ces hommes des premiers temps qui étaient visiblement protégés des dieux, et dont il est question dans le livre de l'abbé Le Bossu; mais demandons-lui de raconter ceci elle-même : « J'ai vu » dit-elle, depuis peu la procureuse-générale, autre-» ment la petite personne que nous connaissons tant. » Je voudrais que vous l'eussiez entendue conter (mais » plutôt son mari, car elle était morte), dans quelle

» extrémité la laissa le grand médecin de ce pays, et
» de quelle manière habile et miraculeuse les capucins
» la retirèrent de cette agonie; c'est un récit digne
» d'attention. Vous me direz qu'elle ne devait pas
» mourir, je le crois plus que personne; mais je ne
» puis m'empêcher d'admirer et d'honorer les causes
» secondes dont Dieu se sert pour redonner la vie à
» une créature si près du tombeau. On peut appliquer
» à ces sortes de talents ce que le père Le Bossu dit si
»'agréablement du respect que les hommes devaient
» avoir, dans les premiers temps, pour ceux qui
» étaient visiblement protégés des dieux. » Le traité
du père Le Bossu n'est guère connu aujourd'hui que
des érudits : tandis qu'on apprend par cœur celui de
Boileau; donc la postérité ne pense par comme Corbinelli.

Passons maintenant aux poëtes dont les exemples
ont fourni les règles de ces traités, et commençons
par Homère, qui, ainsi que l'a dit un poëte latin du
moyen-âge, Ange Politien, est le commencement de
toute chose et l'océan de la poésie antique. Mme de
Sévigné paraît troublée dans ses sentiments pour
Homère, à cause du dédain que sa fille témoignait
pour ses héros et pour le poëme épique en général.
Le 21 juillet 1677, elle la prévient qu'elle lui répondra, ainsi que son fils, sur tout ce qu'elle leur a dit
du poëme épique; mais elle craint que le baron de
Sévigné ne soit de l'avis de sa sœur par le mépris

qu'elle lui a vu pour Enée : « Cependant, dit-elle, tous
» les grands esprits sont dans le goût de ces ancienne-
» tés. » Elle invoqua aussi le secours de Corbinelli, pour
tâcher de raccommoder sa fille avec le poëme épique.
Pour elle, elle défendit Homère assez faiblement ; on
peut en juger par le passage suivant : « M. Le Prince
» est dans son apothéose de Chantilly ; il vaut mieux
» là que tous vos héros d'Homère. Vous nous les
» ridiculisez extrêmement : nous trouvons, comme
» vous dites, qu'il y a de la feuille qui chante à tout
» ce mélange des dieux et des hommes. »

Mais si la mère fut faible, le frère riposta vigou-
reusement : « Ah ! pauvre esprit, s'écrie-t-il, vous
» n'aimez point Homère ! Les ouvrages les plus par-
» faits vous paraissent dignes de mépris ; les beautés
» naturelles ne vous touchent point ; il vous faut du
» clinquant ou des petits corps. » Nous ne savons trop
à qui le clinquant fait allusion : nous craignons que
ce ne soit au Tasse. Quant aux petits corps, il s'agit
évidemment du système cosmologique de Descartes,
dont Mme de Grignan faisait une étude spéciale.

Homère amenait naturellement Virgile : le frère
engage la sœur à ne pas le lire : « si vous voulez avoir
» quelque repos avec moi, ne lisez point Virgile ; je
» ne vous pardonnerais jamais les injures que vous
» pourriez lui dire. » Cependant, il pense que, si elle
le comprenait, elle l'aimerait, et que le héros Turnus

serait dangereux pour son mari : « Si vous vouliez
» cependant vous faire expliquer le sixième livre et
» le neuvième où est l'aventure de Nisus et d'Euryalus,
» et le onze et le douze, je suis sûr que vous y trou-
» veriez du plaisir. Turnus vous paraîtrait digne de
» votre estime et de votre amitié; et, en un mot,
» comme je vous connais, je craindrais fort pour
» M. de Grignan, qu'un pareil personnage ne vînt
» aborder en Provence. Mais moi, qui suis bon frère,
» je vous souhaiterais du meilleur de mon cœur une
» telle aventure; puisqu'il est écrit que vous devez
» avoir la tête tournée, il vaudrait mieux que ce fût
» de cette sorte que par *l'indéfectibilité* de la matière
» ou par les *négations non conversibles.* Il est triste
» de n'être occupé que d'atômes et de raisonnements
» si subtils que l'on n'y puisse atteindre. » Bravo,
M. le baron, c'est bien visé et bien frappé! fi donc!
une femme philosophe! nous ne jetons pas la pierre
à la philosophie; mais nous disons que la femme —
cet être qui est tout cœur et tout imagination —, ne
doit pas laisser dessécher ces belles fleurs par le vent
aride de la métaphysique; nous disons que celles qui
affectent ce langage technique sont des pédantes. Le
baron a bien raison de ne pas ménager cette cartésienne, qui méprise le plus grand des poëtes, au jugement même des grands poëtes! Mais ne poussons
pas trop loin notre indignation; Mme de Sévigné ne
nous pardonnerait pas de critiquer trop vivement son
idole : son cœur, tout poudre qu'il est, se réveillerait

pour la défendre. Voyons plutôt ce que l'aimable mère a écrit elle-même de Virgile.

Elle l'a cité plusieurs fois : une première fois dans une lettre adressée à M. de Pomponne, à l'occasion du procès de Fouquet et des persécutions exercées contre ses amis, elle emploie le fameux épiphonème où le poëte, après avoir raconté les causes de la colère de Junon contre Enée, se demande comment il peut se faire que tant de haine entre dans le cœur des dieux : « *Tantæ ne animis cœlestibus iræ!* » paroles dignes de l'épopée héroïque que Boileau a travesties pour les besoins de l'épopée badine :

Tant de fiel entre-t-il dans l'âme des dévots !

Elle le cite une seconde fois très agréablement, en écrivant des Rochers, au mois de septembre. Les vents étaient déchaînés depuis quelques jours; alors prenant l'air et le ton du Neptune en courroux de la tempête de Virgile, elle s'écrie comme lui : *Quos ego!* je vous...! mais le sentiment de sa dignité l'empêche d'en dire davantage. Une autre fois, le 7 février 1689, après une tempête qui avait occasionné des dégâts au château de Grignan, elle regrette qu'il n'y ait point là quelqu'un pour prononcer le *quos ego!* Sa fille lui avait envoyé une description de cette tempête, et elle trouva qu'elle valait celle de Virgile.

Il y a des personnes qui mettent en doute l'affection de Mme de Grignan pour sa mère. Si Mme de Sévigné en eût douté, on le verrait bien : elle eût éclaté en larmes, en sanglots ; ses lettres en seraient pleines. Qu'on ne dise pas qu'elle a pu se tromper, on ne se trompe pas en pareille matière. Partout, au contraire, elle est touchée de l'affection de sa fille, et, pour la couronner, cette affection, elle a surnommé Mme de Grignan du nom du héros le plus célèbre par sa piété filiale : Elle écrivait le 29 décembre 1688 : « Pour moi, je ne souhaite au monde » que de pouvoir travailler avec ma chère bonne, et » achever ma vie en l'aimant et en recevant les ten- » dres et pieuses marques de son amitié ; car vous » me paraissez le *pieux Enée* en personne. »

Mme de Sévigné aimait beaucoup Virgile, et la preuve, c'est qu'il pouvait lui suffire durant un long voyage. Quand elle partit pour la Provence, en l'année 1672, elle n'emporta pour tout livre qu'un Virgile « non pas travesti, dit-elle, mais dans toute la majesté » du latin et de l'italien. » Elle se servait de la traduction en vers d'Annibal Caro, qui est regardée comme un chef-d'œuvre. Corbinelli lui avait appris à admirer Virgile ; aussi dit-elle quelque part à sa fille : « Il vous » faudrait quelqu'un, comme lui, pour vous accom- » pagner dans ce voyage. »

Walckenaer, dans ses mémoires sur Mme de Sévigné, se demande jusqu'à quel point elle savait le latin; il prétend qu'elle le savait peu, sans cela Corbinelli n'aurait pas dit qu'il traduisait un passage d'Horace en sa considération; elle-même n'aurait pas déclaré, dans sa lettre du 22 septembre 1680, qu'elle se faisait traduire par son fils la première scène de l'*Eunuque*, de Térence. Selon lui, elle admirait l'harmonie de Tacite dans la traduction de Perrot d'Ablancourt, et Virgile, dans la traduction italienne d'Annibal Caro. Nous pensons, nous, qu'elle n'eût pas cité Virgile lui-même, si elle ne l'eût connu que par l'intermédiaire d'un interprète. D'ailleurs, toutes ses biographies répètent que Ménage et Chapelain lui apprirent le latin et l'italien, et que Corbinelli lui avait fait admirer Virgile, le vrai Virgile.

Quant à l'italien, elle le possédait à fond, et elle put l'enseigner elle-même à sa fille : « Je m'y trouve » habile, a-t-elle dit, par l'habileté des maîtres que » j'ai eus. » C'est dans cette langue qu'elle aimait à prendre les devises et les inscriptions dont elle avait besoin. Son parc des Rochers en était plein, et les arbres parlaient, comme dans le Tasse. En voici une, par exemple, du *Pastor fido*, qu'elle avait fait graver au-dessus d'une petite maisonnette, placée au bout de *l'allée de l'infini*, pour qu'on pût s'y mettre à l'abri, quand on serait surpris par la pluie pendant les promenades :

Di nimbi il cielo s'oscura indarno.

« Les nuages obscurcissent en vain le ciel. »

Quand le chevalier de Grignan, Adhémar, le frère du gouverneur de Provence, obtint le commandement du régiment qui portait son nom, elle lui donna pour devise une fusée qui s'était élevée très haut, avec ces mots italiens : *Che peri, purchi s'innalzi,* « qu'elle périsse, pourvu qu'elle s'élève !... » 11 novembre 1671. C'est ce qui arriva ; la goutte arrêta le chevalier dans sa carrière.

Elle a lu et relu le Tasse toute sa vie et à petites journées, comme nous le faisons nous, hommes de l'Université, pour Homère, Virgile et Horace, et elle y trouvait des beautés qu'on ne voit point, dit-elle, quand on n'a qu'une demi-science. O Boileau ! est-ce donc que vous n'aviez qu'une demi-science ? Vous avez appelé l'or pur du Tasse du clinquant, et vous avez fait contre un de ses personnages des vers peu respectueux :

> Et quel objet enfin à présenter aux yeux,
> Que le diable toujours hurlant contre les cieux !

Si vous eussiez connu le satan de Milton, tout diable qu'il est, vous eussiez assurément changé d'avis.

Mais voyons quelques-uns des emprunts que Mme de Sévigné a faits au Tasse, sans qu'elle craignît de n'avoir que du clinquant entre les mains. Au mois de janvier 1665, elle cite deux vers de lui, dans une de ces lettres palpitantes d'émotion qu'elle écrivait à

M. de Pomponne, pour le tenir au courant du procès de Fouquet, leur ami commun : « On espère
» toujours des adoucissements, je les espère aussi ;
» l'espérance m'a trop bien servie pour l'abandonner.
» Ce n'est pas que toutes les fois qu'à nos ballets
» je regarde notre maître, ces deux vers du Tasse ne
» me reviennent à la tête :

> Goffredo ascolta, et in rigida sembianza,
> Forge piu di timor, che di speranza.

« Godefroy l'écoute.... et son regard sévère inspire
» plus de crainte que d'espérance. »

Plus tard, parlant de la maladie du chancelier,
persécuteur de Fouquet, elle souhaite qu'il ait les
sentiments d'un homme qui va paraître devant Dieu ;
mais elle craint qu'on ne dise de lui, comme d'Argant
dans la *Jérusalem délivrée :* « *E mori come visse.* »
Il est mort comme il a vécu.

Dans le courant de l'année 1675, elle vanta à
sa fille, à plusieurs reprises, la magnificence des ouvrages qui se faisaient à Clagny pour Mme de Montespan ; elle la représente si occupée des enchante-
ments que l'on fait pour elle qu'il lui semble que
c'est Didon faisant bâtir Carthage : « Elle triomphe,
» dit-elle, au milieu de ses ouvriers, qui sont au
» nombre de douze cents. » Sauf le scandale de la
conduite, il y aurait eu motif à ce triomphe, si Mme de

Sévigné n'exagère pas la beauté de la maison et des jardins ; elle trouve que le palais d'Apollidon et les jardins d'Armide en sont une légère description ; ces jardins, du reste, étaient l'œuvre de Lenôtre !

Cinq ans plus tard, elle fit un voyage à sa propriété du Buron, près de Nantes ; elle trouva les bois coupés par son fils, qui avait eu besoin d'argent. Cela lui serra le cœur et lui arracha, dans sa lettre du 27 mai 1680, des cris éloquents qu'un souvenir du Tasse vient orner d'une beauté toute poétique : « Toutes » ces dryades affligées que je vis hier, tous ces vieux » sylvains ne savent plus où se retirer ; tous ces an- » ciens corbeaux établis depuis deux cents ans dans » l'horreur de ces bois, ces chouettes qui, dans cette » obscurité, annonçaient par leurs funestes cris les » malheurs de tous les hommes, tout cela me fit hier » des plaintes qui me touchèrent sensiblement le » cœur, et que sait-on même si plusieurs de ces » vieux chênes n'ont point parlé, comme celui où » était Clorinde ? »

Une autre fois, c'est Herminie, un autre personnage du Tasse qui lui sert de comparaison. Elle écrivait à M. de Lavardin, son résident aux Etats de Bretagne ; et pour expliquer le repos dont elle jouit aux Rochers, au milieu des troubles de cette province, elle cite une demi-strophe de la *Jérusalem*. Herminie demande à un vieux berger comment ils peuvent vivre en paix au milieu de la guerre qui désole la contrée, et celui-ci répond : « O mon fils ! » ma famille et mes troupeaux ont été jusqu'ici à l'abri » des injures et des outrages, et le bruit des com- » bats n'a point encore alarmé notre asile. » Mme de Sévigné pouvait compter encore plus que le berger, sur la conservation de son repos; car, tous ceux qui gouvernaient les affaires de cette province étaient ses amis.

Nous terminerons ces citations du Tasse par une historiette concernant l'évêque d'Arles, qui était de la famille des Grignan. Cet évêque avait présidé les Etats de Provence pendant plusieurs années; l'évêque d'Aix devait les présider l'année 1689, ce qui réduisait le premier à n'y avoir que la seconde place. Il en était si humilié qu'il songeait à se démettre. Mais, comme il pouvait être utile aux Grignan, Mme de Sévigné avait combattu sa résolution; et, dans sa lettre du 9 novembre 1689, elle se moque des chimères d'orgueil qui avaient passé par la tête du prélat, en les comparant aux fantômes de la forêt décrite par le Tasse : « Mgr d'Arles a donc passé au travers » de ces feux du Tasse, de ces grands fantômes, de » ces hommes armés; car tout cela défendait le pas- » sage, et n'a rien trouvé que des landes sèches et » stériles : voilà qui est bien triste! » Et comme, à cette époque, on travaillait à réparer le château de Grignan et à l'agrandir, elle ajoute spirituellement :

« Pour moi, j'espérais que nous y trouverions du bois
» pour faire la charpente de notre dernier étage. »

Mme de Sévigné faisait surtout un grand cas de
la *Mort de Clorinde* : « Ma fille, s'écrie-t-elle, ne dites
» point que vous la savez par cœur; relisez-la, et
» voyez comme tout ce combat et ce baptême sont
» conduits : finissez à *ahi vista, ahi conoscenza* ; ne
» vous embarassez point dans les plaintes qui vous
» consoleraient, et je vous réponds que vous en se-
» rez contente. »

Elle ne possédait pas moins l'Arioste que le Tasse :
elle s'en sert deux fois, entre autres, pour faire des
compliments à sa fille et sur son esprit et sur sa
beauté. Elle l'engage, dans sa lettre du 22 décembre 1675, à ne retenir sa plume sur rien : « Quand
» elle a la bride sur le cou, elle est comme l'Arioste;
» on aime ce qui finit et ce qui commence : le sujet
» que vous prenez console de celui que vous quittez,
» et tout est agréable. » L'autre fois, dans la même
année, pour complimenter sa fille de ce qu'elle n'a-
vait point perdu sa beauté, malgré sa grossesse, elle
tire une comparaison de la princesse Olympie, qui,
se voyant abandonnée par Birène dans une île dé-
serte, toute tremblante, se laisse tomber plus blan-
che et plus froide que la neige : « Enfin, ma fille,
» vous êtes belle : quoi! vous n'êtes point pâle, mai-
» gre, abattue, comme la princesse Olympie. » Toute

comparaison cloche, dit-on; celle-ci cloche peut-être
un peu bas; mais il n'en faut prendre que ce qu'il y
a de vrai.

Mais voici une histoire délicieuse du 21 décembre 1689 : Elle était aux Rochers; sa belle-fille avait
été renversée dans un fossé par deux petites juments
attelées à sa voiture, et les juments s'étaient échap-
pées. Elle rend compte de cette aventure à Mme de
Grignan : « Elles (les juments) coururent longtemps,
» comme fait la jeunesse, quand elle a la bride sur
» le cou. Enfin l'une se trouve à Vitré, l'autre dans
» une métairie : ceux de Vitré furent étonnés de voir,
» la nuit, cette petite créature, toute échauffée, toute
» harnachée, et voulaient lui demander des nouvelles
» de mon fils. Vous souvient-il du cheval de Rinaldo
» qu'Orlando trouva courant avec son harnais, sans
» son maître? Quelle douleur! il ne savait à qui en
» demander des nouvelles. Enfin il s'adresse au che-
» val : *Dimmi, caval gentil, che di Rinaldo, il tuo*
» *caro signore, e divenuto.* « Dis-moi, noble coursier,
» ce que Renault, ton cher maître, est devenu? » Je
» ne sais pas bien ce que Rubicano répondit; mais je
» vous assure que les deux petites bêtes sont dans
» l'écurie fort gaillardes, au grand contentement *del*
» *caro signore.* » Cette manière de relever les petites
choses demande, il est vrai, avant tout, de l'esprit;
mais elle suppose aussi de l'instruction; sans ces
deux conditions, on s'exprime d'une manière vul-

gaire dans la correspondance, et l'on ne trouve souvent à parler que de la pluie ou du beau temps.

Jacques II, roi d'Angleterre, détrôné par le prince d'Orange, son gendre, en 1688, avait trouvé, comme on le sait, asile et protection en France, et Louis XIV lui avait donné une armée pour aller reconquérir sa couronne. Au moment des adieux, Louis lui dit en riant qu'il n'avait oublié qu'une chose, c'était des armes pour sa personne. Mme de Sévigné appelle encore la poésie à son secours pour agrandir cette belle et grande action : « Le roi, dit-elle, lui a donné les » siennes (ses armes); nos héros de roman ne fai- » saient rien de plus galant. Que ne fera point ce roi » brave et malheureux, avec ces armes toujours vic- » torieuses? Le voilà donc avec le casque et la cui- » rasse de Renauld, d'Amadis et de tous nos pala- » dins les plus célèbres : je n'ai pas voulu dire d'Hector, » car il était malheureux. » Hélas! les armes merveilleuses n'empêchèrent pas le roi malheureux d'être vaincu à la bataille de la Boyne. Il n'eut pas le sort d'Hector, puisqu'il ne perdit pas la vie; mais cela eût peut-être mieux valu pour son honneur!

Nous allions oublier un autre passage où elle nous représente non plus un roi, mais un évêque guerrier, comme l'était l'archevêque Turpin. Il s'agit de Forbin Janson, l'évêque de Marseille, qui avait fait de l'opposition si longtemps en Provence à M. de

Grignan, et qui était devenu ambassadeur de Louis XIV auprès du roi de Pologne, Jean Sobieski; nous n'affirmons pas du reste la vérité du fait qu'elle rapporte; elle était peut-être bien aise de ridiculiser un peu celui qui avait donné tant de tourment à sa fille : « On » nous dépeint ici, dit-elle, M. de Marseille, l'épée à » la main, à côté du roi de Pologne, ayant eu deux » chevaux tués sous lui, et donnant la chasse aux Tar- » tares, comme l'archevêque Turpin la donnait aux » Sarrasins. » — 30 octobre 1675.

Mme de Sévigné aimait les grands coups d'épée et les sentiments chevaleresques; elle trouvait à satisfaire son goût dans le Tasse et l'Arioste, qui lui convenaient d'ailleurs pour leur brillante imagination. Mais il ne paraît pas que Pétrarque ni Laure l'aient charmée, ni qu'elle ait été sensible à cet amour platonique qui est devenu pour ainsi dire un type dans la littérature. Elle n'accorde qu'un souvenir à Pétrarque, au moment de partir pour la Provence : elle se félicite de voir la fontaine qu'il a chantée : « Je reviens encore à vous, c'est-à-dire à cette divine » fontaine de Vaucluse : quelle beauté ! Pétrarque avait » bien raison d'en parler souvent. Songez que je verrai » toutes ces vermeilles; moi qui honore *les antiquités,* » j'en serai ravie. » Les antiquités ! et pas un mot de Laure !

Quoiqu'elle honore les antiquités, il ne faudrait

pas s'imaginer pourtant qu'elle fût un antiquaire. Ce n'était pas non plus une femme savante, quoiqu'elle fût plus instruite que ne le sont généralement les femmes savantes. Ce n'était pas non plus une femme poëte et rêveuse. Qu'était-ce donc? C'était une femme d'esprit qui s'instruisait afin de pouvoir causer de tout avec elle-même et avec les autres. O vous qui craignez les femmes poëtes ou savantes, ne craignez pas les Sévigné! songez, entre autres choses, que cette femme qui a lu tant de volumes, qui a écrit tant de volumes, administrait sa fortune, aussi bien que Sully administrait celle de Henri IV!

Mais nous n'en avons pas fini avec les poëtes épiques. Mme de Sévigné connaissait encore Lucain. Nous ne rechercherons pas si elle avait lu la *Pharsale* dans le texte, ou bien si elle ne connaissait que la traduction de Brébeuf : toujours est-il qu'elle cite deux vers du traducteur, qui depuis ont été souvent cités pour définir l'écriture. Se félicitant de pouvoir lire et relire les lettres de sa fille, elle dit : « Je jouis » ainsi de

> Cet art ingénieux,
> De peindre la parole et de parler aux yeux.

Lucain était en vogue dans ce temps-là, et Brébeuf n'était pas le seul qui le préférât à Virgile : on a accusé aussi le grand Corneille d'une semblable préférence. Cette vogue paraît avoir duré jusqu'à Boileau, sous les coups duquel la *Pharsale* de Brébeuf a succombé.

> Mais n'allez point aussi, sur les pas de Brébeuf,
> Même en une *Pho sale*, entasser sur les rives,
> De morts et de mourants cent montagnes plaintives.

Brébeuf pèche en effet, comme son original, par les hyperboles excessives, l'enflure, les antithèses multipliées, les pensées gigantesques et les descriptions trop pompeuses; mais si Mme de Sévigné a lu cet ouvrage à la mode, nous ne voyons pas qu'elle en ait fait l'éloge. Par conséquent, nous n'avons rien à lui reprocher à l'égard des poëtes épiques, si ce n'est d'avoir manqué de courage au sujet d'Homère : encore l'amour maternel est-il une excuse aux yeux de Dieu et des hommes! Et puis, vers la fin de sa vie, elle lui a rendu un hommage indirect, en le citant à propos de la princesse de Bade. Cette dame avait été renvoyée de la cour en 1668, en même temps que Mme d'Armagnac. En 1685, elle fit une visite à Mme de Sévigné, qui se trouvait à Rennes, en Bretagne : « Elle me conta, dit celle-ci, tout ce que je » savais déjà de sa colère, qui est comme celle » d'Achille et de son exil. » Nous prévenons le lecteur que nous ne ferons pas ce que Voltaire voudrait qu'on fît, en admirant Racine; il voudrait qu'on dît à chaque mot : « C'est beau! c'est beau! » Nous laissons aux autres la liberté de leurs impressions, et nous garderons pour nous la franchise de nos opinions.

Nous en avons déjà donné une preuve, en critiquant une comparaison; nous avions d'abord le dessein d'en faire autant de cette dernière, parce que
l'on n'a pas fait d'avances à la princesse de Bade
pour la ramener à la cour, et bien d'autres diffé-
rences encore ! Mais Mme de Sévigné a peut-être
voulu dire seulement que cette dame était dans sa
pensée, à ses propres yeux, un Achille. Nous allons
passer maintenant aux poètes tragiques, pour suivre
l'ordre des cours de littérature, ordre fondé sur le
mérite relatif des différents genres de poésie.

CHAPITRE III.

CORNEILLE.

La tragédie de *Théodore*. — Chute de *Pertharite*. — La *Toison d'Or*. — Différentes citations. — Lecture de *Pulchérie* chez M. de la Rochefoucauld. — Une parodie. — Opinion de Mme de Sévigné sur la cour. — Leçon donnée à Mme de Grignan. — La tragédie d'*Ariadne*, par Thomas Corneille.

Corneille est né en 1606, et Mme de Sévigné en 1626. Elle avait dix ans quand le *Cid* parut, et, à l'âge de dix-huit ans, elle entendit le grand tragique lire sa tragédie de *Théodore, vierge et martyr*, à l'hôtel de Rambouillet. *Horace* et *Cinna*, qui sont de 1639, avaient précédé de cinq ans cette production, et *Polyeucte*, qui est de 1640, de quatre ans. L'auditoire était bien disposé; mais il fut peu ému. D'abord l'auteur lut mal, suivant son habitude; puis, les caractères étaient froids et languissants. Comme c'était Corneille, on porta néanmoins sur cette pièce un jugement favorable qui ne fut pas confirmé par le public.

Dix ans plus tard, en 1653, Mme de Sévigné fut témoin de la chute de *Pertharite*; le grand Corneille avait commencé à décliner depuis *Rodogune*, en 1646. Dégoûté du théâtre, il lui fit des adieux qui n'étaient pas les derniers et se mit à traduire en vers l'*Imitation de Jésus-Christ*.

Il rentra dans la carrière avec *Œdipe*, et Mme de Sévigné fut témoin, en 1664, du triomphe de la *Toison d'Or*, opéra allégorique dont Corneille donna le premier l'exemple, comme il avait donné le premier modèle de la comédie dans le *Menteur*. Le poëte eut le courage, dans cette pièce, qui lui avait été commandée pour flatter le jeune roi, de faire comparaître la France se plaignant des funestes effets de la guerre :

> A vaincre tant de fois mes forces s'affaiblissent;
> L'Etat est florissant, mais les peuples gémissent,
> Leurs membres décharnés courbent sous mes hauts faits
> Et la gloire du trône accable les sujets.

Mme de Sévigné a-t-elle assisté à la représentation de *Sertorius*, qui est de 1662? c'est ce que nous ne saurions dire; mais il est probable qu'elle n'a pas négligé plus que les autres cette pièce où le

génie a jeté encore quelques lueurs assez vives. A
cette époque, elle n'était pas encore séparée de sa
fille, qui n'était qu'une enfant; elle n'a pu par conséquent nous laisser ses impressions sur les différentes pièces de Corneille, à mesure qu'elles paraissaient; et, plus tard, quand elle parlera de lui, ce
sera d'une manière générale, en l'opposant à Racine.
On voit bien toutefois qu'elle le savait par cœur par
les nombreuses citations qu'elle en a faites. Nous en
avons recueilli un certain nombre; nous allons rappeler les faits qui y ont donné lieu, en renvoyant au
chapitre de Racine certains passages qui les concernent
tous les deux.

Le 4 septembre 1668, elle annonce à Bussy-
Rabutin que M. de Montausier vient d'être nommé
gouverneur du dauphin, et elle cite avec un léger
changement, le vers d'Auguste à Cinna :

> Je t'ai comblé de biens, je t'en veux accabler.

Le 19 décembre 1670, elle apprend au même
qu'on venait de donner la charge de grand-maréchal
des logis à leur cousin de Thianges, et elle s'écrie :

> Rodrigue, qui l'eût cru? Chimène, qui l'eût dit?

» Je me tais tout court, ajoute-t-elle; j'irais trop loin,
» si je ne me retenais. Je dirai encore pourtant que
» je suis au désespoir quand je vois des gens heu-

» reux sans raison, et vous en l'état où vous êtes. »
Bussy avait servi avec distinction sous le prince de
Condé, et s'était élevé rapidement jusqu'au grade de
lieutenant-général; mais il s'était attiré la haine de ce
prince par sa causticité, en sorte qu'on le laissa sans
emploi tout le reste de sa vie. Nous verrons Mme de
Sévigné regretter aussi qu'on ne l'eût pas chargé d'é-
crire les annales de la France.

Le 31 décembre 1670, elle raconte une conversation qu'elle a eue avec Mademoiselle, la grande
Mademoiselle, qui allait épouser le petit de Lauzun,
qu'elle n'épousa pas. Mademoiselle s'étendait sur les
bonnes qualités et sur la bonne maison de Lauzun.
Mme de Sévigné, pour lui faire sa cour, lui dit ces
vers de Sévère dans *Polyeucte :*

> Je ne la puis du moins blâmer d'un mauvais choix :
> Polyeucte a du nom et sort du sang des rois.

Et Mademoiselle l'embrassa fort.

Elle nous a conservé un bon mot de Mme la
dauphine relativement à cette pièce. Cette princesse
s'écria un jour, en admirant la Pauline de *Polyeucte :*
« Eh bien! voilà la plus honnête femme du monde qui
» n'aime pas son mari! » « Comment se porte le vôtre
» que vous aimez bien? » ajoute Mme de Sévigné.

Elle emportait Corneille avec elle partout où elle

allait. Elle le lisait à Livry, dans les belles allées de l'Abbaye, où elle avait passé son enfance, sous la tutelle du *bien bon*, et qu'elle revoyait toujours avec tant de plaisir, surtout dans le mois des rossignols. Elle écrivait de ce lieu, le 16 avril 1671 : « Vous trou- » vez donc que vos comédiens ont bien de l'esprit de » dire des vers de Corneille. En vérité, il y en a de » bien transportants; j'en ai apporté un tome qui » m'amusa fort hier au soir. »

Le 13 mai suivant, elle parle de son départ pour la Bretagne. Elle aura deux voitures; les deux abbés La Mousse et de Coulanges seront du voyage. L'abbé de Coulanges sera quelquefois avec elle dans sa ca- lèche; mais aussi quelquefois le bréviaire assemblera les deux abbés et laissera place à un certain bré- viaire de Corneille, qu'elle a envie de dire avec son fils. Elle a tenu parole à Corneille; car elle écrivit de Malicorne sur la route : « Nous avons relu des piè- » ces de Corneille et repassé avec plaisir sur toutes » nos vieilles admirations. »

Dans cette lettre, où elle parlait de ses projets de lecture pendant le voyage, elle ajoutait : « Der- » nièrement, dans notre collége, un inspecteur a dit » ce bréviaire par cœur avec les élèves de rhétorique; » mais c'est assez rare aujourd'hui. » Quoique le fait soit rare, il a eu lieu aussi au collége du Havre : M. de Wailly, inspecteur général, et les élèves de rhétorique ont récité, sinon une pièce, au moins un acte entier de Corneille. Mais ce que nous ne pouvons nous empêcher de regretter aujourd'hui, c'est le manque de bonnes et fortes lectures, comme celles dont se nourrissaient nos pères. Vous voulez lire sans avoir besoin d'attention, sans vous fatiguer; vous ne savez donc pas que pour labourer et fertiliser le champ de l'âme, il faut aussi du travail et des sueurs. Les auteurs du reste sont complices de la mollesse du public; au lieu de produire un pain qui fortifie, ils font des douceurs qui énervent.

Une année après, le 15 janvier 1672, Corneille lui-même lut une de ses pièces devant Mme de Sévigné : « Corneille nous lut l'autre jour, chez M. de la » Rochefoucauld, une comédie qui fait souvenir de sa » défunte veine. » La comédie dont il s'agit ici, est *Pulchérie*, qui fut représentée en 1672. Ce fait est mis hors de doute par une lettre écrite deux mois après (7 mars 1672) où elle s'écrie : « Je suis folle de » Corneille; il nous donnera encore *Pulchérie*, où » l'on reverra

. . . . la main qui crayonna
La mort du grand Pompée et l'âme de Cinna.

» Il faut que tout cède à son génie. » *Pulchérie* ne mérite pas à coup sûr tant d'enthousiasme : cependant remarquons que Mme de Sévigné, à laquelle on reproche surtout sa partialité pour Corneille, avoue sincèrement que sa veine s'était épuisée; et c'est sans doute le désir qu'elle avait de voir reparaître quelque filon précieux qui la transporte. Qui ne voudrait du reste avoir assisté à ces lectures où un la Rochefoucauld faisait de ces observations fines, telles qu'on en trouve dans le livre des Maximes, où une Sévigné se récriait avec son cœur de femme et d'artiste sur les beaux passages, et où le grand Corneille, avec modestie, profitait des remarques critiques de l'un, et goûtait avec reconnaissance les transports enthousiastes de l'autre. Nous ne prétendons pas qu'aujourd'hui il n'y ait pas de ces sortes de lectures; mais ce ne sont plus les mêmes personnages, ou bien c'est le lointain qui nous fait illusion, *major pro longinquo reverentia!* mais continuons à extraire les citations.

Elle le cite partout : écoutons-la raconter la disgrâce du marquis de Villeroi, qui fut exilé à Lyon : « Le marquis de Villeroi, dit-elle, est donc parti pour » Lyon; je vous l'ai mandé; le roi lui fit dire par le » maréchal de Créqui qu'il s'éloignât. On croit que » c'est pour quelques discours chez Mme la comtesse » de Soissons; enfin

> On parle d'eaux, de Tibre, et l'on se tait du reste.
> (Cinna.)

Le maréchal de Créqui, à son tour, donna lieu à la même citation : il avait été battu par le duc de

Zell, près de Trèves; et on ne savait pas ce qu'il était devenu. Quelques jours après, le 16 août 1675, Mme de Sévigné écrivait : « Le maréchal de Créqui est » à Trèves, à ce que l'on dit; ses gens l'ont vu pas- » ser, lui quatrième, dans un petit bateau,

On parle d'eaux, de Tibre et l'on se tait du reste.

Le maréchal fut mis en prison pour cet échec; mais il le répara ensuite par des succès tels, qu'on pense qu'il serait devenu un autre Turenne, s'il eût vécu. Pour Villeroi, on n'en peut dire autant, car il a vécu et a perdu la bataille de Ramillies pendant la guerre de la succession d'Espagne.

Le 22 avril 1672, Mme de Sévigné écrit que le petit Daguin est nommé premier médecin du roi, et elle emprunte au *Cid* cet autre vers :

La faveur l'a pu faire autant que le mérite.

Ce vers lui plaisait, même quand d'autres l'appliquaient, comme on va le voir. Après la mort de Turenne, M. de Louvois, ministre de la guerre, voulant faire M. de Rochefort maréchal de France, n'avait pu y parvenir qu'en proposant sept autres lieutenants-généraux plus anciens que lui : Ce sont ces huit maréchaux que Mme Cormuel, si célèbre pour ses bons mots, appelait la *monnaie de M. de Turenne.*

Le comte de Gramont, qui détestait Rochefort, lui écrivit, à cette occasion, la lettre suivante :

« Monseigneur,

> La faveur l'a pu faire autant que le mérite.

C'est pourquoi je ne vous en dirai pas davantage.
                                    » Le comte DE GRAMONT.
» Adieu, Rochefort. »

Mme de Sévigné a inséré cette lettre dans la sienne du 31 juillet 1675 : c'est pourquoi nous avons rapporté cette anecdote ; maintenant revenons à ses propres citations.

Le 9 septembre de la même année, au moment de partir pour les Rochers, elle s'écrie :

Qu'on me mène aux Rochers, je ne veux plus écrire :
Allons, l'abbé, c'est fait.

Ces vers sont une parodie des vers suivants de *Polyeucte* :

Qu'on me mène à la mort, je n'ai plus rien à dire :
Allons, gardes, c'est fait.

Il ne faudrait pas croire pourtant que les Rochers étaient la mort pour elle ; elle s'y plaisait beaucoup, et elle y économisait beaucoup, trouvant le moyen de joindre ainsi l'utile à l'agréable, *qui miscuit utile dulci* ; mais elle n'aimait pas le voyage ; voilà la cause de ces cris, non plaintifs mais plaisants.

La parodie, il nous semble, est bien permise dans ce cas-là : elle est un hommage rendu à la supériorité du génie auquel nous empruntons son langage pour mieux exprimer nos sentiments ; autrement elle serait une insulte envers ce que Dieu a donné aux hommes de plus beau. Par conséquent, nous qui adorons Virgile, et qui nous moquons de lui ensuite avec Scarron, avons-nous bien réfléchi à la gravité d'une pareille contradiction ? Nous devrions toujours nous représenter la lutte de Thersite et d'Ulysse, dans l'*Iliade* d'Homère, quand nous voyons un parodieur aux prises avec un homme de génie. Mais, encore une fois, ceci ne s'applique pas le moins du monde à Mme de Sévigné ; si elle se moque, ce qui lui est arrivé quelquefois, comme on le verra, c'est uniquement de la fatuité et de la sottise.

Le 22 mars 1676, étant sur le point de quitter les mêmes Rochers, elle cite un vers de *Médée* :

C'est ainsi qu'en partant je vous fais mes adieux.

mais, bien différente de Médée, elle n'avait fait que du bien dans ces lieux : elle y avait planté, bâti, visité et soulagé les pauvres de son domaine ; une pareille citation doit donc s'appeler une antiphrase *implicite*, comme dirait la logique de *Port-Royal*.

C'est avec plus de raison que Mme de Sévigné allait chercher Médée, à propos de la Brinvilliers. On sait que cette femme avait empoisonné son père, ses frères, un de ses enfans : elle-même avait révélé tous ses crimes par une confession écrite de sa main, qui fut trouvée dans sa prison : *Médée n'en avait pas tant fait !* ainsi que le dit notre auteur, en rapportant à sa fille les horribles détails de cette affaire. — 29 avril 1676.

Douze ans plus tard, 29 décembre 1688, après la malheureuse campagne du roi Jacques en Irlande, Mme de Sévigné apprit à sa fille que la reine d'Angleterre ne voulait point sortir de Boulogne, qu'elle n'eût des nouvelles de son mari... et que le roi était fort en peine de Sa Majesté britannique : « Voilà » une grande scène, ajoute-t-elle; nous sommes atten- » tifs à la volonté des dieux :

> Et nous voulons apprendre
> Ce qu'ils ont ordonné du beau-père et du gendre.
> *(Mort de Pompée.)*

Nous ne voulons pas terminer ce chapitre sans transcrire un passage qui nous montrera tout à la fois le cas que la Cour faisait de Corneille, et le cas que Mme de Sévigné faisait de la cour : « Les » comédies de Corneille charment toute la cour : je

» mande à mon fils que c'est un grand plaisir que
» d'être obligé d'y être, et d'y avoir un maître, une
» place, une contenance; que, pour moi, si j'en
» avais eu une, j'aurais fort aimé ce pays-là; que ce
» n'était que par n'en point avoir que je m'en étais
» éloignée; que cette espèce de mépris était un cha-
» grin, et que je me vengeais à en médire, comme
» Montaigne de la jeunesse; que j'admirais qu'il aimât
» mieux passer son après-dîner, comme je fais, entre
» Mlle du Plessis et Mlle de Launaie, qu'au milieu de
» tout ce qu'il y a de beau et de bon. » Mme de Sévigné n'aurait eu qu'un mot à prononcer, et aurait
ôté une des dames d'honneur de la reine; elle pré-
féra son indépendance. Et son fils, qui n'était pas
plus ambitieux qu'elle, ne profita pas de la leçon
qu'elle voulait lui donner, par ses prétendus regrets
et par l'appât du beau et du bon qui se trouve au
superlatif dans ce pays-là. Il continua de préférer
aux représentations de Corneille à Versailles la lecture de Corneille en tête à tête avec sa mère. Devons-nous l'approuver ou le désapprouver? L'homme
qui veut faire son chemin doit aller à la cour;
l'homme qui veut vivre heureux doit rester auprès
de sa mère, et nous pourrions prouver, avec les témoi-
gnages mêmes du baron, que ses plus beaux jours sont
ceux qu'il passa dans la solitude des Rochers, sans
autre compagnie que sa mère et des livres; c'étaient,
du reste, deux esprits qui se convenaient!

Encore un passage qui serait aussi bien au chapitre des lectures, mais que Corneille peut également revendiquer, car c'est à son occasion que Mme de Sévigné, en s'appuyant sur la raison d'abord, et ensuite sur l'autorité de Pomponne, fait une sortie contre sa fille et qu'elle lance les foudres :

« Je ne pense pas que vous ayez le courage
» d'obéir à votre père Lanterne ; voudrez-vous ne
» pas donner le plaisir à Pauline, qui a bien de
» l'esprit, d'en faire quelque usage, en lisant les
» belles comédies de Corneille, et *Polyeucte* et *Cinna*,
» et les autres? N'avoir de la dévotion que ce re-
» tranchement, sans y être portée par la grâce de
» Dieu, me paraît être bottée à cru ; il n'y a pas de
» liaison ni de conformité avec tout le reste. Je ne
» vois point que M. et Mme de Pomponne en usent
» ainsi avec Félicité, à qui ils font apprendre l'ita-
» lien et tout ce qui sert à former l'esprit, je suis
» assurée qu'elle étudiera et expliquera ces belles
» pièces dont je viens de vous parler. Ils ont élevé
» Mme de Vins de la même manière, et ne laisse-
» ront pas d'apprendre parfaitement bien à leur
» fille comme il faut être chrétienne, et toute la
» beauté et la solide sainteté de notre religion, voilà
» tout ce que je vous en dirai. » Vous auriez pu
ajouter Mme de Sévigné, que Polyeucte vaut bien certain sermon pour l'effet religieux, et que tout ce qui
est vrai et beau, ne peut qu'éclairer et élever l'âme,
c'est-à-dire la rendre chrétienne.

Vers la fin de sa vie (20 juillet 1689), Mme de Sévigné était continuellement préoccupée du mauvais état des affaires de Mme de Grignan, et songeait aux moyens de les rétablir. Elle s'était réjouie à cet effet de la confiscation d'Avignon, qui augmentait les revenus du gouverneur de Provence; elle se réjouissait aussi de la pensée des successions qui pourraient lui revenir, et pensait qu'on était heureux de laisser son bien :

> Aux mains du plus vaillant et du plus honnête homme
> Qu'ait adoré la terre et qu'ait vu naître Rome.

C'est à l'occasion de la succession de M. de la Garde, qu'elle applique à son gendre ces vers de Polyeucte. M. de Grignan était sans doute un vaillant homme, puisqu'il a pris la ville d'Orange; il était un honnête homme aussi, puis qu'il n'a dépouillé personne avec mauvaise intention; mais, pour être juste il faut dire qu'il a laissé beaucoup de dettes causées par des dépenses folles et des pertes de jeu, en sorte que Mme de Simiane, sa fille, n'a guère retiré que des procès de sa succession. Qu'on nous pardonne d'entrer dans ces détails à propos de Corneille; mais nous imitons Mme de Sévigné.

Nous avons trouvé une seule appréciation relative à Thomas Corneille dans sa lettre du 1er avril 1672, elle fait la critique d'*Ariadne,* cette tragédie

qui nous représente l'abandon de la fille de Minos
par l'inconstant Thésée. La Champmélé, jouait dans
cette pièce avec beaucoup de succès : « Quant à la
» Champmélé, dit-elle, c'est quelque chose de si
» extraordinaire qu'en votre vie vous n'avez rien vu
» de pareil : c'est la comédienne que l'on cherche
» et non pas la comédie. J'ai vu *Ariadne* pour la
» seule actrice : cette comédie est fade; les comé-
» diens sont maudits; mais quand la Champmélé ar-
» rive, on entend un murmure, tout le monde est
» ravi, et l'on pleure de son désespoir. « C'est un
nom que nous allons revoir bientôt dans le chapitre suivant que nous avons consacré naturellement
à Racine.

CHAPITRE IV.

RACINE.

Les soupers chez la Champmêlé. — La comédie de *Porus*. — *Andromaque*. — Les lettres du comte de Gabalis. — *Bajazet*. — Racine historien. — Les différentes représentations d'*Esther* à Saint-Cyr. — Le café au lait de Mme de Sévigné. — Emprunts faits à la comédie des *Plaideurs*.

La première fois que Mme de Sévigné parle de Racine, elle ne le présente pas comme un bon sujet, elle se plaint de son fils qui fréquente Racine et les comédiens, et qui fuit les sermons. « Il a, dit-elle, » une petite comédienne, et tous les Despréaux et »'les Racine, et paie les soupers; enfin, c'est une » vraie diablerie ! il se moque des Mascaron. » Faisons bien attention qu'il s'agit ici de Racine jeune encore; car, dans l'âge mûr, il préférait un dîner en famille à toutes les fêtes du monde, et, quand la piété l'eût éloigné du théâtre et de tout ce qui tient au théâtre, il faisait la procession avec ses enfants et portait la croix.

Mme de Sévigné fut invitée, le 3 février 1665, à l'hôtel de Nevers, pour y entendre la lecture de la seconde tragédie de Racine. Nous le savons par une lettre de M. de Pomponne qui revenait à Paris, d'où il était exilé depuis trois ans, à cause de son amitié pour Fouquet, et qui s'était présenté, sans être attendu, au milieu de la société réunie pour entendre Boileau et Racine, « Je trouvai, dit-il, Mme et Mlle de Sévigné, » Boileau que vous connaissez, qui y était venu ré-» citer de ses satires qui me parurent admirables, » et Racine, qui y récita aussi trois actes et demi » d'une comédie de *Porus*, si célèbre contre Alexan-» dre, qui est assurément d'une grande beauté. » Quant à l'opinion de Mme de Sévigné sur cette tra-gédie, nous ne la connaissons pas ; mais il y a tout lieu de croire qu'elle ne fut pas d'un avis opposé à celui de son ami.

Sa correspondance avec Mme de Grignan ne com-mença qu'en l'an 1671, et beaucoup des chefs-d'œuvre de la littérature du dix-septième siècle avaient paru auparavant, surtout dans les deux an-nées qui précèdent. C'est dans le cours de ces deux années qu'on joua *les Plaideurs*, de Racine, et la tragédie de *Britannicus*; que Molière fit représenter et imprimer *le Tartufe*, *le Misanthrope*, *l'Amphy-trion* et *l'Avare*; que La Fontaine publia ses *Fables choisies*; Boileau ses deux premières épîtres et sa neuvième satire.

Andromaque avait été jouée dès l'année 1666; il ne faut donc pas s'étonner que Mme de Sévigné, qui avait dû s'en entretenir souvent avec sa fille, ou en sa présence, n'en dise que quelques mots la première fois qu'elle en parle, dans sa lettre du 12 août 1671. Mme de Chaulnes, la femme du gouverneur de Bretagne, la fit jouer devant elle, à Vitré, pendant la tenue des Etats, par une troupe de province, et, malgré cela, elle lui fit verser des larmes. « Hier, » dit-elle, je fus à la comédie; c'était *Andromaque*, » qui me fit pleurer plus de six larmes : c'est assez » pour une troupe de campagne. » Mme de Chaulnes l'avait régalée la veille de la comédie de *Tartufe*, qui l'avait fait rire plus de six fois aussi, très proba-blement.

Elle a fait une charmante application d'un passage de cette tragédie dans sa lettre du 28 août 1680. Elle raconte plaisamment un entretien que son fils eut avec M. de la Trousse, son capitaine, quand il voulut vendre sa sous-lieutenance des gendarmes Dauphin. « Il le croyait, dit-elle, tout sucre et tout » miel, mais les nuages couvrirent bientôt la surface » de la terre. Dès que mon fils commença à parler,

» le temps se brouilla, et, de période en période, on
» vint à demander pourquoi on s'était engagé dans
» cette charge? Cela m'a fait souvenir d'Hermione,
» quand elle demande à Oreste, après qu'il a tué
» Pyrrhus par son ordre : « Qui te l'a dit ? » Oreste
» à cette parole devient furieux. Je pense que votre
» petit-frère aurait fait comme lui, si l'ange qui le
» garde ne l'avait soutenu. »

Henriette d'Angleterre avait chargé Corneille et
Racine de traiter le même sujet, *les Amours de Titus
et de Bérénice :* « Elle s'attendait, dit Walkenaer, à
» ce que tous deux chercheraient à créer des allu-
» sions à Louis XIV. Ils n'y manquèrent pas ; mais
» chacun d'eux les puisa dans la nature de son
» génie : Racine dans les sentiments d'un amour
» tendre et passionné, Corneille dans l'élévation de
» l'âme et l'énergie du caractère, et certes on peut
» dire que, quoique la pièce de Corneille fût bien
» inférieure à celle de son jeune rival, elle était plus
» conforme aux désirs de la princesse. » Ces deux
tragédies furent représentées dans l'année 1670.
L'abbé de Villars, l'auteur des *Lettres du comte de
Gabalis sur les Sylphes, les Gnomes et les Sala-
mandres*, en fit une critique sévère, mais assez juste,
qui divisa la cour et la ville ; il ne trouvait pas dans
la Bérénice de Racine les caractères d'une tragédie.

Mme de Sévigné trouva cette critique fort jolie, sauf

cinq ou six mots ; mais laissons-la parler elle-même :
« Je voulus prendre hier une petite dose de morale,
» je m'en trouve assez bien ; mais je me trouvai en-
» core mieux d'une petite critique contre *la Bérénice*
» de Racine, qui me parut fort plaisante et fort ingé-
» nieuse..... Il y a cinq ou six petits mots qui ne
» valent rien du tout, et même qui sont d'un homme
» qui ne sait pas le monde : cela fait quelque peine ;
» mais, comme ce ne sont que des mots en passant,
» il ne faut pas s'en offenser : je regarde tout le reste,
» et le tour qu'il donne à sa critique, je vous assure
» que cela est très joli. »

Bajazet parut au commencement de l'année 1672
et fit beaucoup de bruit. Mme de Sévigné en avait entendu dire tant de bien, qu'elle voulut aller le voir ;
mais auparavant elle écrivit à sa fille : « Racine a fait
» une tragédie qui s'appelle *Bajazet*, et qui lève la
» paille ; vraiment elle ne va pas *empirando*, comme
» les autres. M. de Tallard dit qu'elle est autant au-
» dessus des pièces de Corneille, que celles de Cor-
» neille sont au-dessus de celles de Boyer : voilà ce
» qui s'appelle louer ; il ne faut pas tenir les vérités
» captives ; nous en jugerons par nos yeux et par nos
» oreilles. » Et parodiant ensuite un vers de
l'Alexandre, elle ajoute :

Du bruit de Bajazet mon âme importunée,

» fait que je veux aller à la Comédie : Enfin nous en

» jugerons ! » En attendant qu'elle en soit revenue, nous dirons que ce Boyer dont elle parle, est l'auteur d'une *Judith* qui fut applaudie pendant un carême entier, et sifflée à la rentrée d'après Pâques. La Champmélé ayant demandé la cause de l'inconstance du parterre, un plaisant lui répondit : « C'est » que, pendant le carême, les sifflets étaient à Ver- » sailles aux sermons de l'abbé Boileau. » Quant au M. de Tallard, qui a porté un pareil jugement, nous ne pensons pas que ce soit celui qui fut maréchal de France et perdit la bataille d'Hochstett, car il n'aurait eu que vingt ans, étant né en 1652 :

Si ce n'est toi, c'est donc ton frère !

Mᵐᵉ de Sévigné alla à la Comédie deux jours après, et elle écrivit immédiatement ses impressions : « La pièce de Racine m'a paru belle ; nous y avons » été ; ma belle-fille (La Champmélé) m'a paru la plus » miraculeusement bonne comédienne que j'aie ja- » mais vue : elle surpasse la Desœillets de cent mille » piques ; et moi, qu'on croit assez bonne pour le » théâtre, je ne suis pas digne d'allumer les chan- » delles quand elle paraît..... *Bajazet* est beau... J'y » trouve quelque embarras sur la fin ; mais il y a bien » de la passion, et de la passion moins folle que celle » de *Bérénice*. Je trouve pourtant à mon petit sens » qu'elle ne surpasse pas *Andromaque* ; et, pour les » belles comédies de Corneille, elles sont autant au- » dessus que votre idée était au-dessus... Ressouve-

» nez-vous de cette folie, et croyez que jamais rien
» n'approchera, je ne dis pas surpassera, je dis rien
» n'approchera des divins endroits de Corneille. »

Mᵐᵉ de Sévigné a-t-elle tort quand elle préfère *Andromaque* à *Bajazet?* La critique a prononcé comme elle : *Andromaque* a moins de défauts et plus de beautés que *Bajazet;* et même cette dernière pièce n'est que de second ordre, au jugement de La Harpe et autres juges compétents. A-t-elle raison, quand elle dit que la passion est plus folle dans *Bérénice?* Il faudrait savoir ce qu'elle entend par une passion folle. Si c'est une passion qui ne peut aboutir à un mariage, il n'y a guère de différence entre les deux tragédies : Bérénice ne peut pas épouser Titus, à cause de la haine des Romains contre ceux qui portent le titre de roi ou de reine; Roxane ne peut pas épouser Bajazet, parce que les lois des Ottomans s'y opposent. Si on entend par passion folle celle qui va le plus loin dans ses paroles et dans ses actes, Roxane l'emportera certainement sur Bérénice. Enfin, si une passion folle est celle qui n'a recours qu'à de petits moyens insuffisants pour la faire triompher, nous reconnaissons en effet que la passion est plus folle dans *Bérénice* : c'est ainsi probablement que l'a entendu Mᵐᵉ de Sévigné.

On peut se demander encore si elle a exagéré, quand elle parle des divins endroits de Corneille?

Non, si elle s'était contentée de dire qu'on ne les surpasserait pas; car on sent bien quand c'est la dernière limite du beau; oui, quand elle prétend qu'on n'en approchera jamais. Cela ne rappelle-t-il pas ces admirateurs outrés de J.-B. Rousseau, qui croyaient naïvement qu'après lui la lyre française devrait se borner à l'imiter? S'ils revenaient au monde, malgré la partialité des morts pour les choses de leur temps, ils salueraient la nouvelle Muse, comme n'étant pas indigne de son aînée, à laquelle elle ne ressemble guère pourtant; nous ne voulons pas dire qu'ils reconnaîtraient sa supériorité, de peur que l'on ne nous accuse de romantisme.

Mme de Sévigné revint deux mois après sur le compte de *Bajazet*, pour en dire moins de bien : elle a l'air d'avoir été influencée, et elle cite Despréaux à l'appui de son opinion. Voici deux passages dont nous n'allons faire qu'une pièce : ce sera un peu long; mais qui s'en plaindra avec Mme de Sévigné? « A propos de comédie, voilà *Bajazet*. Si je pouvais » vous envoyer la Champmêlé, vous trouveriez la » pièce bonne; mais, sans elle, elle perd la moitié » de son prix. 9 mars 1672. » — Le 16 mars suivant, elle continue ainsi : « Je suis au désespoir que vous » ayez eu *Bajazet* par d'autres que par moi; c'est ce » chien de Barbin qui me hait, parce que je ne fais » pas des princesses de Clèves et de Montpensier. » Vous avez jugé très juste et très bien *Bajazet*, et

» vous aurez vu que je suis de votre avis. Je voulais
» vous envoyer la Champmêlé pour vous réchauffer
» la pièce. Le personnage de Bajazet est glacé; les
» mœurs des Turcs y sont mal observées; ils ne font
» point tant de façons pour se marier; le dénoue-
» ment n'est point bien préparé; on n'entre point
» dans les raisons de cette grande tuerie. Il y a pour-
» tant des choses agréables; mais rien de parfaite-
» ment beau, rien qui enlève; point de ces tirades de
» Corneille qui font frissonner. Ma fille, gardons-nous
» bien de lui comparer Racine; sentons-en toujours
» la différence : les pièces de ce dernier ont des en-
» droits froids et faibles, et jamais il n'ira plus loin
» qu'*Andromaque*. *Bajazet* est au-dessous, au senti-
» ment de bien des gens et au mien, si j'ose me citer.
» Racine fait des comédies pour la Champmêlé; ce
» n'est pas pour les siècles à venir. Si jamais il n'est
» plus jeune et qu'il cesse d'être amoureux, ce ne
» sera plus la même chose. Vive donc notre vieil ami
» Corneille! pardonnons-lui de méchants vers en fa-
» veur des divines et sublimes beautés qui nous trans-
» portent : ce sont des traits de maître qui sont ini-
» mitables. Despréaux en dit encore plus que moi; et,
» en un mot, c'est le bon goût, tenez-vous-y. »

Bajazet est une pièce de second ordre, ayant
les vices signalés par Mme de Sévigné : ce n'est donc
pas un défaut de goût que nous trouverions à reprendre en elle, mais plutôt de la passion, une sorte de

parti pris à l'égard de Racine. Nous ne sommes pas de ceux qui pensent que Racine n'est pas tragique. Sans doute Corneille l'est plus que lui; mais, de bonne foi, est-ce que *Phèdre* n'est pas tragique? Mme de Sévigné ne connaissait pas *Phèdre*, quand elle écrivait ceci. Mais, est-ce que, dans *Andromaque*, le caractère d'Hermione n'est pas tragique? Peut-on voir un amour plus violent? Cet amour pouvait-il amener un dénouement plus terrible? — Racine n'ira pas plus loin qu'*Andromaque!* — Elle a dû se repentir de ces paroles, quand elle a vu *Phèdre* et *Athalie*, à moins qu'elle n'ait partagé les préjugés du public à l'égard de ces deux pièces; qu'elle n'ait préféré, comme lui, la *Phèdre* de Pradon à celle de Racine. — Il fait des comédies pour la Champmêlé! — oh! voilà ce qui nous semble le plus outré! l'amour peut faire des miracles, mais pas celui de donner du génie. Nous ne disconvenons pas que l'amour n'ait aidé à Racine à pénétrer dans le cœur des femmes, à en sonder tous les plis et les replis; mais l'amour n'est pour rien dans l'admirable conception du caractère d'Iphigénie, dans le divin style d'*Athalie*. A propos de style, il nous semble pourtant que le style de Racine est d'un trop grand poids dans la balance de ses enthousiastes, et que c'est précisément à cause de cela qu'ils le mettent au-dessus de Corneille. Mais il y a autre chose à considérer dans une tragédie : et les caractères, et les passions, et la vraisemblance et l'émotion dramatique, ce feu qui circule dans les grandes assemblées surtout et les électrise ! Enfin nous n'avons pas la prétention de nous constituer en cour d'appel dans ce grand procès, ni de casser un arrêt prononcé par Voltaire ou Sévigné. Mais, si l'on nous croyait, on n'élèverait jamais de pareilles discussions ; l'on se contenterait d'admirer ces astres du monde intellectuel, sans disputer sur la lumière qu'ils nous dispensent.

Mme de Sévigné était en Provence, dans l'année 1673, quand parut *Mithridate*. Mme de Coulanges, qui la tenait au courant des nouvelles, lui écrivit le succès de cette pièce en même temps que la chute de la *Pulchérie* de Corneille : « *Mithridate*, dit-elle, » est une pièce charmante : on y pleure ; on y est » dans une continuelle admiration ; on la voit trente » fois, on la trouve plus belle la trentième fois que » la première. *Pulchérie* n'a point réussi. » Mme de La Fayette, son autre correspondante, lui écrivait à la même époque : « M. de Coulanges m'a assuré qu'il » vous enverrait *Mithridate*. » Ainsi, elle se tenait au courant du théâtre et de Racine par l'intermédiaire de ses amis.

Iphigénie fut représentée dans l'année 1674, pendant que Mme de Grignan était à Paris : il n'est donc pas surprenant que la correspondance de Mme de Sévigné ne contienne rien relativement à cette tragédie. Quant à *Phèdre*, comme la cabale qui fit tomber cette pièce, fut montée par le comte de Nevers, et que Mme de Sévigné avait des relations d'amitié avec lui et sa famille, il se pourrait qu'elle eût commis encore une nouvelle injustice envers Racine.

Ce qu'il y a de certain, c'est qu'elle ne faisait pas grand cas de Racine historien; voici ce qu'elle écrivait à Bussy de Rabutin, le 3 novembre 1677 : « Le roi dit à Racine et à Despréaux, il y a quatre » jours : Je suis fâché que vous ne soyez venus à cette » dernière campagne, vous auriez vu la guerre, et » votre voyage n'aurait pas été long. Racine lui répon- » dit : Sire, nous sommes deux bourgeois qui n'avons » que des habits de ville; nous en commandâmes de » campagne; mais les places que vous attaquiez fu- » rent plus tôt prises que nos habits ne furent faits. » Ah! que je connais un homme de qualité à qui j'au- » rais bien plus tôt fait écrire mon histoire qu'à ces » bourgeois-là. » Bussy comprit bien quel était l'homme de qualité qu'elle voulait dire. Bussy n'est assurément pas un écrivain sans mérite; mais nous pensons que c'est la grande dame aristocratique qui a parlé ici, bien plus que la femme artiste. Dans ce temps-là, les nobles seuls pouvaient avoir des grades dans les armées; par conséquent, des bourgeois ne pouvaient guère raconter les opérations des armées. Et, en effet, l'on dit que les deux historiographes bourgeois firent quelque chose d'assez plat. Aujourd'hui, c'est bien différent; nos plus grands historiens, même de guerres, sont des bourgeois, et l'un d'eux a fait des récits de siéges et de batailles qui surpassent en clarté stratégique ceux mêmes de César : tant il est vrai que les institutions différentes d'un pays modifient jusqu'aux aptitudes.

Il s'écoula, comme on le sait, quelques années pendant lesquelles la Muse de Racine se reposa, les uns disent par découragement, les autres par l'effet de ses scrupules religieux. Mme de Sévigné recommença à parler de lui, le 14 janvier 1689, à propos d'*Esther :* « Mme de Maintenon, écrit-elle, est fort oc- » cupée de la comédie qu'elle fait jouer par ses petites- » filles : ce sera une fort belle chose, à ce que l'on » dit. »

La première représentation d'*Esther* eut lieu quelques jours après; et Mme de Sévigné rapporta immédiatement à sa fille ce qu'elle avait entendu dire : » 28 janvier, le roi l'a trouvée admirable; M. le Prince » y a pleuré; Racine n'a rien fait de plus beau ni de » plus touchant. Il y a une prière d'Esther pour » Assuérus qui enlève. Mme de Caylus fait Esther et fait » mieux que la Champmêlé. J'étais en peine qu'une » petite demoiselle représentât le roi; on dit que cela » a été fort bien. »

Trois jours après, elle rendit compte d'une autre

représentation à laquelle elle n'avait pas assisté non plus. Le roi et toute la cour ont été charmés. Mᵐᵉ de Miramion et huit jésuites, dont le père Gaillard était, ont honoré cette représentation de leur présence; enfin c'est un chef-d'œuvre de Racine; et si elle était dévote, elle aspirerait à voir jouer cette pièce. Mais la vérité est qu'elle n'avait pas encore été invitée. Elle nous apprend en même temps que l'opéra n'était plus en cour : « Mᵐᵉ la princesse de Conti a voulu » louer l'opéra; c'est, dit-on, qu'il y a de l'amour, et » on n'en veut plus ! »

Les ans en sont la cause !

Plus loin elle nous dit que Mᵐᵉ de Maintenon invitait à Saint-Cyr tous les gens d'une profonde sagesse : à ce compte, son tour aurait dû venir plus tôt. Mais, avant elle, elle vit y aller le chevalier de Grignan, que sa goutte avait quitté, et M. de Pomponne, auquel le roi et Mᵐᵉ de Maintenon étaient surpris de n'avoir pas pensé plus tôt. Ils lui rapportèrent leurs impressions, et, partant, voici un troisième compte-rendu du 7 février :

« M. de Pomponne fut content au dernier point. » Racine s'est surpassé; il aime Dieu, comme il aimait » ses maîtresses; il est pour les choses saintes, comme » il était pour les profanes : la sainte Écriture est suivie » exactement dans cette pièce; tout y est beau; tout

» y est grand; tout y est traité avec dignité. Vous
» avez vu ce que M. le chevalier m'en a écrit; ses
» louanges et ses larmes sont bonnes. » Dans cet
éloge, nous trouvons de trop deux choses, l'une au
point de vue de l'art, l'autre au point de vue de la
morale : elles sont faciles à deviner! Le roi et la
reine d'Angleterre assistaient à cette représentation :
pour le roi, il paraissait content partout, « c'est pour
« cela qu'il est en France » disait spirituellement notre
auteur. La reine, elle, sentait bien son malheur!

Mme de Sévigné fut enfin invitée à Saint-Cyr :
l'abbé Têtu la nomma à Mme de Maintenon pour voir
Esther, et Mme de Maintenon répondit mieux « qu'elle
« ne le mérite. » Mais il y avait eu un changement
dans les rôles; Mme de Caylus, qui était la Champmêlé
de la pièce, ne jouait plus; elle faisait trop bien; elle
était trop touchante; « on ne veut que la simplicité
» toute pure de ces petites âmes innocentes. »

Mme de Coulanges, l'amie de Mme de Sévigné,
ayant ses entrées à la cour, avait vu *Esther* avant
elle; et il se passa entre elle et la maréchale d'Estrées,
au sujet de cette pièce, une petite scène qui a été
racontée par Mme de Sévigné. La maréchale se taisait
sur les louanges d'*Esther*. « Il faut, dit Mme de
» Coulanges, que Mme la maréchale ait renoncé à ja-
» mais rien louer, puisqu'elle ne loue pas cette pièce. »
La maréchale avait témoigné, à ce qu'il paraît, la

même froideur pour Mme de Grignan; aussi Mme de Sévigné ajoute-t-elle : « Mme de Coulanges vous prie de » vous consoler de n'être point louée de la maré- » chale, puisqu'elle ne loue point *Esther*. » La petite scène entre la maréchale et Mme de Coulanges se passait chez M. de Croissi; la compagnie fit un éclat de rire qui déconcerta la maréchale; mais elle se plaignit doucement et dit que c'était pour lui faire une affaire. Elle était probablement de ces gens qui pratiquent le précepte d'Horace, *nil admirari*, ne s'enthousiasmer pour rien !

Ceci se passait avant la représentation à laquelle assista Mme de Sévigné. Enfin arriva le grand jour! Elle se plaça à côté du maréchal de Bellefonds, et écouta avec beaucoup d'attention; son récit est charmant comme toujours : « Nous écoutâmes, dit-elle, » cette tragédie avec une attention qui fut remarquée; » et certaines louanges sourdes et bien placées qui » n'étaient peut-être pas sous les fontanges de toutes » les dames. Je ne puis vous dire l'excès de l'agré- » ment de cette pièce; c'est une chose qui n'est pas » aisée à représenter, et qui ne sera jamais imitée; » c'est un rapport de la musique, des vers, des » chants, des personnes, si parfait et si complet » qu'on n'y souhaite rien. Les filles qui font des rois » et des personnages sont faites exprès. On est at- » tentif et on n'a point d'autre peine que celle de voir » finir une si aimable pièce. Tout y est simple, tout y

» est innocent, tout y est sublime et touchant. Cette
» fidélité de l'*Histoire Sainte* donne du respect. Tous
» les chants convenables aux paroles qui sont tirés
» des Psaumes et de la Sagesse, et mis dans le sujet,
» sont d'une beauté qu'on ne soutient pas sans larmes.
» La mesure de l'approbation qu'on donne à cette
» pièce, c'est celle du goût et de l'attention. J'en fus
» charmée et le maréchal aussi, qui sortit de sa place
» pour aller dire au roi combien il était content, et
» qu'il était auprès d'une dame qui était bien digne
» d'avoir vu *Esther*. Le roi vint vers nos places; et,
» après avoir toussé, il s'adressa à moi et me dit :
» Madame, je suis assuré que vous avez été contente.
» Moi, sans m'étonner, je réponds : Sire, je suis
» charmée; ce que je sens est au-dessus des paroles.
» Le roi me dit : Racine a bien de l'esprit! Je dis Sire,
» il en a beaucoup; mais, en vérité, ces jeunes per-
» sonnes en ont beaucoup aussi; elles entrent dans le
» sujet comme si elles n'avaient jamais fait autre
» chose. Ah! pour cela, reprit-il, il est vrai! Et puis
» Sa Majesté s'en alla, et me laissa l'objet de l'envie.
» Comme il n'y avait quasi que moi de nouvelle venue,
» le roi eut quelque plaisir de voir mes sincères ad-
» mirations sans bruit et sans éclat. M. le Prince et
» Mme la Princesse vinrent me dire un mot, Mme de
» Maintenon, un éclair; elle s'en allait avec le roi :
» je répondis à tout, car j'étais en fortune. »

Est-ce parce qu'elle était en fortune qu'elle s'est

montrée si bienveillante dans ce charmant récit ? Est-ce le courtisan qui s'exprime encore, avec autant d'enthousiasme, même hors de la présence du roi ? Nous ne le pensons pas; Mme de Sévigné a été charmée par la magie du style, des chants, du spectacle; ses admirations ont été sincères. Le roi ne s'y est pas mépris : aussi cela lui a fait quelque plaisir, et un roi n'a pas souvent de ces plaisirs-là. Les admirateurs de Racine doivent être contents ; ils doivent pardonner les exagérations relatives à *Bajazet* en considération des éloges sans restriction qui sont accordés si volontiers à *Esther*. Dix-sept ans se sont écoulés entre les deux époques, et l'on change en dix-sept ans. L'âge lui a ôté la passion, la partialité ; mais il lui a laissé sa belle imagination de vingt-cinq ans augmentée de l'expérience qui tempère et contribue à donner plus de bienveillance et de justice. Par conséquent, quand on cite l'opinion de Mme de Sévigné sur Racine, il ne faut pas se contenter de la fameuse phrase : « Racine » passera comme le café, » phrase qu'elle peut avoir prononcée, mais qui ne se trouve nulle part dans ses lettres. Il faut encore rappeler les larmes qu'elle a versées pour *Andromaque*, et son magnifique compte-rendu de la représentation d'*Esther* à Saint-Cyr.

Il sera probablement difficile d'effacer la fameuse phrase de la mémoire des écoliers et de ceux qui la leur apprennent; cependant, elle est doublement injuste, car, au lieu de cette prédiction contre le café et

Racine, nous trouvons un éloge bien senti du café au lait : « Mais pourquoi, s'écrie-t-elle, dites-vous du » mal de mon café avec du lait ? C'est que vous haïssez » le lait ; car, sans cela, vous trouveriez que c'est la » plus jolie chose du monde. J'en prends le dimanche » matin par plaisir. Vous croyez le dénigrer en disant » que cela est bon pour faire vivoter une pauvre pul- » monique ; vraiment, c'est une grande louange, et, » s'il fait vivre une mourante, il fera vivre fort agréa- » blement une personne qui se porte bien. » Qu'on sache bien, toutefois, que nous ne donnons pas ceci comme un certificat en faveur du café au lait, mais seulement comme un sentiment personnel de Mme de Sévigné. Et son goût ne s'est pas démenti : les der- nières lignes de sa correspondance sont pour les sermons et le café ; à la fin de la lettre du 26 février 1690, qui est la dernière, on lit : « J'ai pris ce matin » du tripotage de café avec du lait ; je n'en suis point » encore dégoûtée ; non plus que des sermons ; car, » nous ne tâtons que de ceux de M. Le Tourneux et de » saint Jean-Chrysostôme. » Mais revenons à *Esther*.

Cette pièce fut imprimée et produisit son effet ordinaire. Le marquis de la Feuillade appelait l'im- pression *une requête civile* contre l'approbation pu- blique. Mme de Sévigné cita ce mot spirituellement emprunté au langage de la procédure, et prêta un peu l'oreille d'abord à la requête ; car, en envoyant *Esther* à sa fille, elle dit qu'elle ne répondait que de l'agrément du spectacle. Mais l'admiration de Mme de Grignan la rappela à ses premiers sentiments, au point qu'elle se moqua de la critique, et que, plaisantant sur la requête civile présentée contre Racine et sur une autre présentée par M. d'Aiguebonne, qui avait perdu un procès contre M. de Grignan, elle trouva que ces deux requêtes avaient eu le même sort. « Les critiques sont déboutés, dit-elle. » Elle se demanda en même temps si Racine pourrait faire quelque chose d'aussi parfait, car on disait qu'il travaillait à une autre tragédie ; elle ne le croyait pas, parce que l'histoire d'Esther est unique : « Racine a » pourtant bien de l'esprit, ajouta-t-elle, il faut es- » pérer ! » Elle eut, comme on le voit, un pressentiment d'*Athalie*.

Racine a fait la comédie des *Plaideurs,* qui fait regretter qu'il s'en soit tenu là. Mme de Sévigné l'a mise à contribution dans sa lettre du 9 octobre 1675. Elle raconte qu'elle avait proposé à d'Hacqueville de n'écrire qu'une fois en huit jours pour le soulager ; mais qu'il n'a pas voulu accepter la proposition, quoiqu'elle même lui donnât l'exemple : « Il n'entend » point, dit-elle, cette sorte de tendresse, et veut » écrire comme le juge (Dandin) voulait juger ; j'en » suis dans une véritable peine ; car je suis persuadée » que cet accablement nous le fera mourir. » Ce d'Hacqueville se multipliait tellement pour ses amis et se donnait tant d'affaires pour eux qu'on l'avait surnommé les d'Hacqueville.

Elle fait à la spirituelle comédie de Racine un autre emprunt dans la lettre du 10 mai 1687, où elle parle d'une plaideuse : « La Provençale, dit-elle, » vous fait bien des amitiés. Elle est occupée d'un » procès qui la rend assez semblable à la comtesse » de Pimbesche. » C'est à propos de cette pièce plus qu'à propos d'*Esther* qu'on pouvait dire, il nous semble : « Racine a beaucoup d'esprit ! » Cela nous rappelle un fait dont nous avons été le témoin. Une grande dame russe, mais catholique, louait devant un juif une ode religieuse, faite en réponse à celle de M. Victor Hugo, qui annonçait la fin de Rome et le règne de Philadelphie. Le juif, après l'avoir lue, la rendit à la grande dame en disant : « Il y a de l'es- » prit ! — Mieux que cela, monsieur, » reprit-elle. Mme de Sévigné aurait pu faire la même réponse à Louis XIV : « Mieux que cela, sire ! »

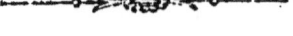

CHAPITRE V.

DESPRÉAUX.

Boileau chez la Champmêlé. — Le témoignage de Boileau relativement à *Bajazet*. — Son épître qui contient l'éloge du roi
pacifique. — L'arrêt burlesque. — Eloge de l'*Art poétique*
par M. de Pomponne. — Mémoire extraordinaire du baron
de Sévigné. — Pourquoi Mme de Sévigné ne cite pas Boileau.

A côté de Racine nous allons placer son ami Despréaux, pour imiter Mme de Sévigné, qui les a plusieurs fois réunis : nous les avons rencontrés, en
effet, chez la Champmêlé avec le baron de Sévigné,
et une autre fois écrivant ensemble l'histoire officielle
de la France. La prose de Boileau n'est guère digne
de Clio ; nous n'en dirons pas autant de celle de Racine ; néanmoins, elle a prononcé un arrêt commun.
Nous établirons aussi une distinction entre les deux
poëtes, pour expliquer leur présence chez la Champ-

mêlé : Boileau y était uniquement dans l'intérêt de l'art, il allait chez les artistes pour donner des leçons à Melpomène et à Thalie, de vive voix, avant de les graver en beaux vers. Boileau a toujours eu de la conduite, quoiqu'il nous ai dit par modestie, dans son portrait, qu'il était

> Ami de la vertu plutôt que vertueux.

On est surpris aussi d'entendre Mme de Sévigné affirmer que Despréaux disait plus de mal qu'elle encore de *Bajazet*, surtout quand on pense à ces vers écrits peu de temps après :

> Que tu sais bien, Racine, à l'aide d'un acteur,
> Emouvoir, entraîner, ravir un spectateur !

Boileau était sincère ; il a blâmé ce qui est blâmable, de même qu'il a loué ce qui mérite des louanges. Il ne les a pas épargnées à *Phèdre*, à *Athalie*, sans avoir peur des coteries. Mais il est difficile d'admettre qu'il ait crié contre *Bajazet* aussi fort que le prétend Mme de Sévigné, car il a toujours été l'ami de Racine ; et ordinairement l'on ne dénigre pas avec tant d'acharnement ses amis devant le public. Au reste, ceci prouve que Boileau exerçait déjà une grande autorité ; car il est le seul dont elle invoque le témoignage.

Cet auteur a fait, comme on le sait, douze épîtres

sur lesquelles trois sont adressées au roi : il a loué
le roi belliqueux, le roi pacifique, et le roi qui était
tout à la fois l'un et l'autre. L'épître qui contient
l'éloge du roi pacifique fut publiée séparément, pour
la seconde fois, au commencement de l'année 1672,
peu de temps avant que la guerre fût déclarée à la
Hollande. Mme de Sévigné y fait allusion dans sa lettre
du 27 janvier de la même année, où elle loue le roi
d'avoir renoncé à la guerre : « En vérité, dit-elle, on
» ne saurait trop louer le roi ; il s'est perfectionné
» depuis un an. Les poëtes ont commencé à la cour ;
» mais j'aime bien autant la prose depuis que tout le
» monde en sait faire pour conter et chanter ses
» louanges. » Elle dut bien regretter ces paroles après
la déclaration de guerre ; mais le roi avait fait ses
préparatifs d'une manière tellement secrète que personne ne s'en doutait.

Boileau n'aimait point la poésie burlesque ; c'était
au point qu'un jour il ne se gêna pas pour dire devant le roi et Mme de Maintenon, qui avait été la
femme de Scarron : « Heureusement, ce goût est
» passé, et l'on ne lit plus Scarron, même en pro-
» vince ! » Il l'a condamnée aussi en vers, quand
il s'est écrié dans l'*Art Poétique* :

Que ce style jamais ne souille votre ouvrage !

Il a pourtant lui-même eu recours à ce style,

en prose, il est vrai, mais il en a usé avec plus de délicatesse que ceux qu'il condamnait. Nous voulons parler de l'arrêt burlesque rendu par la Sorbonne pour le maintien de la doctrine d'Aristote contre la Raison. Nous ne le rapportons pas ici en entier, quoiqu'il ne soit pas plus long que certains arrêts de cour d'appel; nous nous contenterons de transcrire le commencement des considérants et du dispositif :

ARRÊT BURLESQUE

Donné en la grand'chambre du Parnasse, en faveur des maîtres-ès-arts, médecins et professeurs de l'Université de Stagire (patrie d'Aristote) au pays des Chimères, pour le maintien de la doctrine d'Aristote.

» Vu par la cour la requête présentée par les » régents, tant en leur nom que comme tu- » teurs de la doctrine de maître Aristote, ancien » professeur royal en grec, dans le collége du » Lycée, et précepteur de feu roi de querelleuse » mémoire, Alexandre dit le Grand, acquéreur de » l'Asie, Europe, Afrique et autres lieux, contenant » que, depuis quelques années, une inconnue, » nommée la Raison, aurait entrepris d'entrer par » force dans les écoles de ladite Université... se » serait mise en état d'en expulser ledit Aristote,

» ancien et paisible possesseur des dites écoles contre
» lequel elle et ses consorts auraient déjà publié
» plusieurs livres..... voulant assujettir le dit Aristote
» à subir devant elle l'examen de sa doctrine...

» La cour, ayant égard à la dite requête, a
» maintenu et gardé, maintient et garde ledit Aris-
» tote en la pleine et paisible possession et jouis-
» sance des dites écoles; ordonne qu'il sera suivi et
» enseigné par les régents... sans que, pour ce, ils
» soient obligés de le lire, ni de savoir sa langue et
» ses sentiments. Et sur le fond de sa doctrine les
» renvoie à leurs cahiers.....

» Et, à cet effet, sera le présent arrêt lu et
» publié aux Mathurins de Stagire, à la première as-
» semblée qui sera faite pour la procession du rec-
» teur, et affiché aux portes de tous les colléges du
» Parnasse, et partout où besoin sera.

» Fait ce trente-huitième jour d'août 1671. »

Mme de Grignan avait applaudi à cette requête,
présentée par des disciples de Descartes, auxquels
les partisans d'Aristote faisaient la guerre. Elle en
avait écrit à sa mère, et celle-ci lui répondit : « Je
» suis fort aise que vous ayez trouvé cette requête
» jolie; sans être aussi habile que vous, je l'ai en-
» tendue *per discrezione;* elle m'a paru admirable.

» La Mousse (l'abbé de) est fort glorieux d'avoir
» fait en vous une si merveilleuse écolière. »

Quinze ans plus tard, en 1689, l'arrêt burlesque
lui revint en mémoire, et lui suggéra une page éloquente : voici à quelle occasion. Le maréchal de la
Meilleraie avait donné à un breton, nommé Coët-
logon, une gratification de cent écus en deux ans.
Cette gratification n'était portée sur aucun état de
pension, et on ne la connaissait pas. Après sa mort,
le donataire la réclama comme un droit acquis.
L'héritier ne voulut pas reconnaître ce droit. L'affaire étant portée devant M. de Chaulnes, gouverneur de la Bretagne, celui-ci donna raison à l'héritier; mais beaucoup de gens lui donnèrent tort, à
lui, entre autres les Grignan. Mme de Sévigné prit
parti pour le duc de Chaulnes, quoiqu'elle eût à s'en
plaindre personnellement. Maintenant, voyons l'usage
qu'elle fit de Despréaux dans cette affaire : « Quoi,
» s'écrie-t-elle, une inconnue, nommée la Raison,
» soutenue de la vérité, heurtera à la porte, et elle
» en sera chassée comme de l'Université de Paris
» (vous avez vu le charmant ouvrage de Despréaux),
» et on ne voudra pas seulement l'entendre accom-
» pagnée de ses pièces justificatives ! Quoi, deux et
» deux ne feront plus quatre ! Une gratification
» donnée par le maréchal de la Meilleraie, de cent
» écus en deux ans, qui n'a jamais été sur aucun
» état de pension, et qu'on ne savait pas, fera un

» crime de n'être pas continuée..... Peut-on, avec
» un si bon esprit, fermer les yeux et la porte à
» cette pauvre vérité! » Oui, Mme de Sévigné, on
peut très bien lui fermer les yeux et la porte, quand
on a intérêt à ce qu'elle n'entre pas; c'est le cas des
plaideurs de mauvaise foi; et aussi quand on s'est
barricadé dans une petite enceinte, qu'on regarde
comme le monde entier, et qu'on s'est dit qu'il n'y a
de terre que le petit carré sur lequel on est, qu'il n'y
a de ciel que celui qu'on aperçoit au-dessus de sa
tête, et c'est le cas de l'antique Sorbonne dont Boileau s'est si agréablement moqué! Nous avons avancé
que Mme de Sévigné avait, au moment où elle prenait la défense du duc de Chaulnes, à se plaindre de
lui. Comme ils ont été étroitement liés durant toute
leur vie, il est naturel qu'on nous demande une explication. Le duc de Chaulnes lui avait promis de
recommander le baron de Sévigné pour une dépu-
tation aux Etats de Bretagne; mais, ayant été
nommé ambassadeur à Rome, après la mort d'Innocent XI, il avait, au milieu des grands intérêts
qui le préoccupaient, oublié d'en parler au roi
avant son départ. Il était, par conséquent, excu-
sable. Mme de Sévigné l'excusa plus tard, mais dans
le moment la plaie était au vif.

Il faut placer les satires de Boileau au-dessous
de ses épîtres pour la perfection des vers, la vivacité
du dialogue, et la finesse du trait. Nous ne pouvons

malheureusement citer aucun passage qui contienne une appréciation ; les satires étaient publiées quand elle commença d'écrire. Mais elle dut aimer cette malice réfléchie, cette manière de tuer son homme en ayant l'air de lui donner la vie, ces coups si bien ajustés, et ce courage même qui ne craint pas la multitude des ennemis. Boileau était un grand esprit, mais ce que l'on ne dit pas, c'était aussi un grand cœur ! Car enfin, pour bien apprécier la satire, il faut se la représenter comme une guerre entreprise contre un ennemi du genre humain : le mauvais goût en toutes choses renferme un faux jugement, et un faux jugement est une plante d'ivraie qui peut empoisonner tout un champ : gloire donc au grand satirique ! Mais nous voulions dire tout simplement que Mme de Sévigné lui avait emprunté une expression. Boileau a dit dans le *Repas ridicule :*

Certain hableur, à la gueule affamée,
Qui vint à ce festin conduit par la fumée,
Et qui s'est dit profès *en l'ordre des coteaux ;*
A fait en bien mangeant l'éloge des morceaux.

Ecoutons maintenant Mme de Sévigné parlant du dîner de M. de Valavoire : « Le dîner de M. de » Valavoire effaça entièrement le nôtre, non par la » quantité des viandes, mais par l'extrême délica- » tesse qui a surpassé celle de tous les coteaux. » — 4 mars 1672.

Dix-huit mois plus tard, le 2 novembre 1673, elle nous raconte une anecdote qui nous prouve que Despréaux avait de l'esprit ailleurs qu'en vers : « Despréaux a été avec Gourville voir M. le Prince. » M. le Prince voulut qu'il vît son armée. — Hé » bien ! qu'en dites-vous, dit M. le Prince. — Mon- » seigneur, dit Despréaux, je crois qu'elle sera bonne » quand elle sera majeure. » C'est que le plus âgé n'a pas dix-sept ans, ajoute Mme de Sévigné.

L'*Art poétique* parut en 1674. Elle ne le loue pas directement, mais elle met l'éloge dans la bou- che de M. de Pomponne : « J'ai donc dîné samedi » chez M. de Pomponne, comme je vous avais dit ; » et puis, jusqu'à cinq heures, il fut enchanté, en- » levé, transporté de la perfection [des vers de la » *Poétique* de Despréaux. » Nous avons connu plus d'un professeur qui passait par les mêmes phases de l'enthousiasme, en déclamant ces vers, pour en faire sentir les beautés aux élèves de rhéto- rique. Malheureusement, d'autres poétiques sont venues, avec des principes opposés, semer le scep- ticisme, ce fléau du vrai et du beau ; d'autant mieux que les auteurs de ces poétiques ont fait aussi, eux, de beaux vers. Pour nous, nous admettons et nous aimons le beau, de quelque source qu'il vienne : peu nous importe l'école ! Cependant nous avouons que si nous redevenions écolier, et qu'il nous fallût choisir un auteur pour l'apprendre par cœur, nous préférerions Boileau avec La Fontaine : ce sont leurs vers qu'on apprend le plus facilement et qu'on retient le plus longtemps, et la raison en est aisée à découvrir : chez l'un, c'est la précision incomparable de son style ; chez l'autre, l'intérêt dramatique de ses fables.

Nous avons un mot seulement à dire aussi du *Lutrin*. Pourquoi donc Mme de Sévigné a-t-elle été si sobre de paroles à l'égard de Despréaux ? Elle fait allusion à ce poëme héroï-comique dans sa lettre du 6 novembre 1675. Sa fille lui avait parlé d'une histoire de Messine, où il y avait un prince efféminé et endormi. Il lui rappelle à la fois trois personnages, savoir : le comte de Culagna, personnage d'un poëme italien, intitulé la *Secchia Rapita ;* le *Sommeil*, tel qu'il est dépeint dans l'Arioste, et la *Mollesse* comme Despréaux la représente dans son *Lutrin*. Suivant les uns, c'est la *Secchia Rapita* qui donna à Despréaux l'idée de son *Lutrin ;* suivant les autres, ce fut le premier président de Lamoignon qui lui conseilla de mettre en vers le différend qui s'était élevé entre le trésorier et le chantre de la Sainte-Chapelle.

Boileau, à son tour, nous a conservé un détail relatif, non à Mme de Sévigné, mais à son fils. Ils se fréquentaient, comme on l'a vu, et, dans leurs réunions, ils parlaient plus souvent de littérature que d'autres choses. Or, un jour Boileau lut devant le baron son dialogue sur les héros de roman. Celui-ci avait une mémoire prodigieuse ; il le retint presque en entier, et on l'imprima d'après lui, longtemps avant que Boileau en eût livré le manuscrit à Brossette.

Nous devons terminer ici ce chapitre, à notre grand regret ; nous eussions aimé à rencontrer des citations des vers de Boileau, qui nous auraient rappelé nos belles années de collége. Si Mme de Sévigné n'en fait pas, ne serait-ce point parce que ses maîtres, Ménage et Chapelain, ne lui en ont point fait apprendre. Ils en auraient bien été capables, à cause de leur inimitié pour le satirique. Mais la chronologie ne nous permet pas de donner cette explication, car Mme de Sévigné était de dix ans plus âgée que Boileau, qui est né en 1636. Il vaut mieux dire que lorsque les poésies de Boileau parurent, elle n'était plus dans cet âge où l'on a le temps et la facilité d'apprendre. Nous avons entendu expliquer cette absence de citations par des professeurs qui disaient qu'elle n'aimait pas ce poëte. Il n'est pas possible qu'elle n'aimât pas celui qui a fait tant de beaux vers, et qui, toute sa vie, a fait la guerre au mauvais style.

CHAPITRE VI.

LA FONTAINE.

Vers de La Fontaine en l'honneur de Mme de Sévigné et de sa
fille. — Envoi de deux livres des *Fables*. — L'avertissement
de La Fontaine. — La Fontaine est-il peintre ? — Elle lisait
ses contes et les envoyait à sa fille. — Nouveaux envois de
Fables. — Pourquoi tout le monde aime La Fontaine ? —
Citations et allusions tirées de ses *Fables*.

La part de La Fontaine est beaucoup plus grande
que celle de Despréaux dans les lettres de Mme de
Sévigné. Elle le connaissait depuis longtemps :
l'an 1658, La Fontaine, invité par une abbesse de
Mons à venir la trouver, n'avait pas osé s'exposer aux
dangers que l'on courait sur les routes à une époque
où l'ennemi venait de s'emparer de Rocroi. Il composa pour s'excuser une épître dont il fit la lecture
chez le surintendant Fouquet, en présence de Mme de

Sévigné. Celle-ci loua beaucoup cette épître; et l'auteur, par reconnaissance, adressa deux jours après à Fouquet les vers suivants :

De Sévigné depuis deux jours en ça ,
Ma lettre tient les trois parts de sa gloire ,
Elle lui plut , et cela se passa,
Phébus tenant chez vous son consistoire.
Entre les dieux (et c'est chose notoire)
En me louant Sévigné me plaça.
Ingrat ne suis : son nom sera piéça ,
De là le ciel , si l'on m'en voulait croire.

La reconnaissance du poëte rejaillit aussi sur la fille de Mme de Sévigné; il lui dédia, en 1666, une de ses plus jolies fables, celle du *Lion amoureux* :

Sévigné, de qui les attraits
Servent aux grâces de modèle,
Et qui naquîtes toute belle,
A votre indifférence près :
Pourriez-vous être favorable
Aux jeux innocents d'une fable,
Et voir sans vous épouvanter
Un lion qu'Amour sut dompter.

Mme de Sévigné et La Fontaine entretenaient, comme, on le voit, des relations agréables; et la noble conduite de La Fontaine, lors de la disgrâce de Fouquet, avait touché l'amie de l'infortuné surintendant.

C'est le 13 mars 1671 que Mme de Sévigné parle pour la première fois des *Fables* de La Fontaine ; elle annonce à Mme de Grignan qu'elle lui en enverra deux livres ; mais ce n'étaient pas les premiers, car elle dit : « Si est-ce que je vous donnerai les deux livres » de La Fontaine, quand vous seriez en colère. Il y a » des endroits jolis et d'autres ennuyeux : on ne veut » jamais se contenter d'avoir bien fait ; et, en voulant » mieux faire, on fait plus mal. » En quoi ces livres pouvaient-ils exciter la colère de Mme de Grignan? Serait-ce parce que cet esprit sévère n'aimait pas les fables? Serait-ce parce que les fables que l'auteur publiait alors ne valaient pas les précédentes? Les derniers livres ont un caractère philosophique qui devait plaire au contraire à un disciple de Descartes. Ce qu'il y a de certain, c'est que Mme de Grignan préférait les fables au poëme épique ; sa mère aussi, car elle écrivait le 26 août 1677 : « Je suis fort de votre » avis pour la préférence des *Fables* sur *le Poëme* » *épique* ; la moralité s'en présente bien plus vite et » plus agréablement. On ne va point chercher midi à » quatorze heures : cela soit dit pourtant avec la per- » mission du Tasse, que je ne puis oublier sans être » une ingrate. »

Examinons maintenant les plaintes de Mme de Sévigné : elle trouve des endroits ennuyeux ; elle regrette que l'auteur, en voulant mieux faire, ait fait plus mal. Ces reproches, adressés d'une manière aussi

7

générale, ne sont pas exempts d'une certaine injustice : il s'agit ici probablement des livres IX et X; or, ces livres contiennent quelques fables d'une grande beauté. Aussi revient-elle quelques jours après (20 avril) sur ce sujet avec des expressions plus louangeuses : « Mais vous n'avez point trouvé jolies les cinq » ou six fables de La Fontaine qui sont dans un des » tomes que je vous ai envoyés? Nous en étions ravis » l'autre jour chez M. de La Rochefoucauld; nous ap- » prîmes par cœur celle du *Singe et du Chat* :

D'animaux malfaisants c'était un très bon plat.

» et le reste : cela est peint! Et la *Citrouille et le Ros-* » *signol* : cela est digne du premier tome. » Elle aurait pu en citer d'autres, la fable des *Deux Pigeons* par exemple, qui est une des plus belles de tout le recueil; nous sommes surpris qu'elle n'en ait pas parlé, d'autant plus que son amour maternel devait y trouver force allusions.

Les reproches de Mme de Sévigné reposent cependant sur quelque chose; car La Fontaine sentit le besoin de se justifier de la nouvelle manière qu'il avait adoptée; et voici l'avertissement qu'il donnait au public : « J'ai jugé à propos de donner à la plupart » de ces fables un air et un tour un peu différent de » celui que j'ai donné aux premières, tant à cause de » la différence des sujets que pour remplir de plus

» de variété mon ouvrage. Les traits familiers que j'ai
» semés avec assez d'abondance dans les deux autres
» parties convenaient bien mieux aux inventions
» d'Esope qu'à ces dernières, où j'en use plus sobre-
» ment, pour ne pas tomber en des répétitions; car
» le nombre de ces traits n'est pas infini. Il a donc
» fallu que j'aie cherché d'autres enrichissements et
» étendu davantage les circonstances de ces récits,
» qui d'ailleurs me semblaient le demander de la
» sorte. » Mme de Sévigné n'avait donc pas tort, quand
elle signalait un changement; et il est assez grand,
de l'aveu de l'auteur : moins de traits familiers, plus
de développements, c'est assez pour que les dernières fables soient moins populaires que les premières.

Mais, en revanche, Mme de Sévigné n'a-t-elle pas si-
gnalé une des premières qualités de La Fontaine,
quand elle a dit : « Cela est peint ! » Et Voltaire, qui
ne goûtait pas La Fontaine, n'en aurait-il point voulu
un peu aussi à Mme de Sévigné, à cause de cela? Car il
refuse au fabuliste la qualité de peintre. Pour nous,
nous pensons comme Mme de Sévigné; et en lisant
La Fontaine, nous nous sommes écrié souvent aussi :
Comme cela est peint ! Entendons-nous bien sur la
portée de ce mot : il se dit d'un tableau qui est une
représentation fidèle de la nature, et la littérature
doit imiter la peinture, à laquelle on a emprunté mé-
taphoriquement cette expression; elle doit donner à
chaque chose les couleurs qui lui conviennent. Il en

est qui ne voient de poésie que dans des phrases cha-
marées d'or et de pourpre, et qui voudraient que de
simples paysages eussent l'éclat de la *Transfiguration*
de Raphaël. La Fontaine a employé de grandes
images quand il l'a fallu ; et il n'est guère facile d'en
trouver de plus grande que celle du chêne, par
exemple :

> De qui la tête au ciel était voisine,
> Et dont les pieds touchaient à l'empire des morts.

mais ses drames ne comportaient pas toujours la
grandeur et la richesse, et il leur a donné toute la
variété dont ils étaient susceptibles. D'ailleurs, le
point essentiel pour juger si un auteur a su peindre,
c'est de voir si ses tableaux sont animés et parlants.
Or, nous invoquons ici, en faveur de La Fontaine,
le témoignage des plus simples, celui des enfants : à
cet âge, on ne comprend que par les yeux ! Qu'on
aille dire, après cela, que La Fontaine ne sait pas
peindre, ou qu'il n'a pas de poésie, car l'accusation
est la même, *ut pictura poesis !*

    Mme de Sévigné ne se contentait pas des fables
de La Fontaine ; elle lisait aussi ses contes. Dans ce
temps-là, les ouvrages de littérature ne paraissaient
point par centaines chaque année ; ceux qui lisaient
se jetaient sur tout ce qui paraissait avec le privilége
du Roi. Les habitudes de l'époque autorisaient d'ailleurs la lecture d'écrits qu'on rougirait aujourd'hui
d'avoir ostensiblement dans sa bibliothèque. Enfin,

les *Contes* de La Fontaine sont si spirituels ! Ce n'est pas une raison, nous dit-on. C'est vrai, mais c'est une excuse : l'esprit attire insensiblement l'esprit ! Quant à son cœur, il était au-dessus de ces misères-là, dans une région sereine d'où elle pouvait laisser son esprit s'amuser sans danger. On insiste, et l'on dit que tout le monde n'est pas dans de pareilles conditions pour lire les *Contes* de La Fontaine. — Alors il vaut beaucoup mieux s'abstenir !

Il paraîtrait qu'on faisait trio chez elle pour cette lecture : ses deux choristes étaient son fils et l'abbé de La Mousse (de la famille de Coulanges). Son fils, assez dissipateur, qui n'aimait guère les comptes de ménage, devait aimer les autres ; et nous préférerions qu'elle ne les eût pas lus avec lui. Mais peut-être que nous avons mal interprété le passage qui nous le fait croire ; vous en jugerez, lecteur : « Mon » fils et La Mousse s'accommodent fort bien de moi, » et moi d'eux ; nous nous cherchons toujours » (c'était aux Rochers) ; et, quand les affaires me » séparent d'eux, ils sont au désespoir et me trouvent » ridicule de préférer un compte de fermier aux » contes de La Fontaine. »

Pour avoir une idée des rapports littéraires qui existaient entre elle, son fils et l'abbé de la Mousse, il faut lire un passage d'une lettre du 21 juin 1671 ; on y verra en même temps que c'est son fils qui l'entraînait vers les lectures légères, et qu'elle gardait la morale pour les jours où il était absent : « Nous lisons fort ici : La Mousse m'a priée qu'il » pût lire le Tasse avec moi ; je le sais fort bien , » parce que j'ai très bien appris l'italien : cela me » divertit. Son latin et son bon sens le rendent un » bon écolier, et ma routine et les bons maîtres » que j'ai eus me rendent une bonne maîtresse. » Mon fils nous lit des bagatelles , des comédies » qu'il joue comme Molière, des vers, des romans , » des histoires ; il est fort amusant, il a de l'esprit , » il entend bien, il nous entraîne, il nous a empê- » chés de prendre aucune lecture sérieuse, comme » nous en avions le dessein. Quand il sera reparti, » nous reprendrons quelque belle morale de Nicole ; » mais surtout il faut tâcher de passer sa vie avec un » peu de joie et de repos. »

Nous avons hésité sur l'endroit où nous devrions terminer cette citation. Si nous l'eussions terminée à la belle morale de Nicole, on aurait pu croire qu'en cédant à l'entraînement de son fils, elle sortait de son cours naturel, et, qu'après le débordement, le fleuve rentrait dans son lit droit et uni. La phrase qui suit nous montre que cet esprit charmant aimait de lui-même à papillonner sur les fleurs : « Il faut tâcher de passer sa vie avec un » peu de joie et de repos. » Un philosophe épicurien ne parlerait pas mieux ; seulement un philosophe épicurien exclurait l'idée du devoir : ici, pendant que l'esprit voltige, le cœur est à l'ancre, dans un bon port, sous la protection de Nicole et de Bourdaloue : quels noms à propos des *Contes* de La Fontaine !

Ces contes, elle les envoyait à sa fille avec les fables : « Voilà, dit-elle, un livre que mon oncle de » Sévigné m'a priée de vous envoyer ; je m'imagine » que ce n'est pas un roman. » Son oncle s'était retiré à Port-Royal-des-Champs, où il passa les dernières années de sa vie dans les exercices de la plus haute piété. « Je ne lui laisserai pas le soin, » continue-t-elle plaisamment, de vous envoyer les » *Contes* de La Fontaine qui sont..... vous en jugerez. » Aujourd'hui une mère ne pourrait plus envoyer à sa fille les *Contes* de La Fontaine.

Au reste, Mme de Grignan ne fut pas enchantée de cet envoi, si nous en jugeons par ce que sa mère lui écrivait, le 6 mai 1671 : « Ne jetez point si loin » ces livres de La Fontaine ; il y a des fables qui » vous raviront et des contes qui vous charmeront : » *la Fin des Oies de frère Philippe, les Remois, le* » *Petit Chien,* tout cela est très joli ; il n'y a que » ce qui n'est point de ce style qui est plat. » Elle compare par ces mots La Fontaine à lui-même, et elle ajoute : « Je voudrais faire une fable qui lui fît » entendre combien cela est misérable de forcer son

» esprit à sortir de son genre, et combien la folie
» de vouloir chanter sur tous les tons fait une mau-
» vaise musique. »

Dès que quelque fable nouvelle paraissait, elle
la signalait et l'envoyait à Mme de Grignan. Le 9
mars 1672, c'était *le Curé et le Mort*, fable à laquelle donna lieu l'aventure tragique d'un curé qui
accompagnait en carrosse la bière de M. de Boufflers :
le carrosse ayant été renversé, le curé fut tué par
la bière qui tomba sur lui. Elle écrivait à cette occasion : « Voilà cette petite fable de La Fontaine, sur
» l'aventure du curé de M. de Boufflers, qui fut
» tué roide en carrosse auprès de son mort : cet
» événement est bizarre ; la fable est jolie, mais ce
» n'est rien auprès de celles qui suivront. Je ne sais
» ce que c'est que *Pot au lait*. »

M. et Mme de Grignan étaient à Paris au commencement de l'année 1675. Le comte avait fait sa
cour au roi et aux ministres pendant ce séjour.
Aussi, quand il fut reparti, Mme de Sévigné lui envoya la fable intitulée *la Cour du Lion*, avec un
petit compliment : « Voilà une fable des plus jolies ;
» ne connaissez-vous personne qui soit aussi bon
» courtisan que le renard ? » — 22 mai 1675.

Les habitants de la Provence n'avaient pas souvent des envois pareils à lui faire. Cependant nous
trouvons que sa fille lui avait envoyé une fable, inti-

tulée *la Mouche*, dans laquelle ce personnage se
vantait de faire beaucoup de poussière. Elle l'en
remercie par sa lettre du 23 juin 1677 : « Je vous
» remercie de la fable de *la Mouche*, elle est divine :
» on ne trouve en son chemin que des occasions de
» penser à elle : *oh! que je fais de poudre!* oh! mon
» Dieu, que cela est plaisant! » Puis elle donne un
coup de patte, en passant, à une personne de leur
connaissance : « La Gillette ne doute point que ce
» ne soit elle qui fasse le tourbillon. » Cette mouche
de Provence devait lui rappeler la mouche parente
de celle-ci, la mouche qui va, vient, fait l'em-
pressée; elle ajoute donc : « Il y a en d'autres aussi
» qui ressemblent à cette autre mouche de La Fon-
» taine, et qui pensent toujours avoir tout fait. »

Les années n'affaiblissaient point son goût pour
La Fontaine, et cela n'a rien d'étonnant : c'est un
de ces rares auteurs que l'on aime à tout âge. On
l'aime dans l'enfance, parce qu'il amuse avec ses
bêtes; on l'aime dans l'âge mûr, parce que, sous la
peau des bêtes, on voit si bien les jambes des
hommes qui jouent chacun un rôle dans cette
grande comédie; on l'aime encore dans la vieillesse
parce qu'on peut avec lui faire une morale pas trop
rébarbative à ses petits-enfants. Il semble que l'enthousiasme de Mme de Sévigné se soit même accru
avec l'âge; écoutez-la dans sa lettre du 20 juillet
1679; tout est bon dans La Fontaine, elle ne fait

plus de distinction : « Faites-vous envoyer les *Fables*
» de La Fontaine, elles sont divines. On croit
» d'abord en distinguer quelques-unes, et à force
» de les relire, on les trouve toutes bonnes : c'est
» une manière de narrer et un style à quoi l'on ne
» s'accoutume point. Mandez m'en votre avis, et le
» nom de celles qui vous auront sauté aux yeux les
» premières. » Nous ne pouvons expliquer ce passage qui est en contradiction avec les éloges res-
trictifs des précédents, qu'en supposant qu'il s'agit
ici d'une réédition de toutes les *Fables*.

Il va sans dire que Mme de Sévigné a fait de nombreuses citations tirées de La Fontaine : Ainsi, le
23 mai 1671, pendant son voyage en Bretagne, elle
s'est arrêtée à Malicorne, chez M. de Lavardin, et
elle dit plaisamment, en faisant des emprunts à la
fable de l'*Aigle et du Hibou*, avec quelques petits
changements : « J'ai trouvé les deux petites filles *rechignées, d'un air triste, une voix de mégère.* » Ce
sont les enfants de son ami qu'elle compare aux petits du hibou. Dans la fable, l'aigle, à qui le hibou
a dépeint ses enfants, comme *beaux, bien faits et
jolis sur tous leurs compagnons ;* l'aigle, qui trouve
tout le contraire, se met à dire : « Ces enfants ne
» sont pas à notre ami, croquons-les. » Mme de Sévigné ne pouvait pas en dire autant ; elle a, au contraire, renversé le sens : « J'ai dit, ces petits sont
» sans doute à notre ami, fuyons-les. » Et comme

on faisait bonne chair dans cette maison, elle se
sert encore du vers suivant pour l'exprimer : Du
reste,

Nos repas ne sont point repas à la légère.

Elle mit en réquisition la même fable, le 2 février 1689. Elle avait envoyé à sa fille des petites
chouettes noires qui servaient d'ornement à la coif-
fure dans ce temps-là ; et elle lui dit plaisamment :
« Vous avez donc eu quelque peur des pauvres pe-
» tites chouettes noires. Je m'en doutai et j'en ris
» en moi-même. Vous trouvez qu'elles ont l'air
» triste ; mais elle ne sont point *rechignées;* elles
» n'ont point une voix de mégère ; et, quand vous
» verrez ce qu'elles savent faire, vous trouverez
» qu'au lieu d'être de mauvais augure, elle font la
» beauté au moins de la coëffure. »

Le 14 octobre 1679, parlant d'Hébert qui avait été
à son service, et qui était passé ensuite à celui du
prince de Condé, d'où il avait été renvoyé pour certains revenant-bons dont on lui avait fait un crime,
elle dit de ce brave homme qu'il a senti les injustices
de la cour, comme le berger de la fable ; il s'agit
de ce berger qu'un roi avait fait juge : « S'il trouvait
» ma livrée, ajoute-t-elle, dans son coffre, « *doux*
» *trésor,* » dirait-il, je vous reprends. »

Le 10 novembre suivant, elle apprend à sa fille

que tout Paris est enrhumé, et un vers des *Animaux
malades de la peste* se présente naturellement sous
sa plume :

Ils ne mouraient pas tous, mais tous étaient frappés.

Le 6 décembre de la même année, elle écrit à sa
fille qu'elle s'occupe de ses intérêts à la cour, à la
façon de la mouche : « Ce sont les Grignan qui font
» tout, mais à elle l'honneur ! me voilà, dit-elle,
» précisément comme la mouche, je me mets sur le
» nez du cocher, je pousse la roue, je bourdonne,
» et fais cent sottises pareilles, et puis je dis :

J'ai tant fait que nos gens sont enfin dans la plaine.

Le 17 novembre 1688, parlant du siége de
Manheim, auquel assistait le fils de Mme de Grignan,
et qui se termina heureusement pour lui, elle écrit :
« Il me semble que j'ai bien des excuses à vous
» faire du siége de Manheim. On m'assurait si fort
» que ce ne serait rien, que j'espérais de vous le
» faire passer insensiblement. Mais, ma fille, c'en
» est fait, et si vous aviez souhaité, vous n'auriez
» pas pu désirer mieux. Tâchez donc de dormir tout
» de bon, je vous réponds du reste. La fable du
» *Lièvre* est tellement faite pour votre état, qu'il
» semble que ce soit vous qui la fassiez :

Jamais un plaisir pur, toujours assauts divers.

» Vous y pourriez ajouter encore :

> Corrigez-vous, dira quelque sage cervelle.
> Eh ! la peur se corrige-t-elle ?

» mais vous ne pourriez pas dire :

> Je crois en bonne foi
> Que les hommes ont peur comme moi.

» car je trouve que les hommes n'ont point de
» peur. » ...

Elle s'est servie de La Fontaine pour corriger
la pusillanimité de sa fille ; maintenant elle va s'en
servir pour exprimer ses alarmes maternelles. Elle
est en peine de la santé de Mme de Grignan, et elle
s'exprime ainsi, le 19 avril 1689 : « L'air de Grignan
» me fait peur : un vent qui déracine des arbres
» dont *la tête au ciel était voisine, et dont les pieds*
» *touchaient à l'empire des morts,* me fait trembler.
» Je crains qu'il n'emporte ma fille, qu'il ne l'épuise,
» qu'il ne la dessèche. »

La Fontaine est certainement l'auteur qui est le
plus cité, et il l'est par tout le monde, savants et
ignorants, rois et paysans : c'est qu'aussi il est le
plus universel ; mine inépuisable qui peut donner de
l'esprit à foison à ceux qui en ont déjà quelque peu
pour l'exploiter. Nous ne savons point même s'il

n'en donnerait pas gratuitement à ceux qui n'ont pas les plus faibles avances. Mais M^mo de Sévigné pouvait dire, elle, qu'elle ramassait son bien, en cueillant les vers de La Fontaine, et en les mêlant aux bouquets délicieux de son propre crû, qu'elle envoyait à sa fille. Ces perles précieuses, elle les employait en citations, allusions et comparaisons ; ne nous lassons pas, et citons-en encore quelques-unes.

En 1673, elle revient de la campagne ; elle n'a pu dormir la première nuit qu'elle a passée à Paris ; c'est pourquoi elle s'est levée à la petite pointe du jour, *car que faire en un lit, à moins que l'on ne dorme.*

Car que faire en un lit, à moins que l'on ne songe.

Une autre fois, elle écrit qu'elle ne sait pas de nouvelles ; elle cite un vers des *Deux Pigeons :*

Quiconque ne voit guère,
N'a guère à dire aussi.

Elle engage sa fille à ne pas prendre à gros les injustices des autres : « Soyez en repos, dit-elle, et » laissez-moi la honte de trouver *qu'un roitelet soit* » *un pesant fardeau.* »

Nous terminerons enfin par un passage relatif

encore à son petit-fils, le marquis de Grignan. Il se
trouvait à Paris, chez sa grand'mère, après le siége
de Manheim, dont nous avons parlé ; il avait dix-sept
ans. Son oncle, chevalier de Grignan, à qui la goutte
faisait du temps de reste, et Mme de Sévigné, s'oc-
cupaient de faire du jeune guerrier un homme du
monde, un honnête homme, suivant l'expression du
temps. Mme de Sévigné rend compte de leurs soins à sa
fille, dans la lettre du 22 décembre 1688 : « Il y a bien
» de petites choses qu'il faut encore lui apprendre
» pour le manége de la société et de la conversation.
» Quand il retombe quelquefois ou à être distrait,
» ou à faire des questions mal placées, je me sou-
» viens de la fable de *la Chatte* qui devint femme :
» elle s'échappait quelquefois, quand elle voyait passer
» une souris ; aussi le marquis, qui est un homme,
» laisse voir quelquefois un moment qu'il est enfant. »

Voilà bien des citations, bien des allusions ; il ne
faudrait pas croire pourtant, parce qu'elles sont ré-
unies ici, que Mme de Sévigné les entassait. « Ouvrez-
» moi votre cœur, et non votre bibliothèque, » disait-
elle à sa fille ; et elle, dans sa correspondance, pra-
tiquait ce précepte aimable. Elle n'abusait d'ailleurs
de rien ; elle ne ressemblait pas à ce vieillard qui
commençait par une citation, puis deux, puis trois...
puis une fable, puis deux, puis trois... qu'en résultait-
il ? c'est qu'on s'endormait, même quand il n'était pas
encore temps d'aller se coucher. Mais, à légère dose,

cela produit un effet opposé ; cela réveille l'esprit et l'excite à penser, ce qui est sa nature. O vous ! qui trouvez que cela fait du bien de penser — je n'entends pas de penser à rien, comme certaines gens — j'entends de penser à des choses grandes et dignes de la pensée de l'homme, — pensez aux *Fables* de La Fontaine, apprenez-les pour vous les réciter, et dans les loisirs du jour, et dans les insomnies de la nuit.

CHAPITRE VII.

MOLIÈRE.

Mlle Du Plessis, une précieuse de province. — Emprunts faits à la comédie de *Tartufe*, et à celle du *Médecin malgré lui*. — La maladie de Mme de Coulanges. — Différentes circonstances dans lesquelles Mme de Sévigné regrette Molière. — Le portrait de M. de Sottenville. — *Les Visionnaires* de Desmarets.

Nous disions tout-à-l'heure que La Fontaine est cité par tout le monde : on n'en peut point dire autant de Molière ; mais personne, plus que Molière, ne convient aux esprits fins et sages tout à la fois : les sages y trouvent, pour nous servir d'une expression de Mme de Sévigné, *des pilules philosophiques qui n'ont rien de rebutant, et qu'on peut faire avaler aux gens sans leur pincer le nez ;* les fins y trouvent de quoi aiguiser ou renfiler leur esprit, et le rendre plus tranchant. Or, comme Mme de Sévigné était un

8

composé de finesse et de sagesse, elle devait souvent se tourner vers Molière et lui dire : prêtez-moi un de ces mots qui sont si gais et si profonds ; et le prêt ne se faisait pas attendre, autrement l'écrivain qui a dit : « Mon papier, ma plume, mon encre, tout vole, » aurait tourné le dos.

La première fois qu'elle en parle, elle ne lui demande rien que son nom, comme terme de comparaison. Il y a pour les hommes certains types reçus auxquels on rapporte tout ; on dira jusqu'à la fin des siècles brillant comme le soleil et comique comme Molière ; et Molière a joui de cet honneur, qu'il partage avec le soleil, dès son vivant. Sa maligne contemporaine, qui est bien comique, elle aussi, quand elle veut, va nous relever du nom de Molière une petite scène où elle se moque de Mlle Du Plessis, cette précieuse de province, vous savez, qui demeurait dans le voisinage des Rochers, à laquelle Mlle de Sévigné avait donné un jour un soufflet, une de ces créatures ridicules qui vous amusent et vous ennuient encore davantage à la campagne. Voici donc ce qu'elle écrivait sur son compte, le 31 mai 1671 : « Mademoiselle Du Plessis est » tout justement comme vous l'avez laissée ; elle a » une nouvelle amie à Vitré, dont elle se pare, parce » que c'est un bel esprit qui a lu tous les romans et » qui a reçu des lettres de la princesse de Tarente. » J'ai fait dire méchamment par Vaillant que j'étais » jalouse de cette nouvelle amitié, que je n'en témoi-

» gnerais rien, mais que mon cœur était saisi. Tout
» ce qu'elle dit là-dessus est digne de Molière ; c'est
» une plaisante chose de voir avec quel soin elle me
» ménage, et comme elle détourne adroitement la
» conversation pour ne point parler de ma rivale
» devant moi : je fais aussi fort bien mon personnage. »
Que n'étais-tu là, Molière, pour croquer les précieuses
de province ! Mais il avait assez d'originaux à la ville,
et à la cour.

Après Mlle Du Plessis, c'est une domestique des
Rochers, la Biglesse qui lui rappelle le grand comique. « 5 juillet 1671. L'autre jour, la Biglesse tomba
« dans le malheur de mentir sur je ne sais quoi ;
» et, en même temps, je la relevai et lui dis
» qu'elle était menteuse. Elle me répond en baissant
» les yeux : « Ah ! oui, Madame, je suis la plus
» grande menteuse du monde, je vous remercie de
« m'en avertir. » Nous éclatâmes de rire ; car c'était
» du ton de *Tartufe* : Oui ; mon frère, je suis un mi-
» sérable, un vase d'iniquité. »

Elle fait une autre application plaisante d'une
expression de Tartufe envers M. de Grignan, nouvel-
lement marié, quand elle le plaint de jouir du joli
minois de sa femme : « Vous êtes heureuse d'avoir
» votre cher mari en sûreté, qui n'a d'autre fatigue
» que de voir toujours votre chien de visage dans
» une litière vis-à-vis de lui : *le pauvre homme !*

L'expression lui plaisait ; elle l'a appliquée souvent et même à Bossuet, mais pour une circonstance qui n'était pas non plus un péché. Il venait de recevoir l'abbaye de Rebais, qui était d'un bon revenu. Mme de Sévigné l'apprend à sa fille, le 22 juillet 1671, car elles connaissaient beaucoup Bossuet : « Vous » savez qu'on a donné à M. de Condom l'abbaye de » Rebais, qu'avait l'abbé de Foix : *le pauvre homme !*

« Je voudrais bien savoir, disait le roi à M. le » Prince, pourquoi les gens qui se scandalisent si » fort de la comédie de Molière, ne disent mot de » celle de *Scaramouche*. — La raison de cela, répon- » dit M. le Prince, c'est que la pièce de *Scaramouche* » ne joue que le ciel et la religion, et que celle de » Molière les joue depuis longtemps eux-mêmes. » Mme de Sévigné fait allusion à cette réponse dans sa lettre du 6 août 1680, qu'elle commence en s'écriant : « Oui, j'ai tort, c'est moi qui suis héritique ; » j'offense vos amis les Jésuites, et vous n'attaquez » que le baptême. Il n'y a point de comparaison. » Vous souvient-il du *Tartufe* et de *Scaramouche*, » *hermite*, dont l'un fut défendu et l'autre joué sans » difficulté ? Vous souvient-il aussi de la réponse de » M. le Prince au roi ? » Mme de Grignan avait prétendu que la mort de Jésus-Christ suffisait, sans le baptême, pour le salut des hommes.

Après la comédie du *Tartufe*, c'est celle du *Méde-*

cin malgré lui avec laquelle elle plaisante le plus souvent. Ainsi le coadjuteur d'Arles, oncle de M. de Grignan, lui ayant fait une dissertation sur la relation qui existe entre la main droite et la main gauche, elle a été tentée, dit-elle, au bout de son raisonnement, de dire, comme le médecin malgré lui après un discours à peu près de la même force : « Et voilà juste- » ment ce qui fait que votre fille est muette. » Quand elle écrivit ceci, elle venait d'assister à la représentation de cette pièce à Vitré, le lendemain du jour où elle avait vu jouer *Andromaque.*

Une autre fois, Mme d'Escars s'étant chargée de faire pour elle et sa fille des emplettes de linge et d'étoffes, elle dit : « J'ai eu bien de la peine ; je suis » justement comme le médecin de Molière qui s'es- » suyait le front pour avoir rendu la parole à une » fille qui n'était point muette.

Elle compare aussi au même médecin la princesse de Tarente, qu'elle voyait aux Rochers : « 24 » juillet 1680, la princesse de Tarente est une espèce » de médecin : elle a fait son cours en Allemagne, où » elle m'assure qu'elle a fait des cures à peu près » comme celles du médecin malgré lui.

Les médecins avaient dans ce temps-là une pratique qui avait été ridiculisée par Molière ; et Mme de Sévigné a bien envie aussi de rire à leurs dépens ;

seulement on sent que la peur qu'elle a d'eux la retient un peu. Nous en avons une preuve dans le délicieux récit de la maladie de Mme de Coulanges, en date du 25 Décembre 1676 ; « Beaujeu, dit-elle, fut

» frappée du même trait ; elle a toujours suivi sa
» maîtresse ; pas un remède n'a été ordonné dans
» la chambre qui ne l'ait été dans la garde-robe ;
» un lavement, un lavement ; une saignée, une sai-
» gnée ; Notre-Seigneur, Notre-Seigneur ; tous les
» redoublements, tous les délires, tout était pareil :
» mais Dieu veuille que cette communauté se sépare.
» On vient de donner l'Extrême-Onction à Beaujeu,
» et elle ne passera pas la nuit. Nous craignons
» demain le redoublement de Mme de Coulanges,
» parce que c'est celui qui figure avec celui qui
» emporte cette pauvre fille. En vérité, c'est une
» terrible maladie ; mais ayant vu de quelle façon
» les médecins font saigner rudement une pauvre per-
» sonne, et sachant que je n'ai point de veines, je
» déclarai hier au premier président de la cour des
» aides, qui vint me voir, que si jamais je suis en
» danger de mourir, je le prierai de m'amener
» M. Sanguin dès le commencement ; j'y suis très
» résolue. Il n'y a qu'à voir ces messieurs pour ne
» vouloir jamais les mettre en possession de son corps.
» C'est de l'arrière-main qu'ils ont tué Beaujeu. J'ai
» pensé vingt fois à Molière depuis que je vois tout
» ceci. »

Puisque nous parlons médecins, nous pouvons

citer ici un autre passage où il s'agit de médicaments et qui s'adresse à Bussy, le 10 mars 1687 : « Je me » réjouis avec vous, dit-elle, que vous ayez à cul-» tiver le corps et l'esprit du petit de Langheac. C'est » un beau nom à médicamenter, comme dit Molière, » c'est un amusement que nous avons tous les jours » avec le petit de Grignan. »

Les médecins ont dû remercier Molière ! grâce à lui, les femmes savantes ne pouvaient plus trouver de maris, et voici que les malades ne veulent plus de médecins; voici Mme de Sévigné qui veut mourir sans saignée et sans lavement ; qu'avez-vous fait, Molière ! Heureusement pour vous que les médecins français étaient gens d'esprit et avaient le caractère bien fait, et qu'ils riaient tous les premiers des vérités que vous leur disiez ! Heureusement encore que l'habitude de mourir avec le secours du médecin date du commencement du monde, bien avant Hippocrate, et qu'on ne se défait pas d'habitudes si invétérées. Aussi, grâce à Dieu, nos médecins ont résisté : seulement ils ont déposé la robe et la canne et la fraise, et ils ne parlent plus latin, ce qui les réduit quelquefois à ne rien dire devant leurs malades. Mais vous avez ruiné complètement une autre industrie, Molière ! Avouons que la comédie a des dangers pour les esprits mal faits; car enfin ce sont choses nécessaires et les médecins aussi. Et si ce n'est que nous voulons faire l'acquit de notre conscience, nous ne nous mêlerions pas de ce qu'on a écrit contre eux. Mais Mme de Sé-

vigné nous y contraint, et nous continuons quoique
à regret. Du reste, ce qui suit n'offre plus rien d'ir-
révérencieux : ce sont de simples emprunts faits encore au *Médecin malgré lui*, et nous trouvons un
emploi deux fois répété du même mot, dont nous ne
parlerions pas, si ce n'est que nous tenons à faire des
inventaires aussi complets que possible. En cela nos
inventaires ressemblent à ceux des notaires, car tout
leur rapporte : voyons donc les plus petites choses !

Le rôle de Martine, femme de Sganarelle, l'avait
frappée, à ce qu'il paraît. Si elle raconte le départ de
son petit-fils, elle dit : « Voilà Beaulieu (c'était son
» valet de chambre) qui vient de le voir monter gaie-
» ment en carrosse avec Broglie et deux autres ; il n'a
» point voulu le quitter qu'il ne *l'ait vu pendu !*... »

Le mot lui plaît ; en effet, parlant des attentions
de Mme de Coulanges pour elle, au moment de son
départ pour les Rochers, elle écrit : « Pour Mme de
» Coulanges, elle s'est signalée ; elle a pris posses-
» sion de ma personne ; elle me nourrit ; elle me
» mène et ne veut pas me quitter qu'elle ne m'ait vue
» pendue. »

Cette Mme de Sévigné, elle rit de tout. Nous en
connaissons d'autres en France qui ont ce défaut ;
mais franchement c'est un défaut. Nous préférons
l'humour des Anglais, d'un Sterne, par exemple.

Nous savons bien qu'on dit : c'est Jean qui rit et Jean qui pleure ; n'importe, une larme d'émotion quand on parle de l'empressement, du dévouement d'un ami, cela annonce un bon cœur. Chez nous, le cœur est plein de ces larmes-là, aussi ; mais elles n'ont pas le temps de monter du cœur jusqu'aux yeux, qu'elles sont déjà séchées par un bon mot. Ceci s'applique à Mme de Sévigné toute seule, et pas le moins du monde à Molière : quant au poëte comique, il ne doit que rire ; la comédie larmoyante est condamnée par tous les La Harpe du monde. Mais la vie enfin n'est pas une comédie pure! Il y a d'autres endroits de Mme de Sévigné où l'on désirerait un peu plus de sensibilité pour les tiers. Elle avait tout réservé pour sa fille, voilà son excuse ! Passons donc sur ce grief, d'autant mieux qu'elle représente ainsi dans la perfection l'esprit français des honnêtes gens, suivant l'expression de l'époque, de même que Voltaire représente l'esprit de cette aristocratie philosophique du xviiie siècle. Les descendants de ces deux aristocraties qui voudront voir au naturel les portraits de leurs ancêtres, n'auront qu'a regarder dans ces deux miroirs. Et toi, Molière, qui croquais si bien les marquis, ces enragés du bon ton, que n'as-tu croqué aussi les philosophes? La philosophie elle-même aurait applaudi. Ils ont été joués par d'autres, il est vrai ; mais ces autres n'étaient pas Molière !

Mme de Sévigné possédait tout son Molière, et

regrettait à chaque instant le peintre de nos ridicules ; car il était mort le 17 février 1673. Elle faisait un emprunt à *Don Juan* le 12 janvier 1674. Rendant compte d'un bal de la cour qui fut triste et qui finit à onze heures et demie, elle dit de la princesse d'Harcourt qu'elle était pâle comme le *commandeur de la comédie*. Cette dame, par dévotion, ne mettait point de rouge comme les autres.

Le 10 juillet 1675, elle s'adresse à l'ombre de Molière : il ferait une très-bonne farce de ce qui se passait à l'hôtel de Bélièvre. Il y avait eu un chevalier de ce nom sous Henri IV. Ses descendants avaient refusé quarante mille livres de cet hôtel, que vingt marchands voulaient acheter, parce qu'il donnait dans quatre rues, et qu'on y aurait fait vingt maisons. Mais ils ne voulurent jamais le vendre, parce que c'était la maison paternelle, et que les souliers du vieux chancelier en avaient touché le pavé, et qu'ils étaient accoutumés à Saint-Germain-l'Auxerrois, « et, sur cette vieille radoterie, dit Mme de » Sévigné, ils sont logés pour vingt mille livres de » rente. » Quant à nous, nous trouvons au contraire fort respectables le sentiment et le sacrifice de ces héritiers, et nous sommes persuadé que Molière, au lieu d'en faire une farce, en aurait été profondément touché. Mais c'est la femme économe qui a parlé dans cette circonstance.

Le 28 novembre 1680, elle regrette encore que

Molière ne soit plus. Un médecin anglais, nommé
Talbot, avait un remède merveilleux qui guérissait
tout le grand monde. On lui avait confié la santé
du Dauphin ; cela faisait enrager Daquin, le premier médecin du roi et les autres médecins ; mais
plus de Molière pour peindre la grimace qu'ils faisaient ! Le comte de Gramont se chargea de le
remplacer, et parodiant le chœur de la scène première du cinquième acte d'Alceste, il fit les vers
suivants :

> Talbot est vainqueur du trépas ;
> Daquin ne lui résiste pas :
> La Dauphine est convalescente,
>   Qu'on chante !

Mᵐᵉ de Sévigné avait un faible pour les char-
latans : il y a toujours eu des gens qui les ont pré-
férés aux médecins. C'est à cause de cela sans
doute qu'elle ramasse les traits de Molière pour les
jeter à ceux-ci de nouveau en plein visage. Nous
n'allons pas les compter tous. Seulement qu'on
nous permette de rapporter encore deux passages.
Dans le premier, elle recommande à sa fille de ne
pas tant écrire : elle lui a répété cela, vous savez,
plus de deux cents fois ; c'est pourquoi, je pense,
on lui reproche de dire toujours la même chose.
Qu'importe, si la personne aimée ne s'en plaint
pas ? Et puis, si elle répète la même chose, elle ne
le dit jamais dans les mêmes termes. Elle dit donc :

« Mon enfant, vous êtes en butte à dix ou douze per-
» sonnes qui sont à peu près les cœurs dont vous
» êtes uniquement adorée, et que je vous ai vue
» compter sur vos doigts. Ils n'ont tous qu'une
» lettre à écrire ; et il en faut douze pour y faire
» réponse. Voyez ce que c'est par semaine, et si vous
» n'êtes pas tuée, assassinée, chacun en disant :
» pour moi, je ne veux point de réponse, seule-
» ment trois lignes pour savoir comme elle se
» porte : voilà le langage, et de moi la première !
» Enfin, nous vous assommons ; mais c'est avec
» toute l'honnêteté et la politesse de l'homme de
» la comédie qui donne des coups de bâton avec un
» visage gracieux : « Monsieur, vous le voulez donc ;
» j'en suis au désespoir ! »

Nous allons terminer par un autre emprunt fait
à Molière, qui n'est pas, à notre avis, le moins
agréable. Ici, c'est un noble campagnard qu'on va
voir figurer, et mieux qu'au festin de Boileau. Mme de
Sévigné voyageait avec son fils ; il leur arriva un
accident sur la route ; mais ils furent tirés d'embarras par ce gentilhomme. Arrivée à Orléans, elle
s'empressa d'écrire à sa fille, mais d'une manière
telle que si le campagnard l'a su, il a dû s'écrier
plus d'une fois : « Oh ! l'ingrate. » — « Notre essieu
» rompit dans un endroit merveilleux ; nous fûmes
» secourus par le véritable portrait de M. de Sotten-
» ville (beau-père de Georges Dandin) ; c'est un

» homme qui ferait les *Géorgiques* de Virgile. » —
Ne riez pas des *Géorgiques* de Virgile, je vous en
prie, Mme de Sévigné; ne riez pas de tout comme
cela, je vous en prie. — « C'est un homme qui ferait
» les *Géorgiques* de Virgile si elles n'étaient déjà
» faites, tant il sait profondément le ménage de la
» campagne. Il nous fit venir sa femme, qui est as-
» surément de la maison de la Prudoterie, où le
» ventre anoblit. Nous fûmes deux heures dans cette
» compagnie sans nous ennuyer, par la nouveauté
» d'une conversation et d'une langue entièrement
» nouvelle pour nous. Nous fîmes bien des réflexions
» sur le parfait contentement de ce gentilhomme,
» de qui l'on peut dire :

> Heureux qui se nourrit du lait de ses brebis,
> Et qui de leur toison fait filer ses habits.

Eh ! oui, heureux ceux-là, Mme de Sévigné !
Caton, dont vous auriez ri pour sa rusticité, en était
du nombre ; Virgile aussi ; et ils ont écrit des livres
admirables sur l'agriculture, sur le blé qui nous
nourrit :

> Ce brin d'herbe sacré qui nous donne le pain !...

Et l'agriculture est l'honneur de la noblesse française ! Tous ces vieux guerriers, quand ils avaient
remis l'épée au fourreau, revenaient visiter leurs
charrues. Un évêque éloquent de la ville où vous écri-

viez ces paroles moqueuses, vient aussi, du haut de la chaire de vérité, de prononcer sur l'agriculture quelque chose de sublime comme Bossuet, et de gracieux comme le *Lis des Champs :* nous aimons mieux ce discours et les *Géorgiques* que votre plaisanterie. Mais il faut lui pardonner : on l'avait gâtée ! que de gens qui frappaient à sa porte, en disant : « servez-nous de l'esprit ! » Elle leur servait de l'esprit quand même ! Mais nous oublions que notre but n'est pas de verbaliser contre elle ; nous l'admirons trop d'ailleurs, même dans ses petits défauts, qui nous amusent, pour aller jamais jusqu'à l'aigreur ou à l'humeur !

Nous entendons depuis le commencement de ce chapitre une voix qui nous demande pourquoi nous avons mis Molière après plusieurs autres? Nous allons lui répondre ; mais il faut auparavant que nous racontions une anecdote. Un jour Louis XIV demanda à Boileau quel était le premier écrivain de son siècle. « C'est Molière, dit Boileau. — Je ne le » croyais pas, reprit le roi ; mais vous vous y con- » naissez mieux que moi. » Si l'on nous adressait la même question, nous ferions la même réponse, et si l'on nous demandait le pourquoi, nous répondrions : « Parce qu'il est le plus profond et le plus divertis- » sant. » Notre excuse, pour l'avoir placé ici, c'est que nous l'avons trouvé après les autres, en recueil-lant les passages de Mᵐᵉ de Sévigné ; et, dans un cours de littérature, d'après le rang des genres, il devrait venir après Racine.

Mme de Sévigné nous force de citer à la suite de Molière un écrivain qui en est bien loin ; mais, comme elle a assisté à la représentation des *Visionnaires* de Desmarets, et qu'elle en rend compte, il faut que nous en disions un mot. Tout le monde connaît Molière ; mais Desmarets (de Saint-Sorlin pour le distinguer des autres Desmarets), n'a pas le même honneur. Il fut un des auteurs qui aidaient le cardinal de Richelieu dans la composition de ses tragédies ; il fut aussi un des auteurs les plus outrés contre Boileau ; malgré cela, il a fait une pièce qui eut un grand succès, Mme de Sévigné va nous dire pourquoi par sa lettre du 4 août 1677 : « La comédie » du vendredi nous réjouit beaucoup: nous trouvâmes » que c'était la représentation de tout le monde ; cha- » cun a ses visions plus ou moins marquées. Une des » miennes présentement, c'est de ne me point encore » accoutumer à cette jolie abbaye, (elle est à Livry), » de l'admirer toujours, comme si je ne l'avais jamais » vue, et de trouver que vous m'êtes bien obligée » de la quitter pour aller à Vichy. » Aimer les lieux où l'on a passé son enfance et une enfance heureuse : admirer une belle nature, un beau monument, car tout cela était réuni à Livry, sont-ce là des visions ? Mais nous savons qu'elle plaisante. Elle aurait pu ajouter cette autre vision qui la faisait aller avec plaisir à Vichy, comme étant plus rapprochée de la Provence, douce vision maternelle qu'on lui a aussi reprochée pourtant ; mais la comédie n'a rien à voir à ces sentiments-là, et certes ce n'est pas Molière qui s'en serait moqué, il avait trop de cœur pour cela !

CHAPITRE VIII.

QUINAULT.

L'épigramme de Boileau contre Quinault. — *Alceste* ; application que Mme de Grignan fit d'un passage de cet opéra. — Opinions différentes de la mère et de la fille sur l'opéra d'*Atys*. — Citations empruntées à différents opéras. — L'amour maternel de Mme de Sévigné trouve des allusions dans l'opéra de *Proserpine*. — Les ballets de Quinault.

Nous n'avons pas, dans les chapitres précédents, suivi l'ordre qu'exigeait le mérite des écrivains. En vertu de l'arrêt de Boileau, et en vertu aussi de nos propres sentiments, nous aurions placé Molière en tête du cortège que nous faisons défiler sous les yeux du lecteur. Mais celui qui va paraître maintenant garderait cette place.

Si nous invoquions à l'égard de Quinault l'autorité

9

de Boileau, il nous répondrait, avec sa verve satirique,
par les deux vers suivants :

Si je veux exprimer un auteur sans défaut,
La raison dit Virgile et la rime Quinault.

Nous pensons en effet que s'il a percé Quinault de
son épigramme, c'est par la nécessité de la rime.
Tout le monde sait qu'il avait mis d'abord Boursault,
qui n'est pas non plus à dédaigner, car il est l'auteur
du *Mercure galant*, d'*Esope à la ville* et d'*Esope à
la cour*, charmantes comédies à tiroirs ; et on n'ignore
pas de plus que Louis XIV voulait le nommer sous-
précepteur du dauphin, place qu'il refusa parce qu'il
ne savait pas le latin. Or, Boursault ayant prêté de
l'argent à Boileau, pendant que celui-ci était aux
eaux de Bourbon, le satirique retira son nom, et ne
trouva rien de mieux à faire que de dire à Quinault :
« Allons, mettez-vous à sa place ! » Il nous semble
entendre Quinault répondre : « Qu'ai-je fait pour
» cela ? » — Vous avez fait des opéras. — Quel crime
ai-je commis en faisant des opéras ? — C'est un crime
de lèse-tragédie. — Comment cela ? Parce que, avec
vos opéras, on ne fait attention qu'à la musique. »
Boileau a tort ; les opéras sont faits pour la musique.
La Poésie n'est-elle pas assez bien partagée ? Elle a
le drame, la tragédie, la comédie ; d'ailleurs on ne
la bannit pas de l'opéra : si elle y est gênée, c'est
un peu sa faute. Mais elle avait conservé plus d'indépendance avec Quinault.

Les principaux opéras de Quinault sont *Alceste*, *Atys* et *Thésée*. Mme de Sévigné fait l'éloge de l'opéra d'*Alceste*, dans sa lettre du 20 novembre 1673. On répétait alors cet opéra à Versailles, chez Mme de Montespan, en présence de M. de La Rochefoucauld qui était le grand arbitre du goût : « M. de La Roche-» foucauld ne bouge de Versailles, dit-elle ; le roi le » fait entrer chez Mme de Montespan, pour entendre » les répétitions d'un opéra qui passera tous les » autres : il faut que vous le voyiez ! »

C'était le premier opéra que composait Quinault depuis son association avec Lulli ; le succès fut grand, ainsi qu'on peut en juger par la lettre du 3 janvier 1674 : « On joua jeudi l'opéra qui est un » prodige de beauté ; il y a des endroits de la musique » qui m'ont fait pleurer. Je ne suis pas seule à ne le » pouvoir soutenir ; l'âme de Mme de Lafayette en » est tout alarmée. » Il paraît que ce qui agissait le plus sur l'âme ou sur les nerfs des assistants, c'était le chœur des suivants de Pluton qui se réjouissaient de l'arrivée d'Alceste dans les enfers :

Tout mortel doit ici paraître,
On ne peut naître
Que pour mourir.
De cent maux le trépas délivre ;
Qui cherche à vivre,
Cherche à souffrir.
Chacun vient ici-bas prendre place ;

Sans cesse on y passe,
Jamais on n'en sort.
Est-on sage
De fuir ce passage ?
C'est un orage
Qui mène au port.

Mme de Grignan avait fait une application assez plaisante d'un passage d'*Alceste* après ce rhumatisme qui avait ôté à Mme de Sévigné l'usage de ses mains. Elle ne s'en servait encore que pour écrire à sa fille ; et celle-ci avait supposé que la main de Mme de Sévigné lui faisait des plaintes de ce qu'elle la forçait d'écrire, et qu'elle lui répondait par ce vers :

Allons, allons, la plainte est vaine.

Mme de Sévigné continue la plaisanterie, dans sa lettre du 6 mai 1676 : « L'application que vous » faites de ma main à qui je dis, *allons, allons, la* » *plainte est vaine,* m'a fait rire ; car il est vrai que » le dialogue est complet, Elle me répond : *Ah !* » *quelle rigueur inhumaine ! — Allons,* lui dis-je, » *achevez mes écrits ; je me venge de tous mes cris.* » *— Quoi,* répond-elle, *vous serez inexorable !* Et » je coupe court en lui disant : *cruelle, vous m'avez* » *appris à devenir impitoyable :* ma fille que vous » êtes plaisante ! scène II, acte II de l'opéra d'*Alceste.*

L'opéra d'*Atys* fut représenté à Saint-Germain,

le 10 janvier 1676. Mme de Sévigné était en Bretagne ;
mais un exemplaire de cet opéra lui parvint neuf
jours après la première représentation. Son fils et
elle le trouvèrent beau. Mme de Grignan se trouva
d'un avis opposé, ce qui lui attira encore les foudres
de son frère. Nous avons déjà vu combien il la
ménageait peu, tout bon frère qu'il était. Et qu'on
ne croie pas que nous faisons ici de l'ironie : on
peut voir dans leurs biographies combien il se montra
généreux, en engageant sa mère à avantager Mme de
Grignan, et en la félicitant ensuite de l'avoir fait ;
mais il s'agit uniquement de sympathies ou d'anti-
pathies littéraires. Quant au public, il n'applaudit
pas l'opéra d'*Atys* autant que les précédents ; et il
fut mécontent des vers par lesquels se termine le
prologue :

> Préparons de nouvelles fêtes ;
> Profitons des loisirs du plus grand des héros ;
> Le temps des jeux et du repos
> Lui sert à méditer de nouvelles conquêtes.

Le roi fut flatté de cet encens ; les courtisans qui
en respiraient leur part, le furent aussi ; mais ceux
qui faisaient les principaux frais des fêtes ainsi que
de la guerre, commençaient à se lasser. La popu-
larité de Quinault alla en décroissant depuis cette
époque. Boileau, au contraire, voyant l'approbation
que le roi donnait à cet opéra, laissa en blanc le
nom de Quinault dans sa satire IX ; il le déguisa
sous celui de *Kainaut* dans les autres satires : il y

avait moins de malice peut-être à le laisser tout-à-
fait !

Mme de Sévigné assista quelques mois après à
la représentation d'*Atys*, et elle rendit compte de
ses impressions dans sa lettre du 6 mai 1676, en
ces termes : « J'ai été à l'Opéra avec Mme de Cou-
» langes, Mme d'Heudicourt, M. de Coulanges, l'abbé
» de Grignan et Corbinelli. Il y a des choses admi-
» rables dans cet opéra ; les décorations passent tout
» ce que vous avez vu ; les habits sont magnifiques
» et galants. Il y a des endroits d'une extrême beauté ;
» il y a un sommeil et des songes dont l'invention
» surprend. La symphonie est toute de basses et de
» tons si assoupissants, qu'on admire Baptiste (Lulli)
» sur nouveaux frais. Mais l'Atys est ce petit drôle
» qui faisait la *Furie* et la *Nourrice*, de sorte que nous
» voyons toujours ces ridicules personnages au tra-
» vers d'Atys. Il y a cinq ou six hommes tout nou-
» veaux qui dansent comme *Faure;* cela seul m'y
» ferait aller. Et cependant on aime encore mieux
» *Alceste :* vous en jugerez ; car vous y viendrez pour
» l'amour de moi, quoique vous ne soyez pas cu-
» rieuse. » Ce passage nous montre que Mme de Sévigné prenait plaisir à tout ce qui constitue un opéra :
décorations, chants, poésie, musique et danse même ;
elle se laissait enivrer par tous les sens à la fois. Il
faut en effet de l'abandon à ces sortes de pièces ; il
il faut se dire : je suis au pays des illusions, je veux

y être tout-à-fait, jusqu'à ce que la toile tombe ! Nous soupçonnons bien pourquoi elle préfère *Alceste*. Une femme qui se dévoue à la mort pour conserver la vie à son époux est un sujet plus intéressant qu'un jeune homme aimé de la déesse Cybèle, et métamorphosé en pin par elle.

Le même opéra d'*Atys* fut joué dans les provinces. C'était pendant la tenue des États provinciaux surtout que des troupes ambulantes venaient donner des représentations dans les villes où ils se tenaient. C'est ainsi que Molière, qui ne faisait que débuter dans la bonne comédie, donna, en 1654, l'*Étourdi*, dans la ville de Béziers où le prince de Conti tenait les États de la province du Languedoc. L'opéra d'*Atys* fut donc joué en Bretagne, mais avec moins d'apparat. « Il » n'est pas en si grand volume, dit Mme de Sévigné ; » mais il est fort joli. » Il fut joué aussi en Provence, dans l'année 1685 ; et elle gourmande un peu sa fille, qui se permettait de ridiculiser certains endroits: « Vraiment vous êtes cruelle de donner en l'air des » traits de ridicule à des endroits qui vous feront » pleurer, quand vous les entendrez avec attention : » pour moi, j'ai un respect infini pour les choses » consacrées par les anciennes approbations. » Nous vivons dans un temps où il est bon de recommander ces dernières paroles.

Mme de Sévigné, le 17 mars 1680, appliquait un vers

de l'*Atys* à Mme la Dauphine (la duchesse de Bourgogne) qui venait d'arriver en France : « On m'a
» voulu, dit-elle, mener voir Mme la Dauphine ; en
» vérité je ne suis pas si pressée. Mme de Coulanges
» l'a vue. Le premier coup d'œil est à redouter,
» comme dit Sanguin ; mais il y a tant d'esprit, de
» mérite, de bonté, de manières charmantes, qu'il
» faut l'admirer : *S'il faut honorer Cybèle, il faut*
» *encore plus l'aimer !* »

Voilà un bon emploi de son esprit et de celui
des autres : dire des choses agréables pour le prochain ! Ce pauvre prochain n'est pas gâté sous ce
rapport, surtout quand c'est une tête couronnée,
une autorité quelconque. Tout le monde n'a pas
cette hardiesse du soldat d'Antigone, de parler mal
du roi près de sa tente ; mais, à distance, on se
dresse un piédestal ; on met à ses pieds le buste du
héros et on le traite du haut de sa grandeur. Reconnaissons toutefois, pour être justes, que l'ancienne
noblesse avait une sorte de vénération religieuse
pour ces rois du droit divin.

Mme de Sévigné savait tout son Quinault par cœur.
Le 9 septembre 1675, nous l'avons entendue appeler
Corneille à son secours, quand elle va partir pour
les Rochers. Elle appelle ensuite Quinault ; et parodiant l'adieu de Cadmus : « Je vais partir, belle com-
» tesse. » Elle cite trois vers entiers, en remplaçant
l'Amour par l'abbé de Coulanges :

Je vais partir, belle Hermione,
Je vais exécuter ce que *l'abbé* m'ordonne,
Malgré le péril qui m'attend.

Mais de peur que Mme de Grignan ne le prenne au sérieux, avec son péril qui l'attend, elle ajoute : « C'est pour dire une folie, car notre province est » plus calme que la Saône. » Ce qui n'était pas exact, car les Bretons, réclamant leur indépendance qui avait été stipulée dans le contrat de mariage d'Anne de Bretagne, faisaient la mauvaise tête, au point qu'on fut forcé d'en pendre quelques centaines. Mais Cadmus courait un danger plus sérieux en allant combattre le dragon, que Mme de Sévigné qui n'avait rien à craindre, ni des Bretons ennemis seulement du despotisme de Louis XIV, ni des troupes royales, commandées par des hommes qui étaient tous les amis de la marquise.

Cependant l'état de la province assombrit son imagination, et elle fut frappée de la solitude et de la tristesse des Rochers, qui lui arrachèrent des paroles mélancoliques. Qu'on nous passe cette expression qui ne convient peut-être pas à Mme de Sévigné ; car notre mélancolie, à nous qui avons fait les *Werther* et les *Réné*, notre mélancolie a pour caractère *le vague*, et pour prétexte *l'infini ;* tandis que celle de Mme de Sévigné est bien précise et ne se rapporte qu'à un objet *unique.* Cependant, nous

avons cru apercevoir une lueur de mélancolie dans les plaintes suivantes : « J'ai trouvé ces bois d'une
» beauté et d'une tristesse extraordinaires ; tous les
» arbres que vous avez vus petits, sont devenus
» grands et droits, et beaux en perfection ; ils sont
» élagués et font une ombre agréable ; ils ont qua-
» rante ou cinquante pieds de hauteur. Il y a un
» petit air d'amour maternel dans ce détail : songez
» que je les ai vus, comme disait M. de Montbazon
» de ses enfants, pas plus grands que cela. C'est ici
» une solitude faite exprès pour y bien rêver ; vous
» en feriez bien votre profit, et je n'en use pas mal.
» Si les pensées n'y sont pas tout à fait noires, elles
» y sont au moins gris-brun ; j'y pense à vous à tout
» moment ; je vous regrette ; je vous souhaite : votre
» santé, vos affaires, votre éloignement, que pensez-
» vous que cela fasse entre chien et loup ? J'ai ces
» vers dans la tête :

> Sous quel astre cruel avez-vous mis au jour
> L'objet infortuné d'une si tendre amour ?

Le 23 juillet 1677, écrivant à sa fille qu'elle avait recommandé Pauline à M. de Grignan, elle dit : « Je lui recommande Pauline et le prie de la
» défendre contre votre philosophie. Ne vous ôtez
» point tous deux ce joli amusement ; hélas ! a-t-
» on si souvent des plaisirs à choisir ? Quand il
» s'en trouve quelqu'un d'innocent et de naturel
» sous notre main, il me semble qu'il ne faut point

» se faire la cruauté de s'en priver. » Puis elle termine en parodiant un vers de l'opéra de *Thésée* :

Aimez, aimez Thésée, aimez sa gloire extrême,

qui n'y perd pas, certes, en devenant cet autre.

Aimez, aimez Pauline, aimez sa grâce extrême.

Elle a bien raison; il faut se garder de détruire la grâce du jeune âge par une éducation systématique; laissons un libre développement aux attraits naturels; ne retranchons que ce qui ne pourrait plaire jamais aux gens délicats. Voilà longtemps déjà que nous nous demandons lequel on doit admirer le plus du bon sens ou de l'esprit de notre auteur. Mais l'esprit n'est que la grâce du bon sens, a dit Lamartine. Rien n'est plus vrai; et l'esprit, qui prétendrait se passer du bon sens, n'aurait pas plus de consistance que ces bulles de savon, si jolies dans un rayon de soleil, mais qu'on ne voit déjà plus.

Le ministre Pomponne avait conduit Mme de Sévigné à la représentation de l'opéra de *Thésée*, qui fut repris après la seconde conquête de la Franche-Comté. Le prologue tout entier était consacré aux louanges du roi, louanges assez fades qui excitèrent, dit-on, la verve satirique de Despréaux contre les flatteurs, dans son épitre à Seignelay.

L'amour maternel de Mme de Sévigné devait trouver des allusions dans l'opéra de *Proserpine*, qui fut joué au commencement de l'année 1680. Le chevalier de Grignan en avait envoyé de Paris plusieurs airs à sa belle-sœur, et Quinault lui-même avait envoyé les paroles à Mme de Grignan. Mme de Sévigné met cet opéra au-dessus de tous les autres ; et elle appelle surtout l'attention de sa fille sur la scène de Mercure et de Cérès, qui est la seconde du premier acte : « Cette scène, dit-elle, n'est pas bien » difficile à entendre ; il faut qu'on l'ait approuvée, » puisqu'on la chante. »

Elle écrivait ceci le 9 février ; le 1er mars suivant, elle revient à cet opéra, qu'elle n'a point vu jouer, parce qu'elle n'est point curieuse de se divertir, mais qu'on trouve parfaitement beau ; et elle ajoute : « Bien des gens ont pensé à vous et à moi, » je ne vous l'ai point dit, parce qu'en me faisant » *Cérès* et vous *Proserpine*, tout aussitôt voilà M. de » Grignan *Pluton* ; et j'ai eu peur qu'il ne me fît » répondre par son chœur de musique : « *Une mère* » *vaut-elle un époux ?* » C'est cela que j'ai voulu » éviter ; car pour le vers qui est devant celui-là : « *Pluton aime mieux que Cérès* » je n'en eusse point » été embarrassée. »

Quinault faisait aussi des ballets pour la cour ; il avait remplacé Benserade dans cette charge difficile

— car on n'amuse pas facilement ce pays-là — mais lucrative et honorable. Les ancêtres de Louis XIV avaient, pour les amuser, des personnages moins considérés. Cependant, les fous avaient un avantage, c'est qu'ils disaient quelquefois des vérités.

Quinault composa *le Triomphe de l'Amour* pour les fêtes du commencement de l'année 1681. Mme de Sévigné parle plusieurs mois d'avance de ce ballet qui eut beaucoup de vogue. Il lui rappelle d'autres ballets où avait figuré souvent, même avec le roi, *la plus belle fille de France :* « Je ne sais quand on » dansera ce ballet, écrit-elle à la plus belle femme » de France, vous croyez bien que, pour moi, je » dirai : ce n'est pas là un ballet comme celui où » dansait ma fille. » Puis son amour maternel — d'autres diraient peut-être sa vanité maternelle, — vogue à pleines voiles dans ces souvenirs d'un autre âge. Peu importe le nom que l'on donnera à ce sentiment ; il n'en est pas moins selon la nature. Les fleurs du souvenir, quand la vieillesse est là, composent seules la totalité de ce bouquet qu'on appelle *le bonheur.* Mais, parmi ces fleurs, les plus pures et les plus suaves sont celles qui ont été cueillies par une mère sur les pas de ses enfants.

CHAPITRE IX.

MÉNAGE ET CHAPELAIN.

Les coquetteries de Mme de Sévigné envers Ménage. — L'idylle du *Pêcheur* dédiée à Mme de Sévigné. — Bon mot de l'évêque de Laon. — Une scène de l'hôtel de Rambouillet. — Une réponse de Mme de Sévigné à son ancien maître. — Ménage jugé par ses contemporains. — Les traits que lui lance Boileau. — Ses querelles avec Cotin et Bouhours. — Mme de Sévigné dure et ingrate pour Chapelain.

Marie de Rabutin reçut des leçons de Ménage et de Chapelain. Elle estimait et aimait beaucoup Ménage, qui avait conçu une vive passion pour sa belle élève ; elle avait pour lui une familiarité pleine d'enjouement sur la nature de laquelle Ménage se méprit ; et la liberté qui régnait dans sa correspondance avec son maître, entretint chez celui-ci des prétentions dont il ne se réveilla que lorsqu'on parla du mariage de Marie avec M. de Sévigné. Alors il montra de l'humeur, il se plaignit, il reprocha à son élève *sa défunte amitié*, et menaça de ne jamais la revoir. Mais elle n'accepta pas cette séparation ; elle chercha à le retenir par des coquetteries pleines de grâce : « Je vous conjure de venir ici, lui écrit- » elle ; et, puisque vous ne voulez pas que ce soit » aujourd'hui, je vous supplie que ce soit demain. Si » vous n'y venez pas, peut-être ne me fermerez- » vous pas votre porte, et je vous poursuivrai de si » près, que vous serez contraint d'avouer que vous » avez un peu de tort. » Ménage piqué tint bon, et leur commerce fut interrompu. Cela ne dura pas pourtant ; Ménage retourna chez elle, et devint un de ses courtisans les plus assidus ; et, en cas d'absence, il correspondait avec elle, soit pour son compte personnel, soit pour le compte du cardinal de Retz, chez lequel il était entré par la protection de Chapelain, et dont il était devenu le confident, jusqu'à ce que son caractère présomptueux l'eût brouillé avec les autres personnes qui demeuraient chez Son Eminence : alors il se retira dans le Cloître de Notre-Dame, où il tenait chez lui, tous les mercredis, une assemblée de gens de lettres. Ménage était né en 1613 ; il avait par conséquent treize ans de plus que son élève. Chapelain, né en 1595, avait un âge plus convenable.

En 1655, Ménage envoya à Mme de Sévigné une

édition des œuvres de Malherbe ; elle le remercie par un compliment gracieux : « Je vous rends grâce » de votre Malherbe ; j'en ferai mon profit admi- » rablement, et veux parer mon esprit de toutes » sortes de belles choses, afin qu'il ne vous ennuie » pas d'y demeurer. »

Il avait fait pour elle beaucoup de pièces de vers qu'il lui avait récités dans leur tête à tête de professeur et d'élève : c'était l'usage de ce temps-là, et cela ne tirait nullement à conséquence, surtout de la part d'un homme d'un rang inférieur. Mais c'est l'année 1652, où il donna la première édition de ses *Mélanges (Miscellanea)*, qu'il lui rendit pour la première fois un hommage public. L'idylle, intitulée le *Pêcheur ou Alexis*, qui fait partie de ce recueil, lui était dédiée, et elle était précédée d'une longue tirade de vers à sa louange. Voici les premiers et les meilleurs, car l'emphase gâte les autres :

Des ouvrages du ciel le plus parfait ouvrage,
Ornement de la cour, merveille de notre âge,
Aimable Sévigné dont les charmes puissants
Captivent la raison et maîtrisent les sens ;
Mais de qui la vertu sur le visage peinte,
Inspire aux plus hardis le respect et la crainte.

Mme de Sévigné ne fut pas, du reste, son élève préférée ; il aima encore davantage Mlle de La Vergne, qui devint Mme de La Fayette, et il la célébra sous le nom de *Laverna*, mot assez mal choisi, car il signifie *déesse des voleurs*. Mais nous devons raconter seulement ses procédés aimables envers Mme de Sévigné.

La troisième édition des œuvres de Ménage contenait, outre l'idylle d'*Alexis*, un sonnet au sujet de son portrait, et un madrigal allégorique où elle est comparée à la fleur de la *bella donna* (belle dame). Ces deux pièces sont en italien ; les vers qu'il a faits dans cette langue valent mieux, dit-on, que ses vers français : est-ce pour cela qu'il fut reçu par l'Académie de la Crusca et repoussé par l'Académie Française ? Non, la raison est qu'il s'était moqué du dictionnaire de l'Académie dans sa *Requête des Dictionnaires*. Mais il ne se moquait jamais de Marie de Rabutin, et non content de la célébrer en italien, il lui consacra encore de nouveaux vers français. Son recueil contient entre autres une épître à Pélisson, où il se plaint avec assez de mauvais goût,

> De l'aimable marquise
> Qui lui vola sa franchise.

Cette répétition des louanges de Mme de Sévigné dans les ouvrages de Ménage, fit dire plaisamment à l'évêque de Laon. « Mme de Sévigné est dans les » ouvrages de Ménage ce que le chien du Bassan » est dans les portraits de ce peintre ; il ne saurait

» s'empêcher de l'y mettre. » C'est aussi ce qui a
donné à Walkenaer l'idée d'une scène charmante à
l'hôtel de Rambouillet. Une société d'élite est réunie
là pour entendre la lecture d'une pièce de Corneille.
En attendant le poëte, l'on cause de choses et d'autres; puis voilà que Mme de Rambouillet, s'adressant
à Ménage, lui dit : Est-ce que M. Ménage n'a point
» encore fait de vers pour Mme de Sévigné? — Il en
» a fait, dit Chapelain, pour Mlle Marie de Rabutin,
» et aussi pour Mme la Marquise, non-seulement en
» français, mais encore en italien. — Et je gage,
» dit Saint-Pavin, qu'il en a fait aussi en hébreu et
» en grec. — M. Ménage, reprit Mme de Sévigné, est
» trop mon ami pour me faire honte de mon igno-
» rance, et pour m'adresser des vers dans une langue
» que je n'entends pas. » Mme de Rambouillet allait
prier Ménage de réciter les vers qu'il avait com-
posés pour Mme de Sévigné, lorsque tout-à-coup la
marquise de Vardes dit : « Faisons encore jouer
» Mme de Sévigné à colin-maillard. » La jalouse ne
voulait pas entendre des vers qui n'étaient pas faits
pour elle.

Ménage offrit aussi son encens à Mlle de Sévigné,
mais cet encens ressemblait à celui qu'on offre aux
saints, dans lesquels on honore la divinité plutôt
qu'eux-mêmes. Dans une pièce de sa quatrième
édition, il la prie de ne pas le croire insensible;
mais son cœur a été réduit en cendres par sa mère,

il n'a plus la faculté de brûler. Dans une autre pièce,
intitulée épigramme, sans doute parce qu'elle est
courte, mais que Mlle de Sévigné avait bien le droit
de prendre dans le sens peu agréable du mot, car
une femme, quelle qu'elle soit, n'aime pas à s'entendre dire qu'elle est la seconde dans Rome, sa
muse galante s'exprime ainsi :

> Je l'ai dit dans la famille
> Et je le dirai toujours,
> Vous n'aimez point votre fille,
> Ce miracle de nos jours :
> Par l'éclat incomparable
> De votre teint, de vos yeux ,
> Par votre esprit adorable,
> Vous l'effacez en tous lieux.

Plus tard, en 1668, Ménage faisait hommage à
Mme de Sévigné d'un exemplaire de la septième édition de ses *Mélanges*, et cette édition redisait, bien
entendu, par un concert de rondeaux, d'idylles,
de sonnets, *l'éclat incomparable et l'esprit adorable*
de son élève. Mme de Sévigné n'était plus jeune alors ;
on le voit bien par sa réponse : « 23 juin 1668.
« Votre souvenir, dit-elle, m'a donné une joie sen-
» sible, et m'a réveillé l'agrément de notre ancienne
» amitié. Vos vers m'ont fait souvenir de ma jeu-
» nesse, et je voudrais bien savoir pourquoi le sou-
» venir de la perte d'un bien aussi irréparable ne
» donne point de tristesse. Au lieu du plaisir que
» j'ai senti, il me semble qu'on devrait pleurer.

» Mais sans examiner d'où peut venir ce sentiment,
» je veux m'attacher à celui que me donne la re-
» connaissance que j'ai de votre présent. Vous ne
» pouvez douter qu'il ne me soit agréable, puisque
» mon amour-propre y trouve si bien son compte,
» et que je suis célébrée par le plus bel esprit de
» notre temps. » Mᵐᵉ de Sévigué a bien fait de ne
pas pousser plus loin l'analyse de ses sentiments,
non certes au point de vue de la morale, car ils étaient
irréprochables ; mais au point de vue de l'art, car cela
aurait rappelé un peu trop les précieuses parmi lesquelles elle a vécu. Les sentiments doivent être mon-
trés tout d'une pièce, et non par miettes. Dans la
limite où notre auteur s'est tenue, on ne voit que cette
finesse, qui ne vient pas de l'esprit, mais du cœur,
et qu'on appelle la délicatesse. Si l'âge en avait donné
à Ménage, il aurait dû être satisfait. La réponse eût
paru très aimable à un autre, car c'est quelque
chose que d'être un des souvenirs agréables de la
belle jeunesse d'une belle personne ; car c'est quelque
chose aussi que d'être le plus bel esprit de son temps.

Du reste, Mᵐᵉ de Sévigné n'exprimait pas seulement à cet égard une opinion personnelle, elle
était l'écho des grands et des savants de l'époque.
Costar, dans ses *Entretiens sur Voiture*, dit que,
pour consulter les oracles, il faut s'adresser aux
Saumaise et aux Ménage, qui sont les garde-trésors
de l'antiquité. Le père Maimbourg, l'historien des

Croisades, que Mme de Sévigné nous fera connaître,
n'hésite pas à proclamer Ménage le *Varron* des
Français : or, Varron passait pour être le plus savant des Romains. Aujourd'hui Ménage est encore
consulté pour son érudition ; mais la postérité ne
lui a pas élevé de statue ; or, le marbre, vous savez,
est le signe de la durée !

Mme de Sévigné eut toujours beaucoup de confiance en Ménage, et, dans leurs relations, l'esprit
était naturellement de la partie. Un jour, elle venait
de lui faire une confidence sur ses affaires les plus
secrètes ; Ménage lui dit : « Je suis actuellement
» votre confesseur, et j'ai été votre martyr ! — Et
» moi votre vierge, » répond-elle gaiement. Elle
respectait aussi toujours en lui son ancien professeur, mais pas jusqu'à supporter le pédantisme.
Ainsi, elle demandait à Ménage des nouvelles de sa
santé ; il lui répondit : « Madame, je suis enrhumé.
» — Je la suis aussi, dit-elle. — Il faut dire : « Je le
» suis aussi. » — Vous direz comme il vous plaira,
» reprit-elle avec vivacité ; mais moi, si je disais
» ainsi, je croirais avoir de la barbe au menton. »
On ne doit pas s'étonner si, malgré de telles boutades, Ménage avait trouvé du plaisir à cultiver l'esprit d'une telle élève, s'il aimait à se rappeler ses
saillies, et s'il attachait tant d'importance à ses lettres
de jeune fille. Il en avait reçu une, un jour, qu'il
n'aurait pas donnée, disait-il, pour trente mille

livres. Mme de Sévigné lui rappelait cela plus tard.
« Je vous assure, disait-elle, que vous devez être
» aussi content de moi que le jour où je vous écrivis
» une lettre de dix mille écus, » et elle signa plaisamment, *Marie de Rabutin-Chantal.*

Malheureusement pour la gloire de Ménage, il
y avait pour le juger un juge plus indépendant que
Mme de Sévigné ; car, comme il l'a dit, *l'amitié vole
la franchise.* Boileau en voulait à Ménage pour sa
galanterie, il l'avait stigmatisé de sa plume impitoyable, dans deux vers de la onzième satire :

> Si je pense parler d'un galant de notre âge,
> Ma plume pour rimer rencontrera Ménage.

Ces vers circulèrent partout. Ménage toutefois
fut assez heureux pour que l'abbé de Pure prît sa
place avant l'impression.

> Si je veux d'un galant dépeindre la figure,
> Ma plume pour rimer trouve l'abbé de Pure.

Mais c'était seulement pour avoir de meilleurs
vers que Boileau avait lâché Ménage ; il le re-
trouva plus tard dans son épître IX. Ménage, dans
une églogue, intitulée *Christine,* avait comparé au
soleil le ministre Servien, qui était louche et borgne. Or, Boileau vengea ainsi le soleil de cette
outrageante comparaison :

De là vient cet amas d'ouvrages mercenaires,
Stances, odes, sonnets, épîtres liminaires,
Où toujours le héros passe pour sans pareil,
Et fût-il louche et borgne, est réputé *soleil !*

Mme de Sévigné rit-elle de la figure que fit alors
son pauvre ami ? qui aurait pu s'en empêcher ? On
ne rit pas, en ce cas, de l'ami, mais du mauvais
goût.

Ménage s'était attiré beaucoup d'ennemis, il eut
une querelle avec l'abbé Cotin, parce qu'il avait
déprimé son sonnet de la princesse Uranie, composé pour Mme de Nemours : c'est ce sonnet que
Molière a rapporté dans la comédie des *Femmes savantes.* Les deux poètes se dirent à peu près les
douceurs que Molière a mises dans la bouche de
Trissotin et de Vadius : le premier représentait Cotin
et le second Ménage. Celui-ci eut le bon esprit de se
contenter du désaveu de Molière, et d'applaudir la
fameuse scène avec tout le public. Quant à Mme de
Sévigné, elle avait assisté à la lecture que Molière
avait faite de sa comédie chez le duc de La Rochefoucauld, et l'avait trouvée fort plaisante.

Ménage eut aussi une querelle avec le Père Bouhours, de la société de Jésus ; ce qui donna lieu à
cette discussion, ce fut l'ouvrage de Bouhours, intitulé : *Remarques et doutes sur la langue française ;*
où il attaquait les *menagiana.* Quelques-unes de ces

remarques sont justes, et d'autres puériles. Voltaire, dans le *Temple du Goût,* a placé l'auteur derrière les grands hommes, marquant sur des tablettes toutes les négligences qui échappent au génie. Ménage ne lui faisait pas autant d'honneur; il lui interdisait absolument l'entrée de ce temple. Mme de Sévigné prit parti pour Ménage, mais uniquement parce que Bouhours était un jésuite, c'est-à-dire un ennemi de ses amis les jansénistes, et elle était ravie pourtant de les voir s'arracher les yeux. Écoutons ce passage curieux de la lettre du 16 septembre 1676 : Elle vient de citer des livres qu'elle lit, entre autres celui de M. d'Andilly, le *Schisme d'Angleterre par Maimbourg,* dont elle est entièrement contente, et par-dessus tout cela, ajoute-t-elle, « des livres de » furie du Père Bouhours et de Ménage, qui s'ar- » rachent les yeux et qui nous divertissent. Ils se » disent leurs vérités ; et souvent ce sont des in- » jures. Il y a aussi des remarques sur la langue » française qui sont fort bonnes. Vous ne sauriez » croire comme cette guerre est plaisante. J'admire » que le Jésuite se livre, comme il fait, ayant *nos* » *frères* (messieurs de Port-Royal) pour auditeurs, » qui tout d'un coup le relèveront de sentinelle, au » moment qu'il y pensera le moins : c'est de son » côté que le ridicule penche. » Ménage avait soixante-trois ans quand elle écrivait ceci, elle cinquante : on sent bien que le temps a passé par là.

Pour son autre maître, ce pauvre Chapelain, nous ne voyons pas qu'il ait jamais eu de sa part de lettres aimables ni de compliments. Peut-être l'avait-il ennuyée avec les vers de sa *Pucelle ;* cependant il fréquentait sa maison : « Chapelain, dit » Walkenaer, avait contribué, plus encore que Mé- » nage, à l'éducation de Mme de Sévigné; mais il » avait près de cinquante ans lorsque son élève se » maria, et, par son âge, comme par son caractère, » il se trouvait à l'abri de toute séduction : cepen- » dant il est inscrit dans le dictionnaire de Somaize, » ainsi que Ménage, au nombre de ceux qui se mon- » traient les plus assidus aux cercles et dans la » ruelle de la jeune marquise de Sévigné. » Nous n'aimons pas ces mots, *il était à l'abri de toute sé- duction ;* il nous semble qu'on devait bien les épargner à celle qui, de l'aveu de tous, fut, dans sa jeunesse ainsi que dans sa vie entière, exempte de la galanterie de l'époque.

Le chevalier Marini, qui corrompit, dit-on, pour un siècle, la poésie italienne par son style voluptueux, fut appelé en France par la reine Marie de Médicis, et y publia son poëme d'*Adonis*, qu'il dédia à Louis XIII. Chapelain fit une savante préface pour ce poëme, et le succès qu'elle eut lui fit croire qu'il était appelé à enfanter un poëme épique. Mme de Sévigné rendit compte à sa fille de l'opinion de Chapelain sur l'*Adonis*, dans les termes suivants :

« 24 février 1672. M. Chapelain a reçu votre sou-
» venir avec enthousiasme ; il dit que *l'Adonis* est
» délicieux en certains endroits, mais d'une lon-
» gueur assommante. Le chant de la comédie est
» admirable. Il y a aussi un petit rossignol qui s'égo-
» sille pour surmonter un homme qui joue du luth.
» Il se vient percher sur sa tête et enfin il meurt ;
» on l'enterre dans le corps du luth : cette peinture
» est charmante. »

Il était malaisé, quand tout le monde jetait la
pierre à Chapelain, pour sa *Pucelle*, que Mme de Sévigné conservât de l'estime pour le poëte. Elle trouvait pourtant que Boileau l'avait trop maltraité, et elle
n'était pas la seule. Le satirique avait cru même
devoir se justifier : « Je n'ai été, disait-il, que le
» secrétaire du public ; je ne suis coupable que
» d'avoir dit en vers ce que tout le monde dit en
» prose. » Mme de Sévigné le rencontra quelque
temps après chez M. de Pomponne, où elle entendit
sa *Poétique ;* elle lui dit qu'il était tendre en prose
et cruel en vers, et elle écrivait à sa fille, le 13
décembre 1673 : « Despréaux vous ravira par ses vers ;
» il est attendri pour le pauvre Chapelain. »

Hélas ! n'a-t-elle point été plus méchante que
Boileau lui-même, en apprenant à sa fille la maladie de ce pauvre Chapelain. Ecoutez comme cela
est sec, comme cela est glacé, comme cela est cruel :

« M. Chapelain se meurt; il a une manière d'apo-
» plexie qui l'empêche de parler : il se confesse en
» serrant la main; il est dans sa chaise comme
» une statue : ainsi Dieu confond l'orgueil des phi-
» losophes. Adieu, ma bonne ! » — 13 novembre
1673. Hélas ! est-ce donc là l'oraison funèbre d'un
maître à qui l'on doit la plus grande partie des talents
acquis ! Sans doute Chapelain était un mauvais
poëte ; il était avare. Mais il fallait mettre dans
l'autre plateau de la balance, son instruction, sa
critique ingénieuse, sa bonne prose, et par-dessus
tout son enseignement. Un maître est un autre
père, ce personnage est sacré, *enfants, n'y touchez
pas*. A quelque âge que vous soyez, ayez de la reconnaissance, et répandez sur la tombe de celui qui
vous a donné la vie intellectuelle, sinon des regrets
et des larmes, au moins quelques-unes des fleurs
immortelles du souvenir.

CHAPITRE X.

DE LA POÉSIE LÉGÈRE.

Les madrigaux maris des épigrammes. — Les sonnets de *Job* et d'*Uranie*. — Les ballets et les rondeaux de Benserade. — Sa conversation. — Voiture. — Montreuil. — Saint-Pavin. — Segrais. — Lenet. — Marigny et son pain bénit. — Godeau et son *Benedicite*. — Mlle Descartes et son impromptu. — Marot. — Louis XIV poëte.

On a donné le nom de poésies légères à de petites pièces, à ces petites pièces qui sont la ressource des poëtes de courte haleine, ayant de l'esprit, de la grâce, si l'on veut, mais auxquels manque le génie; et le génie lui-même est venu quelquefois badiner parmi ces fleurs qu'on appelle des rondeaux, des madrigaux, des sonnets, des épigrammes. Jadis cela faisait partie des jeux de société, on venait dans la maison où l'on était invité pour la soirée, avec des

impromptus qu'on savait par cœur d'avance ; on amenait adroitement la conversation sur le sujet préparé ;
puis saisissant l'à-propos, on prenait un air d'Apollon
inspiré, et l'on régalait dame ou damoiselle d'un joli
madrigal. Heureux temps où les vers se jouaient parmi les rubans, où l'esprit pétillait autant que le cham-
pagne, où la conversation, si déchue depuis, était
florissante de bouches gracieuses desquelles sortaient
des mots étincelants comme des pierreries et des
diamants : les poëtes légers étaient, dans une pareille
société, comme les papillons dans les parterres.

Mme de Sévigné et Mme de Grignan ont dû l'une
et l'autre aimer ces poëtes, quand ce n'aurait été que
par reconnaissance ; car l'on peut dire qu'elles ont
reçu les hommages de tous, qu'elles ont été décorées
de toutes les mains. Elles ne dédaignaient pas non
plus de travailler à ces jolis riens : elles faisaient des
bouts-rimés, des chansons, des épigrammes ; mais il
paraît que Mme de Grignan n'aimait plus les madrigaux
dans son âge mûr, par satiété sans doute : « Je suis
» un peu fâchée, écrit sa mère le 18 août 1680, que
» vous n'aimiez pas les madrigaux ; ne sont-ils pas
» les maris des épigrammes? Ce sont de si jolis mé-
» nages, quand ils sont bons ; vous y songerez encore,
» avant que de les chasser entièrement. » Et le 15
septembre suivant, elle lui annonce qu'elle a trouvé un
petit livre de madrigaux, le plus joli du monde
(c'étaient les madrigaux de la Sablière) ; et elle ajoute :

« Il faut que je travaille cet hiver à les remettre
» bien avec vous. »

Entre les poëtes du XVIIᵉ siècle, il en est deux,
Voiture et Benserade, qui se partagèrent longtemps
la faveur du public. Ils avaient fait deux mauvais sonnets : l'un, Voiture, sur Uranie, et l'autre, Benserade,
sur Job. On se passionna pour ces sonnets; deux
partis se formèrent qui furent appelés les *Uranistes*
et les *Jobistes*. Le prince de Conti était à la tête de
ceux-ci ; Mᵐᵉ de Longueville, à la tête de ceux-là.
Nous ne voulons pas retracer les péripéties de cette
guerre qui eut aussi sans doute ses morts et ses
blessés ; qu'il nous suffise de rappeler le dernier
tercet du sonnet de *Job* pour le besoin de notre
cause :

> S'il souffrit des maux incroyables,
> Il s'en plaignit, il en parla :
> J'en connais de plus misérables.

Voici maintenant l'usage que Mᵐᵉ de Sévigné en
fit ; elle écrivait à sa fille, le 26 janvier 1680 : « Dieu
» vous conserve les bonnes et solides pensées qu'il
» vous donne ! Vous parlez si sagement de tous les
» plaisirs et de tout ce qui n'est point en votre
» puissance, que la philosophie chrétienne n'en sait
» pas davantage, *j'en connais de plus misérables!*

Le même Benserade avait, dans un ballet,

composé des stances pour le jeune roi représentant
un esprit follet, et on y remarquait ce vers :

Cela n'aura vingt ans que dans deux ans d'ici.

Le 1er de l'an 1676, Mme de Sévigné s'en empara
pour l'appliquer à une jeune personne naïve, qui
n'avait pu deviner quel jour c'est que le lendemain
de la veille de Pâques, et elle ajouta : « C'est un
» joli petit bouchon qui nous réjouit fort : *Cela*
» *n'aura vingt ans que dans six ans d'ici.* »

Benserade excellait dans les ballets ; il savait y
faire entrer des allusions à ceux qui les représentaient,
des peintures de leur caractère, leurs aventures
même ; il charmait la cour par la douceur et la galanterie de ses vers. Il fit au contraire des rondeaux
pitoyables sur les *Métamorphoses* d'Ovide ; le roi lui
donna mille louis pour les taille-douce de ces rondeaux, mais cela ne méritait pas une telle libéralité.
Mme de Sévigné les envoya à sa fille parmi plusieurs
autres choses : « Vous trouverez, dit-elle, les ron-
» deaux de Benserade, ils sont fort mêlés ; avec un
» crible il en demeurerait peu : c'est une étrange
» chose que l'impression ! »

Mais les rondeaux de Benserade n'eurent pas
de plus grand ennemi qu'un rondeau fait par un
inconnu :

A la fontaine où s'enivre Boileau,
Le grand Corneille et le sacré troupeau
De ces auteurs que l'on ne trouve guère,
S'il faut donner un bon tour au rondeau ;
Quoique j'en boive aussi peu qu'un moineau,
Cher Benserade, il faut te satisfaire,
T'en écrire un. Hé ! c'est porter de l'eau
        A la fontaine !

De tes refrains un livre tout nouveau
A bien des gens n'a pas eu l'heur de plaire :
Mais, quant à moi, j'en trouve tout fort beau :
Papier, dorure, image, caractère,
Hormis les vers qu'il fallait laisser faire
        A La Fontaine !

Si Benserade avait beaucoup d'esprit dans ses ballets, il en avait encore davantage dans la conversation : il y a, sous ce rapport, des hommes qu'on voudrait pouvoir conserver ; leur conversation serait plus belle encore que leurs livres. Benserade plaisait à tout le monde par sa plaisanterie fine, même à ceux qu'il plaisantait. Mme de Sévigné le goûtait beaucoup ; elle disait le 11 mars 1671 : « Je dîne » tous les vendredis chez le Mans (l'évêque du » Mans) avec M. de La Rochefoucauld et Benserade » qui toujours y fait la joie de la compagnie. » Le 3 avril suivant, elle dînait chez M. de Lavardin (c'est le même) et elle a été fâchée de n'y pas rencontrer Benserade : « Mme de Brissac ne nous a pas con- » solés, dit-elle, de M. de La Rochefoucauld et de » Benserade, quoiqu'elle fût dans ses belles hu-

11

» meurs. » On dit généralement que les enfants précoces se démentent : ils n'en fut pas ainsi de Benserade. Il n'avait que huit ans lorsque l'évêque qui lui donnait la confirmation, lui demanda s'il ne voulait pas changer son nom d'*Isaac* pour un nom chrétien : « *De tout mon cœur*, répondit-il, *pourvu* » *que je ne perde pas au change.* » A cette réponse on reconnaît, n'est-ce pas, l'enfant normand ; il était en effet de Lions-la-Forêt, dans la Haute-Normandie.

Un autre bel esprit, Voiture, fut aussi l'objet des citations ou des allusions de Mme de Sévigné ; mais elle fut plus heureuse que lui : Voiture avait trop d'esprit pour en avoir assez, tandis que Mme de Sévigné savait d'avance le vers de Boileau :

Qui ne sait se borner ne sut jamais écrire.

En second lieu, Voiture mettait quinze jours à produire sa lettre la plus courte, et Mme de Sévigné écrivait une lettre à la minute. Néanmoins, quoique plus riche que lui, elle lui faisait des emprunts. Ainsi, après avoir parlé de la disgrâce de M. de Pomponne, auquel Louis XIV venait de faire dire par Colbert qu'il le remerciait de ses services, elle termine par ces mots : « Enfin, M. de Pomponne ne sera plus » que le plus honnête homme du monde. Vous sou- » venez-vous de Voiture qui dit en parlant de M. le » Prince :

Il n'avait pas un si haut rang ;
Il n'était que prince du sang !

Le 18 février 1671, peu de temps après sa séparation d'avec sa fille, elle lui rendit compte d'une
mascarade du mardi-gras, pour laquelle le roi avait
fait faire un habit magnifique, qu'il ne mit pas
pour certains chagrins qui n'empêchaient pas les
autres de se réjouir, et son amour maternel invoqua...
Voiture : « Il faut que je dise comme Voiture :
» Personne n'est encore mort de votre absence,
» hormis moi ! »

Encore un passage où figure Voiture ; c'est le
récit de la mort de Saint-Thou : « Saint-Thou avait
» songé, la veille qu'il a été tué, qu'il avait eu un
» démêlé avec le prince d'Orange, et qu'il lui avait
» dit de si bonnes injures que ce prince l'avait fait
» maltraiter par ses gardes. Il conta ce songe, et
» ce fut par ses gardes qu'il fut tué follement ; car
» il ne voulut jamais de quartier, quoiqu'il fût seul
» contre deux cents. C'est une belle pensée, tout le
» monde se moque de lui, quoique Voiture nous ait
» appris que c'est fort mal de se moquer des tré-
» passés. »

Voiture ne fut pas à l'abri de la critique, même
de son temps. Le chevalier de Méré, homme d'esprit aussi, l'avait attaqué. Mme de Sévigné et son ami
Corbinelli n'approuvèrent pas du tout cette guerre,

si l'on en juge par la lettre du 24 novembre 1679 :
« Corbinelli abandonna le chevalier de Méré et son
» chien de style , et la ridicule critique qu'il fait,
» en collet monté, d'un esprit libre, badin et char-
» mant, comme Voiture : tant pis pour ceux qui ne
» l'entendent pas. » La vérité est que Voiture et son
critique étaient, aussi peu l'un que l'autre, naturels
dans leur style.

Si l'on nous demandait maintenant quelle est
notre opinion sur Benserade et Voiture , nous répondrions que ce sont des esprits à la mode; qu'on
passerait pour ridicule si on ne les adoptait pas de
leur temps. Mais, quand ils sont passés, on s'étonne
qu'ils aient tenu tant de place. Du reste, ce qui a
fait surtout leur réputation, c'est qu'ils contribuaient
aux plaisirs des grands, qui récompensaient large-
ment en renommée et en argent.

Pour faire connaître un autre poëte, qui fut
l'admirateur de Mme de Sévigné , nous allons continuer de transcrire un passage de Walkenaer dont
nous avons déjà cité une partie à propos de Ménage.
Voiture venait de lire devant la société de l'hôtel de
Rambouillet un rondeau, dans lequel il promettait
d'aimer la dame de ses pensées jusqu'à ce qu'il
rendît son âme à Dieu.

« Si Voiture rend son âme, dit l'abbé de Mon-

» treuil, il faudra le faire accompagner par une
» trentaine de ces amours coquets, grands comé-
» diens, qui le servent merveilleusement, et qui ne
» ressentent jamais les passions qu'ils témoignent.
» — Ne trouvez-vous pas, madame, dit Saint-Pavin
» à Mme de Sévigné, que Montreuil n'en parle que
» par envie. — M. de Montreuil est étourdi, mais il
» n'est point envieux, répondit Mme de Sévigné
» (lettre à Ménage, 1656). — Ah ! oui, vous le dé-
» fendez, parce qu'il est votre grand madrigalier.
» — Etrange défense, dit Montreuil, et qui res-
» semble fort à une accusation. — Mais je ne sa-
» vais pas, dit Julie d'Angennes, que M. de Mon-
» treuil eût fait des madrigaux pour Mme de Sévigné.
» — Pour que cela ne fût pas, mademoiselle, il fau-
» drait qu'on me dît comment on peut s'empêcher
» d'en faire. — Dites-nous le dernier de tous, si
» vous vous en souvenez. — Cela n'est pas difficile ;
» ce n'est que quatre vers impromptus récités à
» Mme la marquise, tout aussitôt qu'on lui eut dé-
» bandé les yeux à la partie de colin-maillard que
» nous jouâmes hier chez la duchesse de Chevreuse.
» Elle aura sans doute déjà oublié ces vers ; et je
» reçois comme une faveur, madame, l'occasion
» que vous me donnez de les lui réciter encore :

> De toutes les façons vous avez droit de plaire ;
> Mais surtout vous savez nous charmer en ce jour :
> Voyant vos yeux bandés, on vous prend pour l'Amour,
> Les voyant découverts, on vous prend pour sa mère.

On ne peut certes rien voir de plus joli que ces deux derniers vers, ils sont dignes d'Anacréon !

Mme de Sévigné disait, le 27 mars 1671, à sa fille : « Je voudrais bien savoir, quand je ne pen- » serai plus tant à vous, il faut répondre,

> Comment pourrais-je vous le dire :
> Rien n'est plus incertain que l'heure de la mort.

C'est Montreuil qui lui a soufflé cette réponse. Malgré cela, Montreuil n'a pas été épargné par Boileau, la satire VII lui reproche d'insérer trop souvent de ses vers dans les recueils qu'on publiait alors :

> On ne voit point mes vers, à l'envi de Montreuil,
> Grossir impunément les feuillets d'un recueil.

Un autre poëte léger, Saint-Pavin, celui dont Boileau a mis la conversion au nombre des choses impossibles, était encore une des connaissances de Mme de Sévigné. Elle le rencontrait chez l'abbé de Coulanges tous les vendredis; c'est pourquoi Saint-Pavin fit une pièce où il parlait aux dieux et qui finissait ainsi :

> Multipliez les vendredis,
> Je vous quitte de tout le reste.

Mme de Sévigné correspondait avec lui, comme
on le voit par une fort jolie épître qu'il lui adressa :

> Je ne me pique point d'écrire,
> J'y veux renoncer désormais,
> Et même j'oublierais à lire
> Si vous ne m'écriviez jamais.....

Il ne veut point qu'elle fasse faire ses commis-
sions auprès de lui par un laquais :

> M'envoyer faire un compliment
> Par un laquais sans jugement,
> Qui ne sait ce qu'il veut me dire,
> C'est vous commettre étrangement :
> Vous feriez bien mieux de m'écrire.

Ce Saint-Pavin était d'une bonne humeur inva-
riable qui devait plaire beaucoup à Mme de Sévigné :
il riait de tout, même de sa bosse.

Elle connaissait aussi Segrais, le poëte de Caen,
sur le mariage duquel nous lui devons un détail.
Elle nous apprend par sa lettre du 21 septembre
1676, qu'il épousa une cousine très riche qui l'avait
préféré, lui pauvre poëte, à de très bons partis :
« Vous ai-je mandé que Segrais est marié à une
» cousine très riche ? Elle n'a pas voulu des gens
» proportionnés à ses richesses, disant qu'ils la
» mépriseraient et qu'elle aimait mieux son cousin. »

Segrais était l'ami de Ménage et de Chapelain, mais plus heureux qu'eux, il a été loué par Boileau dans son *Art poétique*. Dans le passage où il souhaite des poëtes dignes de chanter la gloire de Louis, il dit :

Muses, dictez sa gloire à tous vos nourrissons ;
. . . .
Que Segrais dans l'églogue en charme les forêts.

Il n'a pas fait d'églogue pour Mme de Sévigné ; mais seulement un impromptu. Un jour, il perdit une discrétion en jouant avec elle, et il lui dit aussitôt :

Vous m'avez fait supercherie :
Faites-moi raison, je vous prie,
D'une si blâmable action.
En jouant avec vous, jeune et belle marquise,
Je n'ai cru hasarder qu'une discrétion,
Et m'y voilà pour toute ma franchise.
Mais qu'ai-je fait aussi ? Ne savais-je pas bien
Qu'on perd tout avec vous, et qu'on n'y gagne rien.

Nous regrettons vivement que cet usage d'adresser aux dames des impromptus soit tombé en désuétude. D'abord cela leur faisait plaisir, sans engager à rien ; ensuite on ne parlait pas du prochain pendant ce temps-là ; et, enfin, cela entretenait le goût des choses de l'esprit, et *les riens*, sous ce rapport, ont de l'importance : mais nous n'en avons pas fini avec ces riens.

Voici encore un homme d'esprit, — humeur joviale, — sève bourguignonne, — qui avait beaucoup amusé Marie de Rabutin dans sa jeunesse, et dont personne ne parle aujourd'hui, *les morts vont vite !* Cet ami d'enfance s'appelait *Lenet*, il ne manquait pas de mérite, sans doute, puisqu'il devint procureur général du parlement de Dijon. Il vint à Paris avec Bussy, quelque temps après le mariage de Marie; mais les jeunes époux étaient partis pour les Rochers. Pour se consoler un peu, Lenet et Bussy se mirent à faire une épître :

> Salut à vous, gens de campagne,
> A vous, immeubles de Bretagne,
> Attachés à votre maison
> Au-delà de toute raison...

Et le reste sur le même ton. Quarante-trois ans plus tard (5 juin 1689), Mme de Sévigné écrivait à sa fille : « Vous avez vu Larrei; c'est, je » crois, le fils de feu Lenet, qui était attaché à feu » M. le Prince, et qui avait de l'esprit comme douze. » J'étais bien jeune, quand je riais avec lui. » Aujourd'hui, Mme de Sévigné, on n'a plus de l'esprit que comme quatre !

Nous n'avons pas encore clos la liste des poëtes

légers dont les vers voltigeaient, gais papillons,
autour de sa jeunesse. En voici un autre, qui se
nommait Marigny, et qui est l'auteur de deux pièces
de vers célèbres dans le temps. Mme de Sévigné en
parle dans sa lettre du 13 octobre 1673 : « Nous
» avons trouvé en chemin M. de Sainte-Marthe ; il
» m'a promis de vous envoyer ce *pain bénit* et cet
» *Enterrement* de Marigny, dont je vous ai tant parlé.
» L'*Enterrement* me ravit toujours ; le *Pain bénit*
» est sujet à trop de commentaires. Si vous avez
» l'esprit libre, quand vous recevrez ce petit ou-
» vrage, et qu'on vous le lise d'un bon ton, vous
» l'aimerez fort. Mais si vous n'êtes pas bien dis-
» posée, voilà qui est jeté et méprisé. Je trouve que
» le prix de la plupart des choses dépend de l'état
» où nous sommes, quand nous les recevons. » Le
Pain bénit était une satire contre les marguilliers de
la paroisse de Saint-Paul, et contre les exactions qui
avaient lieu de la part des fabriques pour les frais de
mariage et d'enterrement, et pour rendre le pain
bénit. Hélas ! ces choses-là ont encore renchéri
comme tout le reste !

Marigny a joué un rôle politique sous la Fronde ;
le cardinal de Rètz employait sa muse à verser du
ridicule sur ses ennemis, ce qui n'empêchait pas
la même muse de faire l'aimable avec les dames.
Ainsi Marigny, le 1er janvier 1649, adressait les vers
suivants à Mme de Sévigné, sous le titre d'*Etrennes :*

Adorable et belle marquise,
Plus belle mille fois qu'un satin blanc tout neuf,
Je vous présenterais de bon cœur *ma franchise* ;
Mais les charmes que vous avez
Depuis quelque temps me l'ont prise :
Je ne sais si vous le savez !...

Encore la franchise !

Ah ! c'est trop fort ! Ils se sont tous donné le mot, excepté Godeau.

Godeau se destinait d'abord au siècle ; mais une demoiselle qu'il recherchait, ayant refusé de l'épouser, parce qu'il était petit et laid, il quitta Dreux, sa ville natale, vint à Paris et y embrassa l'état ecclésiastique. Produit à l'hôtel de Rambouillet, il y brilla par ses vers et sa conversation. Il fut un de ceux qui, en s'assemblant chez *Conrart*, contribuèrent à l'établissement de l'Académie française. Et, enfin, il eut le bonheur de plaire par ses poésies sacrées au cardinal de Richelieu, qui le récompensa par un évêché. Quand il fut nommé évêque de Vence, en Provence, Mme de Sévigné le recommanda d'une manière assez originale à sa fille : « Vous ne » sauriez, dit-elle, avoir un plus agréable com- » merce : c'est un prélat d'un esprit et d'un mé- » rite distingué ; c'est le plus bel esprit de son » temps. Vous avez admiré ses vers, jouissez de sa

» prose, il excelle en tout. Il mérite que vous en
» fassiez votre ami. » Tout est bien jusque-là, sauf
l'exagération, car Godeau avait plus de vertu que
de talent. Nous avons remarqué que Mme de Sévigné
emploie le superlatif à l'égard de presque tous ceux
dont elle parle : c'est un défaut inhérent à la jeunesse et aux esprits jeunes. Elle en a un'autre,
c'est de faire quelquefois des plaisanteries trop crues ;
mais chaque siècle a un goût différent, et pour
juger si elle a passé la mesure, il faut se reporter
à la société où elle a vécu. Comme nous tenons à
la faire connaître sous toutes ses faces, — et certes
il n'en est pas une qui ne soit agréable, — nous
copierons le reste de sa recommandation. Elle
ajoute donc : « Vous citez plaisamment cette dame
» qui aimait à faire tourner la tête à des moines :
» ce serait une bien plus grande merveille de la faire
» tourner à M. de Vence, lui dont la tête est si bonne,
» si bien faite et si bien organisée ; c'est un trésor
» que vous avez en Provence, profitez-en : du reste,
» *sauve qui peut !* » — Sauve qui peut du poëte plutôt ! Nous ne disons pas cela seulement pour M. de
Vence, mais pour tous ceux qui font des vers, et
pour nous-mêmes qui avons cette *faiblesse*, puisque
cela s'appelle ainsi dans notre siècle d'industrie.
Hélas ! les poëtes, les versificateurs plutôt, ont la
manie de lire leurs vers, de les chanter à tout venant : on veut bien lire à part soi, ou même en
compagnie, un sonnet, un madrigal, une petite

page ; mais voici l'auteur lui-même : *sauve qui peut !*
Poëtes et versificateurs, croyez-nous, publiez vos vers
et ne les lisez pas, quoiqu'on vous en prie. Pour
de l'esprit, ayez-en toujours, parce que cela rapporte ; du reste, cela rapporte moins aujourd'hui
qu'autrefois. Savez-vous ce que Richelieu, oui, Richelieu, le cardinal, le grand ministre, savez-vous
ce que Richelieu donna à Godeau pour une para-
phrase rimée du *Benedicite.* Il lui donna Grasse
(grâces), c'est-à-dire l'évêché de cette ville. De nos
jours on réussit mieux avec quelques phrases d'éco-
nomie politique.

Si Mme de Sévigné avait ses poëtes à Paris, elle
n'en était pas dépourvue en Bretagne. Elle avait là
une demoiselle respectable, et d'un nom bien respectable aussi, car c'est le nom que porta le père
de la philosophie moderne, Mlle Descartes enfin,
dont nous avons déjà parlé. On pourrait croire
qu'une nièce de Descartes ne devait parler que philosophie, et devait être une cartésienne envers et
contre tous : on serait alors dans une double erreur.
Elle avait gardé sa franchise au point de jaser
quelquefois des opinions de son oncle, même en
écrivant à Mme de Grignan, et elle faisait des vers,
des impromptus que Mme de Sévigné trouvait jolis.
Voici un passage du 15 mai 1689 qui prouvera notre
double assertion : « J'aime passionnément Mlle Des-
» cartes ; elle vous adore ; vous ne l'avez point assez

» vue à Paris. Elle m'a conté qu'elle vous avait
» écrit que, avec le respect qu'elle devait à son
» oncle, le *bleu* était une couleur (M. de Grignan
» venait d'obtenir le cordon bleu), et mille autres
» choses encore sur votre fils. Cela n'est-il point
» joli ? Elle me doit montrer votre réponse. Voilà
» une manière d'*impromptu* qu'elle fit l'autre jour,
» mandez-moi ce que vous en pensez ; pour moi il
» me plaît fort, il est naturel et point commun. »

Mme de Sévigné connaissait Mlle Descartes depuis
neuf ans ; elle rencontra toute la famille Descartes
dans son voyage de Rennes, en 1680 : « Il vint le
» dernier jour, dit-elle, deux petites nièces de votre
» *père...* Elles ont bien de l'esprit dans les yeux. Il
» y avait une autre *vraie nièce* (celle de l'impromptu,
» les autres étaient nièces seulement à la mode de
» Bretagne) ; celle-là sait quasi aussi bien que vous
» sa philosophie. Je vis aussi deux neveux ; mais le
» plus plaisant, c'est un jésuite bridé entre les me-
» naces de la société et son inclination naturelle
» pour la mémoire de son oncle, de sorte que ce
» pauvre *père* mange toujours des *poids chauds*,
» comme dit M. de La Rochefoucauld ; il n'oserait
» prononcer une seule parole distincte... » Les Jésuites étaient les adversaires de la philosophie de
Descartes.

Quand Mme de Sévigné revit Mlle Descartes, à

Rennes, en 1689, elle s'attachait à elle et ne la quittait pas : « Je ris quelquefois de l'amitié que j'ai » pour Mlle Descartes ; je me tourne naturellement » de son côté ; j'ai toujours des affaires à elle ; il » me semble qu'elle vous est de quelque chose du » côté paternel de M. Descartes, et dès là je tiens » un petit morceau de ma chère fille. » — 18 mai 1689. Mais il nous faut remettre jusqu'au chapitre de la philosophie les autres détails relatifs à cette demoiselle qui maintenant n'est pour nous qu'un improvisateur en vers.

Généralement les poëtes légers passent avec leur génération, il en est cependant auxquels la muse a donné un vol moins court. Marot, par exemple, est de ceux-là, et il devait plaire à Mme de Sévigné, à cause de son esprit gaulois, esprit naïf, frondeur et narquois, que La Fontaine a possédé le dernier, et que Marot aurait reproduit dans la perfection peut-être, s'il avait reçu l'éducation du XVIIe siècle. Elle lui a fait un emprunt, le 11 novembre 1671, en racontant l'aventure de Pomenars, ce breton qui avait été condamné par contumace à être pendu, comme coupable de rapt. Elle l'avait reçu chez elle aux Rochers, où il l'avait bien fait rire : « L'autre jour, Pomenars passa par ici ; il » venait de Laval, où il trouva une grande assem- » blée de peuple ; il demanda ce que c'était : c'est » lui dit-on, que l'on pend un gentilhomme qui

» avait enlevé la fille du comte de Créance. » Alors
elle cite un vers de Marot à François Ier :

Cet homme-là, sire, c'était lui-même.

Mais nous préférons de beaucoup l'usage qu'elle
fait du même vers dans sa lettre du 3 février 1674 :
« Il y a aujourd'hui bien des années, ma fille, qu'il
» vint au monde une créature destinée à vous ai-
» mer préférablement à toutes choses ; je prie votre
» imagination de n'aller ni à droite, ni à gauche... »
Ceux qui sont peu au fait de Mme de Sévigné s'ima-
gineraient peut-être qu'elle va dire : « Cette créa-
» ture, c'est moi-même. » Non, elle cite spirituellement le vers de Marot à François Ier :

Cet homme-là, sire, c'était moi-même.

Il faut avouer que c'est charmant! c'est la
première fois que nous laissons échapper cette exclamation. Un savant d'outre Rhin, le docteur Eoba-
nius Hesse, avait l'habitude de mettre une cruche de
vin dans son pupitre, et de boire une gorgée à
chaque beau passage du poëte qu'il expliquait. Il
buvait jusqu'à ce qu'enfin, son enthousiasme crois-
sant à mesure que la cruche se vidait, ce n'étaient
plus que cris de joie, transports frénétiques, larmes
de tendresse et trépignements d'admiration. Nous
craignons l'ivresse du docteur ; voilà pourquoi nous
retenons notre enthousiasme ; mais il pourra éclater,

tout à son aise, après l'histoire suivante; c'est la
dernière qui nous reste à raconter quant aux poètes.
Chapeau bas, c'est le roi!

    26 novembre 1664 : « Il faut que je vous conte
» une petite historiette, qui est très vraie, et qui
» vous divertira. Le roi se mêle depuis peu de faire
» des vers; MM. de Saint-Aignan et Dangeau lui
» apprennent comment il faut s'y prendre. Il fit
» l'autre jour un petit madrigal, que lui-même ne
» trouva pas trop joli. Un matin, il dit au maréchal
» de Gramont : « M. le Maréchal, lisez, je vous prie,
» ce petit madrigal, et voyez si vous en avez jamais
» vu de plus impertinent; parce qu'on sait que depuis
» peu j'aime les vers, on m'en apporte de toutes
» les façons. » Le maréchal, après avoir lu, dit au
» roi : « Sire, Votre Majesté, juge divinement bien
» de toutes choses; il est vrai que voilà le plus sot
» et le plus ridicule madrigal que j'aie jamais lu. »
» Le roi se mit à rire, et dit : N'est-il pas vrai que
» celui qui l'a fait est bien fat? — Sire, il n'y a pas
» moyen de lui donner un autre nom. — Oh! bien,
» dit le roi, je suis ravi que vous m'en ayez parlé
» si bonnement : c'est moi qui l'ai fait. — Ah! sire,
» quelle trahison! que Votre Majesté me le rende;
» je l'ai lu brusquement. — Non, M. le maréchal,
» les premiers sentiments sont toujours les plus
» naturels. » Le roi a fort ri de cette folie; et tout
» le monde trouve que voilà la plus cruelle petite

» chose que l'on puisse faire à un vieux courtisan.
» Pour moi, qui aime toujours à faire des réflexions,
» je voudrais que le roi en fît là-dessus, et qu'il
» jugeât par là combien il est loin de connaître jamais
» la vérité.

Ne pouvons nous pas maintenant, à l'exemple du docteur allemand, nous écrier : Ah! Mme de Sévigné, que vous contez bien! Ah! c'est charmant! Ah! c'est divin!

CHAPITRE XI.

DE L'ORAISON FUNÈBRE.

L'amitié de Bossuet pour Mme de Grignan. — Correspondance de Mme de Sévigné avec Bossuet. — Le livre de l'exposition de la doctrine catholique. — Le sermon de Bossuet pour Mme de La Vallière. — L'oraison funèbre du prince de Condé par Bourdaloue et par Bossuet. — Le parallèle de Condé et de Turenne. — L'oraison funèbre de Henri de Bourbon. — Mascaron et Fléchier. — L'abbé Léné. — L'oraison funèbre de Mme de Longueville. — On ne rit pas toujours.

Passer de la poésie légère à l'oraison funèbre, c'est passer de la vie, et de la vie la plus éveillée, au sommeil de la mort; mais, comme c'est ainsi que vont les choses dans l'ordre de la nature, pourquoi n'iraient-elles pas de même dans l'ordre de la littérature? Il faut s'accoutumer à cette transition, quelque brusque qu'elle paraisse.

On se doute bien par qui nous allons commencer : nous avons mis tout à l'heure, par honneur, le roi à la fin des poëtes ; nous allons maintenant mettre en tête des prosateurs, Bossuet, roi par le génie, comme Louis l'était par la naissance.

Mᵐᵉ de Sévigné avait connu Bossuet chez Mᵐᵉ de Guénégaud, à l'hôtel de Nevers ; et Bossuet appréciait beaucoup Mˡˡᵉ de Sévigné. Nous le voyons par une lettre que le baron de Sévigné écrivait à Mᵐᵉ de Grignan, après que celle-ci eut failli périr sur le Rhône, en se rendant en Provence : « Adieu, soyez la bien » échappée des périls du Rhône, et la bien reçue en » votre royaume d'Arles. A propos, j'ai fait transir » M. de Condom sur le récit de votre aventure : il » vous aime toujours de tout son cœur. — 6 mars 1671. Et huit ans plus tard, le 13 décembre 1679, Mᵐᵉ de Sévigné disait avec un grand laconisme : « M. de Condom qui vous aime et que j'honore. » Nous voudrions bien savoir ce qu'il aimait en Mᵐᵉ de Grignan... probablement sa force de caractère et son grand bon sens !

Mᵐᵉ de Sévigné a correspondu, pendant quelque temps au moins, avec Bossuet ; elle en recevait des lettres et des billets. Elle nous l'apprend en bien peu de mots dans une lettre (1671) qui est pleine de personnes et de choses : « Voilà une lettre de M. de » Condom, qu'il m'a envoyée avec un billet fort joli. »

Elle pique notre curiosité, et puis..... rien! C'est peu de temps après qu'il résigna son évêché de Condom, quand sa charge de précepteur le força de vivre à la cour : « Il ne voulait pas, disait-il, vivre séparé » de son épouse. »

Bossuet publia, en 1671, son livre de la doctrine catholique, sur les matières de controverse, livre qui contribua beaucoup à la conversion de Turenne et de Dangeau. Ce grand homme, désolé des querelles survenues entre les Jésuites et les Jansénistes, qui compromettaient la paix de l'église, mit la main au gouvernail; et cela suffit pour rendre la confiance aux chrétiens étrangers aux deux partis, et qui étaient troublés par ces orages. Mᵐᵉ de Sévigné annonça le livre de Bossuet à sa fille, le 13 Septembre 1671 : « Vous prenez goût à Nicole; je ne sais » où je prendrai un autre livre de morale pour vous » soutenir le cœur; je vous renverrai à *nos anciens* » *amis*. On dit que M. de Condom en a fait un, où » il assure que, pourvu que l'on croie les mystères, » c'est assez, et improuve fort toutes les chicanes » sur le Saint-Sacrement, qui ne font que des héré-» sies; j'entends dire qu'il n'y a rien de plus beau. »

Quand Mᵐᵉ de La Vallière alla chercher aux Carmélites un abri contre d'autres orages, c'est Bossuet qu'elle chargea de l'introduire au port. Mᵐᵉ de Sévigné rendit compte de la cérémonie, dans sa lettre

du 3 juin 1675; mais elle trouva que le sermon de
Bossuet était faible : « Elle fit donc cette action,
» cette belle et courageuse personne, comme toutes
» les autres de sa vie, d'une manière noble et char-
» mante. Elle était d'une beauté qui surprit tout le
» monde; mais ce qui vous étonnera, c'est que le
» sermon de M. de Condom ne fut point aussi divin
» qu'on l'espérait. »

La mort de M. de Turenne arriva le 27 juillet
suivant. Mme de Sévigné, qui a écrit ce qu'il y a
de plus touchant et de plus beau sur cette mort, dit
que Bossuet pensa s'évanouir en l'apprenant, et qu'il
resta longtemps sans pouvoir être consolé. Que ne
l'a-t-on chargé de l'oraison funèbre de ce grand
homme; on aurait eu des larmes non moins sublimes
que celles qu'il a versées sur le cercueil de Condé !

Il faut franchir douze ans pour entendre Mme de
Sévigné parler de nouveau de Bossuet. Le 10 mars
1687, après avoir fait la description de la pompeuse
décoration de Notre-Dame, qui coûta cent mille
francs, elle parle de l'oraison funèbre du prince de
Condé. Elle ne l'a pas entendue; mais un prélat lui
en a fait l'éloge : « Je viens de voir un prélat qui
» était à l'oraison funèbre. Il nous a dit que M. de
» Meaux s'était surpassé lui-même, et que jamais on
» n'a fait valoir ni mis en œuvre si noblement une
» si belle matière. »

Un mois après environ, elle rendit compte de
l'oraison funèbre du même personnage par le père
Bourdaloue : « Je suis charmée et transportée de
» l'oraison funèbre de M. le Prince, faite par le père
» Bourdaloue. Il s'est surpassé lui-même; c'est beau-
» coup dire. Son texte était que le roi l'avait pleuré,
» et dit à son peuple : Nous avons perdu un Prince
» qui était le soutien d'Israël.

» Il était question de son cœur, qui est enterré
» aux Jésuites. Il en a donc parlé, et avec une grâce
» et une éloquence qui entraîne ou qui enlève,
» comme vous voudrez. Il fait voir que son cœur
» était solide, droit et chrétien : *Solide*, parce que
» dans le plus haut de la plus glorieuse vie qui fut
» jamais, il avait été au-dessus des louanges; et là,
» il a repassé en abrégé toutes ses victoires, et nous
» a fait voir, comme un prodige, qu'un héros, en
» cet état, fût entièrement au-dessus de la vanité et
» de l'amour de soi-même. Cela a été traité divine-
» ment.

» *Un cœur droit*, et sur cela il s'est jeté sans
» balancer tout au travers de ses égarements, et de
» la guerre qu'il a faite contre le roi. Cet endroit qui
» fait trembler, et que tout le monde évite, qui fait
» qu'on tire les rideaux, qu'on passe des éponges,
» il s'y est jeté lui à corps perdu; et il a fait voir
» par cinq ou six réflexions dont l'une était le refus

» de la souveraineté de Cambrai, et de l'offre qu'il
» avait faite de renoncer à tous ses intérêts plutôt
» que d'empêcher la paix, et quelques autres encore,
» — que son cœur, dans ses déréglements, était
» droit, et qu'il était emporté par le malheur de sa
» destinée, et par des raisons qui l'avaient comme
» entraîné à une guerre et à une séparation qu'il
» détestait intérieurement, et qu'il avait réparée de
» tout son pouvoir, après son retour, soit par ses
» services, comme à Tolhuys, Senef, soit par les
» tendresses infinies et par les désirs continuels de
» plaire au roi et de réparer le passé. On ne saurait
» vous dire avec combien d'esprit tout cet endroit
» a été conduit, et quel éclat il a donné à son héros,
» par cette peine intérieure qu'il nous a si bien
» peinte, et si vraisemblablement.

    » *Un cœur chrétien*, parce que M. le Prince a
» dit dans ses derniers temps que, malgré l'horreur
» de sa vie à l'égard de Dieu, il n'avait jamais senti
» la foi éteinte dans son cœur, qu'il en avait toujours
» conservé les principes : et, cela supposé, parce que
» le Prince disait vrai, il rapporte à Dieu ses vertus
» même morales, et ses perfections héroïques qu'il
» avait couronnées par la sainteté de sa mort. Il a
» parlé de son retour à Dieu depuis deux ans, qu'il
» a fait voir noble et grand et sincère, et il nous a
» peint sa mort avec des couleurs ineffaçables dans
» mon esprit et dans celui de l'auditoire qui parais-

» sait pendu et suspendu à tout ce qu'il disait, d'une
» telle sorte qu'on ne respirait pas. De vous dire de
» quels traits tout cela était orné, il est impossible,
» et je gâte même cette pièce par la grossièreté
» dont je la croque. C'est comme si un barbouilleur
» voulait toucher à un tableau de Raphaël. Enfin,
» mes chers enfants, voilà ce qui vous doit toujours
» donner une assez grande curiosité pour voir cette
» pièce imprimée. »

Voilà, certes, une analyse consciencieuse; c'est
la seule qui soit dans les lettres; mais il est probable
que ce n'est pas la seule que Mme de Sévigné ait
faite. Nous voyons que la plupart des grands écrivains ont employé ce moyen pour graver, pour
enfoncer les choses dans leur esprit. Les travaux de
Pline l'Ancien en ce genre paraissent prodigieux;
il faisait des résumés et prenait des notes, même
pendant ses repas. Et Mme Swetchine aussi, cette
femme si célèbre de nos jours, a égalé Pline dans
ces travaux d'Hercule, sauf les repas, qu'il vaut
mieux en effet prendre sans contention d'esprit et
avec gaîté. Mais on n'habitue pas assez aujourd'hui,
dit-on, la jeunesse à chercher ainsi sa vie dans la
substance des maîtres en l'art de penser et d'écrire.

Mme de Sévigné lut l'oraison funèbre de Bossuet,
dès qu'elle fut imprimée, puis elle en écrivit à sa
fille : « Elle est fort belle, dit-elle, et de main de

» maître. Le parallèle de M. le Prince et de M. de
» Turenne est un peu violent; mais il s'en excuse en
» niant que ce soit un parallèle, et en disant que
» c'est un grand spectacle qu'il présente de deux
» grands hommes que Dieu a donnés au roi, et tire
» de là une occasion fort naturelle de louer Sa Ma-
» jesté, qui sait se passer de ces deux grands capi-
» taines, tant est fort son génie, tant ses destinées
» sont glorieuses. Il gâte encore cet endroit, mais il
» est beau. »

Mᵐᵉ de Sévigné nous paraît trop froide envers
Bossuet : ce n'est pas sur ce ton qu'elle parle de
Bourdaloue. Pas un mot de la bataille de Rocroy,
ce modèle des narrations oratoires; pas un mot de
cette péroraison, la plus pathétique qu'on ait jamais
entendue... mais plutôt de la critique sur le parallèle un peu violent, et l'éloge de ce qu'il faudrait
blâmer peut-être dans Bossuet, sa flatterie envers
le roi. Sans doute, ce roi avait de grandes qualités;
il avait de la majesté, du bon sens, de l'esprit :
mais la vérité crie vengeance quand on dit qu'il sait
se passer des grands capitaines.

Quant au parallèle, il fit scandale : oser comparer Turenne à un prince du sang !

Quel crime abominable !

Bussy, écrivant à sa cousine, le 31 mai 1687,

blâma l'oraison funèbre tout entière, à cause du malencontreux parallèle : « Comme j'ai ouï parler » de l'oraison funèbre qu'a faite M. de Meaux, » elle n'a fait honneur ni au mort ni à l'orateur : » on m'a mandé que le comte de Gramont, reve- » nant de Notre-Dame, dit au roi qu'il venait de » l'oraison funèbre de M. de Turenne. » Le comte de Gramont a dit de bons mots ; mais celui-ci n'est pas son meilleur.

Mme de Sévigné, quelque temps après, parlant à Bussy de M. de Saint-Aignan, son ami, qui faisait tout son possible pour le remettre en cour, fit une allusion maligne à ce même parallèle qui révoltait les salons aristocratiques : « Je garderai soigneuse- » ment, dit-elle, la lettre qui contient l'éloge, *sans* » *parallèle*, de votre généreux ami. » A propos de ce parallèle, nous nous sommes rappelé nos im- pressions de collége ; nous étions mécontent alors de Bossuet, en sens inverse ; nous trouvions qu'il n'avait pas assez loué Turenne, qui était notre héros ; mais, en relisant ce parallèle, nous avons vu que nous étions injuste ; car il a dit de l'un et de l'autre exactement ce qu'il devait dire, et de telles compa- raisons ne rabaissent pas, mais relèvent les héros. Il faut croire que ce parallèle jeta alors sur les yeux des contemporains un voile qui les empêcha de voir les autres beautés ; mais il y a longtemps que la justice de la postérité a retiré le voile, et considéré le parallèle lui-même comme une de ces beautés divines.

Bossuet publia l'histoire des variations des Eglises protestantes en 1688; et nous trouvons souvent Mme de Sévigné avec son fils, dans cette belle et grande galerie des Rochers qu'elle appelle le *mail*, occupée à lire, à commenter et à méditer ce bel ouvrage, dont ils faisaient le plus grand cas : en sorte que c'est seulement Bossuet orateur qui n'a pas été assez apprécié par elle; du reste elle en parlera mieux plus tard.

Quant à Bourdaloue, les éloges n'ont jamais de restriction. Voici maintenant que c'est l'oraison funèbre de Henri de Bourbon, père du grand Condé, qui est l'objet de son exaltation. Elle écrit à Bussy : « Auriez-vous jamais cru que le père Bourdaloue, » pour exécuter la dernière volonté du président » Perrault, eût fait, depuis six jours, aux Jésuites, » la plus belle oraison funèbre qu'il est possible » d'imaginer? Jamais une action n'a été admirée avec » plus de raison que celle-là. Il a pris le Prince dans » ses points de vue avantageux; et, comme son retour » à la religion a fait un grand effet pour les catho- » liques, cet endroit manié par le père Bourdaloue » a composé le plus beau et le plus chrétien panégy- » rique qui ait jamais été prononcé. » Cependant, à cette époque-là, Bossuet avait déjà prononcé cinq oraisons funèbres, dont Mme de Sévigné semble n'avoir pas connaissance. Y aurait-il eu quelque refroidissement entre eux? Ces lettres et ces billets de 1671 auraient-ils cessé tout-à-coup? En voudrait-elle à Bossuet, parce qu'il n'est pas Janséniste? Mais elle adore Bourdaloue, quoiqu'il soit jésuite. Nous nous perdons dans les suppositions; et, dans la crainte de blesser la justice, et sa sœur la charité, nous aimons mieux nous abstenir.

Si Mme de Sévigné semble mettre Bourdaloue au-dessus de Bossuet, dans les passages que nous avons cités, elle a commis une semblable injustice, à notre avis, en comparant Mascaron et Fléchier. Mascaron avait prononcé l'oraison funèbre de M. de Turenne, vers la fin de l'année 1675. On l'avait envoyée à Mme de Sévigné aux Rochers, et elle s'en exprime ainsi la première fois : « Je suis charmée » de l'oraison funèbre de M. de Turenne; il y a » des endroits qui doivent avoir fait pleurer tous » les assistants; je ne doute pas qu'on vous l'ait » envoyée ; mandez-moi si vous ne la trouvez pas » très belle. » Et ailleurs : « M. de Tulle a surpassé » tout ce qu'on espérait de lui dans l'oraison fu- » nèbre de M. de Turenne; c'est une action pour » l'immortalité. » Et encore : « On ne parle que de » cette admirable oraison funèbre de M. de Tulle ; » il n'y a qu'un cri d'admiration sur cette action. » Son texte était : *Domine, probasti me et cognovisti*

» me ; et cela fut traité divinement ; j'ai bien envie
» de la voir imprimée. »

Elle y revient le lendemain, qui est le premier
jour de l'an. Sa lettre de ce jour ne ressemble
guère, je vous assure, à celles des formulaires, ces
horribles livres qui devraient être brûlés sur la
place de Grève, parce qu'ils empêchent les enfants
de vivre de leur propre vie, de sentir avec leur
propre cœur. Mme de Sévigné a déjà parlé de cent
choses dans sa lettre *de bonne année*, et elle ajoute
aux autres étrennes une seconde édition de son éloge
de Mascaron, mais avec addition de prédictions peu
favorables à Fléchier : « Il me semble n'avoir jamais
» rien vu de si beau que cette pièce d'éloquence.
» On dit que l'abbé Fléchier veut le surpasser, mais
» je l'en défie ; il pourra parler d'un héros, mais ce
» ne sera pas de M. de Turenne ; et voilà ce que
» M. de Tulle a fait divinement à mon gré. La pein-
» ture de son cœur est un chef-d'œuvre; et cette
» droiture, cette naïveté, cette vérité dont il était
» pétri, enfin ce caractère, comme il dit, également
» éloigné de la souplesse, de l'orgueil et du faste de
» la modestie. Je vous avoue que j'en suis charmée ;
» et si les critiques ne l'estiment plus depuis qu'elle
» est imprimée,

Je rends grâce aux dieux de n'être pas Romain.

Et elle est revenue souvent sur ce chapitre, toujours

en s'écriant : « Est-il possible que Fléchier puisse
» contester à M. de Tulle? »

Elle eut pourtant assez de loyauté pour changer
complètement d'opinion quelque temps après. En
» passant par Malicorne, où Fléchier venait de prononcer l'oraison funèbre du héros, elle se la fit lire,
et, immédiatement après cette lecture, elle écrivait
le 28 mars 1676 : « Je demande mille et mille fois
» pardon à M. de Tulle; mais il me paraît que
» celle-ci était au-dessus de la sienne. Je la trouve
» *plus également belle partout*. Je l'écoutai avec éton-
» nement, ne croyant pas qu'il fût possible de trou-
» ver encore de nouvelles manières d'exprimer les
» mêmes choses; en un mot, j'en fus charmée. »
Elle a bien vu ce qui fait la supériorité de l'oraison
funèbre de Fléchier : *Je la trouve plus également
belle partout* : l'inégalité était, en effet, le défaut
principal de Mascaron.

Quinze ans plus tard, elle relisait aux Rochers,
avec son fils, toutes ces oraisons funèbres d'autrefois, et elle ne faisait plus de distinctions. « Nous
» relisons, au travers de nos grandes lectures, des
» *rogatons* que nous trouvons sous la main; par
» exemple, toutes les belles oraisons funèbres de
» M. Bossuet, de M. Fléchier, de M. Mascaron et
» du père Bourdaloue; nous repleurons M. de Tu-
» renne, Mme de Montausier, Monsieur le Prince, feue

» Madame, la reine d'Angleterre ; nous admirons ce
» portrait de Cromwell ; ce sont des chefs-d'œuvre
» d'éloquence qui charment l'esprit ; il ne faut point
» dire : Oh! cela est vieux ; non, cela n'est point
» vieux ; cela est divin ! » Mme de Sévigné précéda
tous ces grands orateurs dans la tombe ; que n'ont-
ils aussi prononcé l'oraison funèbre de cette femme
supérieure par le cœur et l'esprit, ce qui n'aurait
pas empêché le gracieux éloge de Mme Tastu, couronné par l'Académie française. Cependant, l'un
d'eux, Fléchier, devenu évêque de Nîmes, versa des
larmes sur son petits-fils, sur ce marquis de Grignan,
que nous voyions si jeune, il n'y a qu'un instant ;
il la suivit de près : elle était morte en 1696, et lui
mourut en 1704. C'est cette même année qui enleva
Bossuet et Bourdaloue ; Mascaron était mort en 1703 ;
ils étaient donc presque tous partis vers ceux dont
ils avaient célébré la vie et la mort !

Il est des hommes médiocres qui ont eu, un
jour dans leur vie, une bonne et belle inspiration ;
et d'un autre côté, il est des hommes supérieurs qui,
après un beau début, ont disparu, sans qu'on ait
jamais entendu parler d'eux. Or, si l'on eût recueilli les
chefs-d'œuvre d'éloquence qui ont péri par suite de
l'obscurité où sont restés les noms de leurs auteurs,
on serait étonné de rencontrer ici l'imagination de
Bossuet ; là, la logique de Bourdaloue ; ailleurs, l'é-
légance et l'harmonie de Fléchier. Malheureusement

ces lumières brillantes n'ont traversé l'humanité que comme des météores. L'abbé Léné, jeune prêtre de l'Oratoire, en est un exemple. Il prononça l'oraison funèbre du chancelier Séguier. Mme de Sévigné a fait une magnifique description du service funèbre dans sa lettre du 6 mai 1672. Elle y assistait à côté de M. de Tulle; et en voyant le jeune prédicateur s'avancer, elle dit à Mascaron de le faire descendre et de monter à sa place; que rien ne pouvait soutenir la beauté du spectacle et la perfection de la musique (de Lulli), que la force de son éloquence. Mais elle fut bientôt surprise agréablement; laissons-la conter le reste : « Ma fille, ce jeune homme a commencé » en tremblant, tout le monde tremblait aussi. Il a » débuté par un accent provençal; il est de Mar- » seille... Mais, en sortant de son trouble, il est » entré dans un chemin si lumineux, il a si bien » établi son discours, il a donné au défunt des louan- » ges si mesurées, il a passé par tous les endroits » délicats avec tant d'adresse, il a si bien mis dans » tout son jour tout ce qui pouvait être admiré, il a » fait des traits d'éloquence et des coups de maître » si à propos et de si bonne grâce que tout le monde, » je dis tout le monde sans exception, s'en est écrié, » et chacun était charmé d'une action si parfaite et » si achevée. C'est un homme de vingt-huit ans, in- » time ami de M. de Tulle... Nous le voulons nom- » mer le chevalier Mascaron; mais je crois qu'il » surpassera son aîné. » Il ne le surpassa pas; sa

santé ne lui permit pas de poursuivre cette carrière.

Le 12 avril 1680, Mme de Sévigné raconta un
autre succès d'un homme très connu à cette époque,
car il passait pour être l'original du *Tartufe* de Molière : c'était Gabrielle de Roquette, évêque d'Autun :
« Mon enfant, dit-elle à sa fille, nous attendons ce
» que la Providence a ordonné. Vraiment elle voulut
» hier que Mgr d'Autun fît aux Carmélites l'oraison
» funèbre de Mme de Longueville avec toute la capa-
» cité, toute la grâce et toute l'habileté dont un hom-
» me puisse être capable. Ce n'était point *Tartufe*,
» ce n'était point un patelin; c'était un prélat de
» conséquence, prêchant avec dignité, et parcourant
» toute la vie de cette princesse avec une adresse
» incroyable, passant tous les endroits délicats, disant
» et ne disant pas tout ce qu'il fallait dire ou taire,
» son texte était *fallax pulchritudo, mulier timens*
» *deum laudabitur*. Il fit deux points également beaux :
» il parla de sa beauté et de toutes ces guerres
» passées, d'une manière inimitable. Et, pour la
» seconde partie, vous jugez bien qu'une pénitence
» de vingt-sept ans est un beau champ pour conduire
» une si belle âme jusque dans le ciel. Le roi y fut
» loué fort naturellement; et M. le Prince fut encore
» contraint d'avaler des louanges, mais aussi bien
» apprêtées, quoique dans un autre goût que celles
» de Voiture. »

Mᵐᵉ de Longueville, la sœur du grand Condé, avait joué un rôle actif dans les guerres de la Fronde ; elle avait malheureusement été l'héroïne de plus d'un roman ; mais une longue pénitence l'avait réconciliée avec sa conscience et avec Dieu. Quant à l'évêque d'Autun, son panégyriste, nous ne pouvons affirmer qu'il ait été l'original du *Tartufe ;* nous n'avons personne qui puisse nous dire :

Je l'ai vu , dis-je , vu , ce qui s'appelle vu ,
De mes propres yeux vu......

Et d'ailleurs, quand ce serait vrai, on n'aurait sans doute pas l'injustice de généraliser, ce serait une horreur ! Hélas ! cette horreur, il y en a qui s'imaginent que c'est une gentillesse : nous les renvoyons à Molière qu'il n'ont pas compris.

Encore un de ces météores de la chaire chrétienne, avant de terminer : il s'agit de l'abbé Auselme, qui prononça l'oraison funèbre de M. de Fieubet ; elle en fait l'éloge dans sa lettre du 15 octobre 1695 à M. de Grignan : « Nous venons de lire un discours » qui nous a tous charmés, et même M. l'archevêque » d'Arles, qui est du métier. C'est l'oraison funèbre » de M. de Fieubet par l'abbé Auselme. C'est la plus » mesurée, la plus convenable et la plus chrétienne » pièce qu'on puisse faire sur un pareil sujet : tout » est plein de citations de la Sainte-Ecriture, d'appli- » cations admirables, de dévotion, de piété, de

» dignité, et d'un style noble et coulant. Lisez-la :
» si vous êtes de notre avis, tant mieux pour nous;
» et si vous n'en êtes pas, tant mieux pour vous,
» en un certain sens; c'est signe que votre joie,
» votre santé et votre vivacité vous rendent sourd à
» ce langage. Mais quoi qu'il en soit, je vous donne
» cet avis, puisqu'il est sûr qu'on ne rit pas toujours;
» c'est une chanson qui dit cette vérité. » Oui, la
chanson dit cette vérité; une oraison funèbre aussi,
et sur un autre ton. On sent que ce dernier ton
avait pénétré Mme de Sévigné, qui déjà pensait sans
doute à sa propre oraison funèbre; car c'est quelque
temps avant sa mort qu'elle donne cet avis chari-
table à son gendre. Cependant il était dit qu'elle
plaisanterait jusqu'à la fin, et qu'elle réglerait spirituellement ses comptes avec la mort.

CHAPITRE XII.

DU SERMON, ET EN PARTICULIER DE BOURDALOUE.

Pourquoi Mme de Sévigné aime les sermons ? — Le tripot de Bourdaloue. — Elle donne à dîner à Mascaron. — Les Mères de l'Eglise. — La Passion de Bourdaloue. — La retraite de Tréville. — Anecdote sur le maréchal de Gramont. — Bourdaloue frappe comme un sourd. — Un sermon de Fléchier. — Un beau jeune sermon. — Les stations du carème de 1689. — Les *Homélies* de saint Jean Chrysostôme et les *Evangiles* expliqués de Le Tourneux.

Si l'oraison funèbre a la tête dans les cieux, elle a les pieds sur la terre; il faut qu'elle loue, et il lui arrive quelquefois de louer des imperfections humaines. Le sermon est plus indépendant, et il a plus d'autorité, surtout quand la sainteté du prédicateur fait qu'on croit entendre la voix de la religion elle-même; nous avons eu tous le bonheur d'entendre ces appels d'une voix mystérieuse vers une autre vie; mais ne semble t-il pas que le dix-septième siècle ait été favorisé également sous ce rapport. Après lui, la chaire chrétienne, invoquant la philosophie au secours de la religion, n'a plus eu la même autorité; avant lui la trivialité et la subtilité en faisaient les principaux ornements; et ces défauts ne disparurent pas même, quand on eut entendu les Bossuet et les Bourdaloue. Mᵐᵉ de Sévigné nous en donne une preuve dans sa lettre du premier mai 1680 : « La » Passion que nous entendîmes ici près fut étrange; » les mots de *faquin* et de *coquin* furent employés » pour exprimer l'humiliation de N.-S. Cela ne donne » t-il pas de belles et nobles idées? » Cependant l'exemple des grands prédicateurs changea le goût des personnes bien élevées.

Mᵐᵉ de Sévigné les goûta plus que personne, non seulement à cause de sa sympathie pour leur talent, mais encore à cause d'un attrait particulier de piété. Cette femme dont l'esprit fait souvent l'effet d'un feu follet, avait le cœur ferme et droit; elle fut toujours sage, toujours pieuse, mais encore avec esprit. Nous supplions le lecteur de ne pas mal interpréter cette dernière expression : nous ne voulons pas dire qu'il y ait des sots en matière de sagesse et de piété; nous voulons dire que Mᵐᵉ de Sévigné ne pouvait pas s'empêcher de mettre de l'esprit même dans ces matières où la plupart ne sont guère tentés de plaisanter. Nous l'avons déjà vu pour l'oraison funèbre; nous allons encore le voir pour le sermon. Nous suivrons ici à peu près l'ordre chronologique, mêlant avec elle les noms, mais revenant plus souvent à Bourdaloue.

La première fois qu'elle l'entendit, c'était en 1668, au collège des jésuites. Elle était prévenue contre lui, en sa qualité d'amie des jansénistes; et elle attribua son succès à la petitesse de l'église où il prêchait : « Il ne jouera bien, dit-elle, que dans » son tripot. » Mais elle se rétracta bientôt.

Le 20 février 1670, elle écrivait déjà sur le ton de l'admiration : « Mascaron et Bourdaloue me don- » nent tour à tour des plaisirs et des satisfactions qui » doivent pour le moins me rendre sainte : dès que » j'entends quelque chose de beau, je vous souhaite. » Et le 3 décembre de la même année, elle dit : « Le » père Bourdaloue prêche divinement bien aux Tui- » leries. Nous nous trompions dans la pensée qu'il » ne jouerait bien que dans son tripot; il passe infini- » ment tout ce que nous avons ouï. » On voit qu'elle n'excepte pas même Bossuet.

Elle ne se contente pas d'entendre ses prédicateurs; elle leur donne à dîner; Mascaron a eu l'honneur de s'asseoir à sa table; et elle a parlé de Provence avec lui. « 11 mars 1671. On m'a trouvée

» avec le père Mascaron, à qui je donnais un très-
» beau dîner : Comme il prêche à ma paroisse, et
» qu'il vint me voir l'autre jour, j'ai pensé que cela
» serait d'une vraie petite dévote de lui donner un
» repas. Il est de Marseille, et a trouvé fort bon d'en-
» tendre parler de Provence. »

Dès qu'elle fait un péché de vanité, elle pense
à ses prédicateurs : « Je dis un peu de bien de moi
» en passant; j'en demande pardon au Bourdaloue
» et au Mascaron : j'entends tous les matins, ou l'un
» ou l'autre; un demi-quart des merveilles qu'ils
» disent, devrait faire une sainte. »

Bourdaloue toutefois a ses préférences; elle en
parle plus souvent et avec plus d'enthousiasme; dans
cette lettre où elle les invoque tous les deux contre
le démon de la vanité, elle s'écrie : « Le père Bour-
» daloue prêche, bon Dieu! Tout est au-dessus des
» louanges qu'il mérite! »

Elle se plait aussi à raconter l'enthousiasme des
autres grandes dames qui étaient, comme elle, de
grands esprits : « J'ai dîné aujourd'hui chez M. de
» Lavardin (13 mars 1671), après avoir été en Bour-
» daloue, où étaient les mères de l'église; c'est ainsi
» que j'appelle les princesses de Conti et de Longue-
» ville. Tout ce qui était au monde était à ce sermon;
» et ce sermon était digne de tout ce qui l'écoutait. J'ai

» songé vingt fois à vous, et vous ai souhaitée autant
» de fois auprès de moi; vous auriez été ravie de
» l'entendre, et moi encore plus ravie de vous le voir
» entendre..... Et plus loin, elle ajoute : Ah! Bour-
» daloue, quelles divines vérités vous nous avez
» dites aujourd'hui sur la mort! Mme de la Fayette
» y était pour la première fois de sa vie, elle était
» transportée d'admiration. »

La même année encore (13 mars), elle écrit à
sa fille qu'elle se proposait d'aller entendre la passion du père Bourdaloue : « J'ai toujours honoré,
» dit-elle, les belles passions! » Mais il n'y eut pas
» moyen; la foule était trop grande. Elle raconte son
désappointement, sans trop de regrets pourtant, car
elle a eu un dédommagement : « J'ai entendu la pas-
» sion de Mascaron qui, en vérité, a été très belle
» et très touchante; j'avais une grande envie de me
» jeter dans le Bourdaloue; mais l'impossibilité m'en
» a ôté le goût : les laquais y étaient dès mercredi,
» et la presse était à mourir. Je savais qu'il devait
» redire celle que M. de Grignan et moi nous enten-
» dîmes l'année passée aux jésuites; et c'était pour
» cela que j'en avais envie : elle était parfaitement
» belle, et je ne m'en souviens que comme un songe. »

Elle perdit à ne pas l'entendre; car cette Passion,
quoique la même, était encore plus belle que l'année précédente; aussi, au moment de rapporter à sa

fille les *on dit*, laisse-t-elle échapper cette exclamation : « Ah! Bourdaloue! Il fit, dit-elle, une Passion
» plus parfaite que ce qu'on peut imaginer : c'était
» celle de l'année passée qu'il avait rajustée, selon
» ce que ses amis lui avaient conseillé, afin qu'elle
» fût inimitable. » Elle termine par une singulière
réflexion, mais qui se comprend chez une personne
passionnée pour le beau : « Comment, s'écrie-t-elle,
» peut-on aimer Dieu, quand on n'entend jamais
» bien parler de lui? »

Bourdaloue qui, comme tous les jésuites, connaissait à fond le cœur humain, et surtout le cœur
des grands, s'était mis, enhardi par ses succès, à
dépeindre les gens, en cachant le portrait sous un
voile transparent. Dans son sermon de Noël, 1671,
on avait cru trouver des allusions à la retraite de
Tréville, capitaine des gardes. Mme de Sévigné s'empressa de rapporter cela à sa fille, et elle lui écrivait,
au moment de partir pour le sermon : « Je m'en vais
» en Bourdaloue; on dit qu'il s'est mis à dépeindre
» les gens, et que, l'autre jour, il fit trois points de
» la retraite de Tréville; il n'y manquait que le nom,
» mais il n'en était pas besoin. Avec tout cela, on
» dit qu'il passe toutes les merveilles passées, et que
» personne n'a prêché jusqu'ici. » Tréville, dont il
s'agit ici, quitta le monde, à cause de l'impression
que fit sur lui la mort subite d'Henriette d'Angleterre : cette princesse l'avait admis dans son intimité,

à cause de son esprit; il parlait avec tant de justesse et d'exactitude qu'on disait que le proverbe : *Il parle comme un livre*, avait été fait pour lui. Mais il renonça aux avantages que son esprit lui donnait, et vécut jusqu'en 1708, uniquement occupé de la prière et de l'étude.

Chacun des auditeurs de Bourdaloue exprimait sa satisfaction à sa manière, *les originaux* surtout. Mme de Sévigné nous raconte à ce sujet une petite anecdote, dont le maréchal de Gramont, que nous connaissons déjà, est le héros. « Le maréchal de » Gramont était l'autre jour si transporté de la beauté » d'un sermon de Bourdaloue qu'il s'écria tout haut : » Mordieu! il a raison. Madame éclata de rire; et » le sermon en fut tellement interrompu, qu'on ne » savait ce qui en arriverait. »

Chaque succès de Bourdaloue était annoncé à Mme de Grignan; et chaque fois que Mme de Sévigne parle de quelque chose de nouveau, c'est toujours ce qu'elle a entendu de plus beau : elle n'est pas la seule qui ait ce défaut! Aujourd'hui 5 février 1674, elle est enthousiasmée d'un sermon sur la présentation au Temple : « Le père Bourdaloue fit un » sermon, le jour de Notre-Dame, qui transporta » tout le monde; il était d'une force à faire trem- »bler les courtisans, et jamais prédicateur évan- » gélique n'a prêché si hautement et si généreu-

» sement les vérités chrétiennes : il était question
» de faire voir que toute puissance doit être sou-
» mise à la loi, à l'exemple de Notre-Seigneur, qui
» fut présenté au temple. Enfin, ma fille, cela fut
» porté au dernier point de la plus haute perfection ;
» et certains endroits furent poussés comme les
» aurait poussés l'apôtre saint Paul. »

Son admiration pour Bourdaloue ne s'est jamais lassée ; mais, pour éviter la monotonie des
louanges, car elle pourrait nous faire éprouver le
même sentiment qu'à ce paysan d'Athènes qui s'en-
nuyait d'entendre appeler Aristide *le Juste*, nous
allons franchir l'espace de six années, et nous placer en 1680. Le prédicateur avait précédemment
frappé sur les courtisans ; les coups à présent vont
s'adresser plus haut : « Nous entendîmes, dit-elle,
» après dîner, le sermon de Bourdaloue, qui frappe
» toujours comme un sourd, disant des vérités à
» bride abattue, parlant à tort et à travers de
» l'adultère : sauve qui peut ! il va toujours son
» chemin ; nous revînmes avec beaucoup de plaisir. »
Et l'on éprouve aussi, Mme de Sévigné, beaucoup
de plaisir à vous entendre dire ces choses de
l'homme de Dieu, au moins celui-là n'était pas un
courtisan ! Et vous aviez le droit de le comparer au
grand apôtre !

Quelques jours après, elle retournait en Bour-

daloue et elle écrivait : « Le Bourdaloue prêcha
» comme un ange du ciel l'année passée et celle-
» ci, car c'est le même sermon. » Retournerait-
on aujourd'hui entendre le même sermon? Ce n'est
pas la passion du beau qui manque, car on retourne
bien entendre vingt fois le même opéra de Rossini ;
mais le goût des choses religieuses n'est plus le
même.

Mme de Sévigné avait l'un et l'autre : elle ne se
contente pas toujours de s'écrier : *c'est beau !* mais
elle fait des retours sur la brièveté de la vie humaine, sur la grande affaire du salut ; écoutez ce
passage du 3 avril 1681 : « Le père Bourdaloue
» nous fit l'autre jour un sermon sur la prudence
» humaine, qui fit bien voir combien elle est sou-
» mise à l'ordre de la Providence, et qu'il n'y a que
» celle du salut, que Dieu nous donne lui-même qui
» soit estimable. Cela console et fait qu'on se sou-
» met plus doucement à sa mauvaise fortune. La
» vie est courte, c'est bientôt fait ; le fleuve qui
» nous entraîne est si rapide qu'à peine pouvons-
» nous y paraître. Voilà des moralités de la se-
» maine sainte ! »

Nous avons vu, dans le chapitre précédent,
Mme de Sévigné commettre une injustice envers
Fléchier, et puis la réparer loyalement. Elle a parlé
une fois aussi d'un sermon qu'il prononça pour

une prise d'habit chez les Capucines; Corbinelli, qui y avait assisté, lui en a fait l'analyse; et elle y fait assister sa fille à son tour : « Corbinelli vient d'en-
» tendre par hasard un sermon de l'abbé Fléchier,
» à la vêture d'une capucine, dont il est charmé.
» C'était sur la liberté des enfants de Dieu, que le
» prédicateur a expliquée hardiment. Il a fait enten-
» dre qu'il n'y avait que cette fille de libre, puis-
» qu'elle avait une participation de la liberté de
» Jésus-Christ et des saints; qu'elle était délivrée de
» l'esclavage de nos passions; que c'était elle qui
» était libre, et non pas nous; qu'elle n'avait qu'un
» maître, que nous en avions cent; et que bien loin
» de la plaindre, comme nous faisions, avec une
» grossièreté condamnable, il fallait la regarder, la
» respecter, l'envier, comme une personne choisie de
» toute Éternité, pour être du nombre des Élus. J'en
» supprime les trois quarts; mais enfin c'était une
» pièce achevée, » Le commencement de ce résumé nous rappelle un paradoxe de Cicéron, celui où il démontre que le *sage seul est libre*; mais nous sa-vons que le sage de l'antiquité païenne n'était pas en-tièrement libre, et qu'il traînait la lourde chaîne de l'orgueil. Fléchier a pu, avec plus de vérité, procla-mer la liberté du sage chrétien. L'immense distance qui sépare la philosophie de la religion apparaît sur-tout dans la fin de son discours : les femmes du pa-ganisme mouraient, comme elles avaient vécu, sans avoir connu les saintes joies du repentir; la femme

chrétienne, au contraire, trouve un asile saint contre les passions, et un prêtre éloquent qui lui en ouvre les portes d'un air de triomphe. Nous ne connaissons pas la capucine dont Fléchier prêchait la vêture; mais nous pensons, en ce moment, à de grandes dames qui réclamèrent ce remède d'un cœur malade! Félicitons toutefois Mme de Sévigné de n'en avoir pas eu besoin : mieux vaut encore avoir conservé la belle santé de son âme!

Le jeune abbé de Montmort, qui devint évêque de Bayonne, lui procura un jour aussi un sensible plaisir par un beau jeune sermon, comme en font souvent les débutants, qui dépensent d'une seule fois tout leur esprit ; « Nous entendîmes l'autre jour l'abbé » de Montmort ; je n'ai jamais ouï un si beau jeune » sermon ; je vous en souhaiterais autant à la place » de votre Minime. Il fit le signe de la croix, il dit » son texte, il ne nous gronda point, il ne nous dit » point d'injures ; il nous pria de ne point craindre » la mort, puisqu'elle est le seul passage que nous » eussions pour ressusciter avec Jésus-Christ. Nous » le lui accordâmes ; nous fûmes contents. Il n'a » rien qui choque ; il imite M. d'Agen sans le copier ; » il est hardi, il est modeste, il est savant, il est » dévot. Enfin, j'en fus contente au dernier point. » Voilà, certes, toutes les qualités qu'on peut désirer dans ceux qui annoncent la parole de Dieu, et la jeunesse n'en dispense pas. Mais les auditeurs aide-

raient aussi au prédicateur, s'ils avaient les mêmes
dispositions que Mme de Sévigné. On ne peut lui
reprocher qu'une seule fois de n'avoir pas écouté
avec attention : c'était pourtant Bourdaloue qui prêchait, et le jour de Noël 1671. Mais elle attendait sa
fille et se disait tout bas ces vers :

> Et de Paris je ne vois
> Tout au plus que vingt semaines,
> Entre ma Philis et moi...

Ce jour-là son cœur ne fut pas ému par l'éloquence du prédicateur « Ce Bourdaloue

> Tant de fois éprouvé
> L'a laissé comme il l'a trouvé.

Mme de Sévigné plaint souvent sa fille de n'avoir
pas de bons prédicateurs : dans le carême de 1689
surtout, elle se complaît à lui citer tous les hommes de talent qui font les stations dans les différentes églises : c'est le père Soanen qui a prêché
sur la Samaritaine, sans la déshonorer comme les
autres : « Quelle douleur, s'écrie-t-elle, de la voir
» défigurée par des prédicateurs indignes ! » C'est
le père Gaillard, qui fait des merveilles à Saint-
Germain-l'Auxerrois ; l'abbé Auselme, qui brille à
Saint-Paul : tous ces orateurs sont écoutés quand le
grand Pan ne prêche pas. Le grand Pan, c'est le
grand Bourdaloue ; l'année précédente, il faisait

languir tous les autres. Elle était d'abord prévenue contre l'abbé Anselme : elle le trouvait gascon, c'était assez pour lui ôter la foi en ses paroles ; mais il la força, par une très-belle passion, prêchée à Saint-Paul, de revenir sur son compte. Depuis, elle le trouve un des bons prédicateurs qu'elle ait jamais entendus : de l'esprit, de la dévotion, de la grâce, de l'éloquence ! « Je voudrais, dit-elle, qu'on ne vous » traitât pas comme des chiens dans les provinces, » et qu'on vous envoyât à peu près un homme comme » celui-là : le moyen d'écouter ceux que vous avez ? » Cela fait tort à la religion. 8 avril 1689. »

Elle ne cessait de plaindre sa fille d'être forcée d'entendre de mauvais sermons ; dans une de ses dernières lettres, le 19 février 1690, presque à la veille de sa mort, elle s'exprimait encore sur ce sujet avec toute l'ardeur de la jeunesse : « Disons un mot » des sermons : que je vous plains d'en entendre si » souvent de si longs et de si médiocres ! C'est ce » que M. Nicole n'a jamais pu gagner sur moi que » cette patience, quoiqu'il en ait fait un beau traité. » Quand je serai aussi bonne que M. de La Garde, » si Dieu me fait cette grâce, j'aimerai tous les ser- » mons : en attendant je me contente des évangiles » expliqués par M. Le Tourneux, ce sont les vrais » sermons. »

Mme de Sévigné n'a pu entendre Massillon, dont

14

la réputation commença en 1698, deux ans après sa mort. Nous ne voyons pas non plus qu'elle ait jamais entendu Fénelon, ni qu'elle ait lu aucun de ses ouvrages, quoiqu'il eût environ quarante ans à cette même époque. Cependant elle le connaissait et l'appréciait; quand il fut choisi pour être le précepteur des fils du Dauphin, avec M. de Beauvilliers pour gouverneur, elle loua ce double choix : parlant de M. de Beauvilliers, elle dit que saint Louis n'aurait pas mieux choisi ; et de Fénélon, elle dit : « Cet abbé de Fénelon » est encore un sujet du plus rare mérite par l'esprit, » par le savoir et par la piété. 21 août 1689. » Elle devait aimer son éloquence noble et familière, comme elle aimait celle des Pères de l'Eglise : Elle lisait avec ravissement les Homélies du plus éloquent de ces Pères, celles de St-Jean Chrysostôme, et elle en préférait même la froide lecture aux sermons de Carême qu'elle était exposée à entendre à Rennes, dans sa province. Ces sermons, il est vrai, lui déplaisaient aussi sous un autre rapport : les prédicateurs, en l'année 1690, faisaient de la politique, et s'évertuaient en faveur du Parlement. Elle différa son voyage à Rennes jusqu'à la Semaine-Sainte pour ne pas les entendre, faisant son Carême avec les Homélies de Saint-Jean Chrysostôme et les évangiles expliqués de Le Tourneux.

Le Tourneux était lui-même un célèbre prédicateur. Louis XIV demandait un jour à Boileau, quel était un prédicateur, qu'on nommait Le Tourneux, et auquel tout le monde courait : « Sire, répondit » le poëte, Votre Majesté sait qu'on court toujours à » la nouveauté : c'est un prédicateur qui prêche l'é- » vangile ! » Le roi lui ayant demandé de lui en dire sérieusement son avis, il ajouta : « Quand il monte » en chaire, il fait si peur par sa laideur, qu'on vou- » drait l'en voir sortir; et, quand il a commencé à » parler, on craint qu'il n'en sorte. » Le Tourneux devait plaire encore à Mme de Sévigné pour son atta- chement à messieurs de Port-Royal, dont nous allons parler dans le chapitre suivant.

CHAPITRE XIII.

LES JANSÉNISTES.

L'*Augustinus*. — Le livre de *la Fréquente Communion*. — L'abbé Antoine d'Andilly. — M. de Pomponne. — Le Bonhomme. — La mère Angélique. — La bible de Royaumont. — Les contradictions théologiques de Mme de Sévigné. — Son estime pour les filles de Sainte-Marie. — Son pélerinage à Port-Royal-des-Champs. — L'affaire de la régale. — M. Hamon loué par Boileau. — Le *Traité de la Perpétuité de la Foi*.

On appelle *jansénistes*, du nom de Jansénius, évêque d'Ypres, quelques solitaires qui s'étaient retirés à Port-Royal-des-Champs, à huit lieues de Paris, pour y vivre dans l'étude et dans la prière. Jansénius avait fait un traité de théologie intitulé *Augustinus*, qui ne parut qu'après sa mort : il y exposait à sa manière les doctrines de saint Augustin sur la grâce,

le libre arbitre et la prédestination ; il combattait en
même temps le jésuite Molina et établissait une doctrine peu favorable à la liberté de l'homme et à la
bonté de Dieu. De graves discussions s'élevèrent sur
ces matières ; les solitaires de Port-Royal prirent
parti pour Jansénius et s'attachèrent à la doctrine
de l'*Augustinus*, vivement attaquée par les jésuites.

L'*Augustinus* avait paru en 1640. Trois ans
après, le docteur Arnauld, qui n'était pas encore à
Port-Royal, mais qui avait l'esprit de cette société,
publia son traité *De la fréquente communion*, ouvrage
inspiré par une piété un peu farouche et rempli d'exagération. La lutte se ranima : le parti opposé rédigea
cinq propositions extraites, disait-il, du livre de
Jansénius, où la liberté était sacrifiée à la grâce, et
on les déféra au Pape, qui les condamna. Les Jansénistes approuvèrent l'arrêt du Saint-Siége ; mais ils
prétendirent et soutinrent que les propositions con-
damnées n'étaient pas dans Jansénius. Une assemblée d'évêques décida qu'elles s'y trouvaient, et une
nouvelle bulle de Rome le reconnut aussi. En même
temps la Sorbonne censura le livre *De la fréquente
communion*, et expulsa Arnauld de son sein. Les
Jansénistes ne s'avouèrent pas vaincus ; ils établirent
une distinction entre le fait et le droit : ils reconnais-
saient, en droit, l'autorité du chef de l'Église en ce
qui concerne le dogme ; mais ils prétendaient qu'en
matière de faits, il ne pouvait réclamer des chrétiens

un acte de foi. Par conséquent, ils persistèrent à nier que les propositions fussent contenues dans Jansénius. Cela leur attira des persécutions de la part du pouvoir civil, qui força les vingt-sept solitaires de quitter leur champêtre asile et de se disperser. Seulement Arnauld d'Andilly, le frère du docteur, qui avait rendu de grands services à l'État dans la diplomatie, obtint qu'aucune violence ne serait exercée contre eux. Cette persécution rendit les Jansénistes intéressants, tandis que les *Petites Lettres*, qui furent publiées alors, rendaient leurs adversaires odieux et ridicules : la première des *Provinciales* est datée du 23 janvier 1656, et la dernière du 27 mars 1657.

Mme de Sévigné avait plusieurs amis parmi les Jansénistes; et ses sympathies étaient pour eux, plus peut-être encore à cause de ses relations qu'à cause de ses convictions. Elle avait fait la connaissance de tous les d'Andilly chez son oncle de Sévigné. L'abbé Antoine, fils d'Antoine d'Andilly, celui qu'on appelait *le Bonhomme*, et neveu du docteur Arnauld, a rappelé dans ses Mémoires sa première rencontre avec cette femme célèbre : « Il me semble, dit-il, » que je la vois, arrivant dans le fond de son car- » rosse tout ouvert, au milieu de monsieur son fils » et de mademoiselle sa fille, tous trois tels que les » poëtes représentent Latone au milieu du jeune » Apollon et de la petite Diane, tant il éclatait

« d'agréments et de beautés dans la mère et dans
» les enfants. »

Le second fils d'Arnauld d'Andilly, M. de Pomponne, n'avait pas été moins frappé de leur beauté,
et il en parlait plus de vingt ans après à Mme de
Sévigné, quand il était ministre de Louis XIV :
« M. de Pomponne se souvient d'un jour que vous
» étiez petite fille chez mon oncle de Sévigné. Vous
» étiez derrière une vitre avec votre frère, plus belle,
» dit-il, qu'un ange ; vous disiez que vous étiez pri-
» sonnière ; que vous étiez une princesse chassée de
» chez son père ; votre frère était comme vous ; vous
» aviez neuf ans. » Ces Jansénistes, comme on le
voit, malgré la sévérité de leurs principes et l'austérité
de leur conduite, avaient conservé des sentiments doux
et humains ; ils étaient d'un commerce agréable, et
Mme de Sévigné en jouissait avec délices. Mais, si
elle s'en rapportait à eux pour la théologie, elle ne
jurait point par eux pour le reste ; elle les blâmait,
quand ils voulaient proscrire les divertissements du
théâtre ; et elle approuvait Louis XIV d'avoir résisté
à ceux qui s'opposaient à la représentation du *Tartufe*.
Et ce qu'il y a de remarquable, c'est que le réta-
blissement des Jansénistes à Port-Royal coïncide avec
la représentation de cette comédie.

Si Mme de Sévigné était liée avec ses fils, elle
connaissait aussi le père, le bonhomme d'Andilly ; le

9 août 1671, elle écrit des Rochers : « M. d'Andilly
» m'a envoyé le recueil qu'il a fait des lettres de
» Saint-Cyran ; c'est une des plus belles choses du
» monde : ce sont proprement des maximes et des
» sentences chrétiennes, mais si bien tournées qu'on
» les retient par cœur, comme celles de M. de La
» Rochefoucauld. » Et le 23 septembre suivant, elle
ajoute : « Nous avons pour la dévotion ce recueil des
» lettres de M. de Saint-Cyran que M. d'Andilly vous
» enverra, et que vous trouverez admirable. »
Saint-Cyran était, comme on le sait, l'ami de Jansénius et le chef du parti janséniste en France.

Mme de Sévigné avait dîné quelque temps auparavant chez M. de Pomponne avec le bonhomme, et
il l'avait appelée une belle païenne, à cause de son
amour pour sa fille. C'est lui qui est le traducteur de
Josèphe, l'historien juif : nous en parlerons au chapitre de l'histoire. En attendant, laissons Mme de
Sévigné nous raconter une anecdote qui prouve l'estime que le roi faisait de M. d'Andilly : « Le roi causa
» une heure avec le bonhomme d'Andilly, aussi plai-
» samment, aussi agréablement qu'il est possible : il
» était aise de faire voir son esprit à ce bon vieillard
» et d'attirer sa juste admiration. Il témoigna qu'il
» était plein du plaisir d'avoir choisi M. de Pomponne
» (ministre des affaires étrangères, 1671-1679); qu'il
» l'attendait avec impatience; qu'il aurait soin de ses
» affaires, sachant qu'il n'était pas riche. Il dit au

» bonhomme qu'il y avait de la vanité à lui d'avoir
» mis dans la préface de Josèphe qu'il avait quatre-
» vingts ans, que c'était un péché; enfin on riait,
» on avait de l'esprit. » Oui, on avait de l'esprit
dans ce temps-là, et l'on en mettait jusque dans
la théologie; cela ne veut pas dire qu'il n'y en ait
plus aujourd'hui, on en aura toujours en France.
Seulement l'esprit français se joue ailleurs, sur d'autres matières, et ce n'est peut-être pas un mal.

Mme de Sévigné met, il semble, encore au-dessus
de tous les d'Andilly la mère Angélique de Port-
Royal, la fille du Bonhomme, la sœur de M. de
Pomponne. Mme de Lesdiguières avait écrit à la mère
Angélique, et elle en avait reçu une réponse qu'elle
avait montrée à Mme de Sévigné. Celle-ci l'avait trouvée si belle qu'elle en avait fait une copie. Elle prétend que c'est la première fois qu'elle voit une religieuse parler et penser en religieuse; elle n'en avait
point encore vu qui fût véritablement et sincèrement
morte au monde. Nous passerons sous silence la liste
des péchés qu'elle attribue aux autres, et qu'on peut
voir dans sa lettre du 29 novembre 1679. M. d'Andilly
estimait cette fille plus que ses autres enfants; il
disait d'elle à Mme de Sévigné : « Comptez que tous
» mes frères, tous mes enfants et moi, nous sommes
» des sots en comparaison d'Angélique. » Mme de
Sévigné termine l'éloge de cette religieuse ainsi :
« Jamais rien n'a été bon de ce qui est sorti de ces

» pays-là (Port-Royal) qui n'ait été corrigé et approuvé
» d'elle; toutes les langues et toutes les sciences lui
» sont infuses : enfin, c'est un prodige, d'autant plus
» qu'elle est entrée à six ans en religion. »

Nous avons déjà cité trois de *ces messieurs*; en voici
un quatrième : ce n'est ni Pascal, ni Nicole auxquels
nous réservons des chapitres particuliers, celui-ci elle
ne le nomme pas; elle parle seulement de son ouvrage.
Lui-même, il ne s'était pas nommé; il avait publié
sous un pseudonyme. Il n'est personne qui n'ait lu
la Bible de Royaumont, qui n'ait admiré ses belles
images, comme le faisait Lamartine sur les genoux
de sa mère. Nous allons commettre une indiscrétion
dont la modestie de ces messieurs aurait rougi; mais
nous n'aimons pas les pseudonymes : que le faux
nom de Royaumont disparaisse donc, et lisez à sa
place Le Maistre de Sacy! A présent nous pouvons
écouter Mme de Sévigné : « 28 Août 1676. Je lis les
» figures de la Sainte Ecriture qui prennent l'affaire
» dès Adam. J'ai commencé par cette création du
» monde que vous aimez tant; cela conduit jusqu'a-
» près la mort de Notre-Seigneur : c'est une belle
» suite! on y voit tout, quoique en abrégé; le style
» est fort bon et vient de bon lieu; il y a des réfle-
» xions des Pères fort bien mêlées; cette lecture est
» fort attachante. »

Elle fait ensuite des réflexions sur la liberté qui,

si elles ne sont pas ironiques, la rendent jésuite
pour un instant : « Pour moi, dit-elle, je passe bien
» plus loin que les jésuites; et voyant les reproches
» d'ingratitude, les punitions horribles dont Dieu
» afflige son peuple, je suis persuadée que nous
» sommes bien coupables, et méritons fort bien le
» feu et l'eau dont Dieu se sert, quand il lui plaît.
» Les jésuites n'en disent pas encore assez, et les
» autres donnent sujet de murmurer contre la justice
» de Dieu, quand ils affaiblissent tant notre liberté :
» voilà le profit que je fais de mes lectures. » Et notre
théologienne termine plaisamment en exprimant la
crainte que son confesseur ne lui impose pour pénitence de lire la philosophie de Descartes.

Ce n'est pas la seule fois qu'elle se soit posée
comme le champion de la liberté; le 1er mai 1680,
elle écrivait d'un ton décidé, avec la conviction d'un
rationaliste du XIXe siècle : « Je n'ai que faire de
» savoir la querelle des Jansénistes et des Molinistes
» pour décider; il me suffit de ce que je sens en moi;
» le moyen d'en douter dès le moment qu'on s'observe
» un peu. » En effet, la conscience que nous avons
d'être libres ne permet pas le moindre doute; et,
quand tous les raisonnements du monde tendraient
à prouver le contraire, la conscience pourrait s'écrier :
et pourtant je suis libre!... Et pourtant elle tourne!

Dans l'intervalle de ces deux époques où Mme de

Sévigné paraît si décidée sur la liberté, nous trouvons une lettre en date du 16 juillet 1677, où elle ne ménage pas ces messieurs; c'est une grêle de coups, et Nicole lui-même n'est pas épargné. Elle commence par féliciter sa fille, au nom de Corbinelli, de ce qu'elle a eu l'esprit de comprendre certaine métaphysique des jansénistes, puis elle ajoute : « Il est » vrai qu'ils se jettent dans de grands embarras, aussi » bien que sur la prédestination et la liberté..... Il » y a le plus beau galimatias que j'aie encore vu au » vingt-sixième article du dernier tome des *Essais* » *de morale* (de Nicole), dans le *Traité de tenter* » *Dieu*... S'ils voulaient se taire, nous ne dirions » rien; mais de vouloir à toute force établir leurs » maximes, nous traduire saint Augustin, de peur que » nous ne l'ignorions, mettre au jour tout ce qu'il » y a de plus sévère, et puis conclure comme le » père Bauni (un des jésuites que Pascal a tournés » en ridicule dans les *Provinciales*) de peur de » perdre le droit de gronder, il est vrai que cela » impatiente... J'aime mieux mourir si je n'aime » mille fois mieux les jésuites; ils sont au moins » tout d'une pièce, uniformes dans la doctrine et » dans la morale. Nos frères disent bien et con- » cluent mal; ils ne sont point sincères : me voilà » dans Escobar. » Quelle attaque foudroyante! quoi! les Jansénistes transformés en Jésuites! quoi! Nicole dont elle voudrait ailleurs pouvoir faire un bouillon pour l'avaler, traité de galimatias! quoi! Escobar

chez ces messieurs! chez ses frères, chez ses amis!...
Mais qu'apercevons-nous ensuite? Toute cette tirade
ne serait-elle que de la comédie! : « Ma fille, dit-
» elle en terminant, vous voyez bien que je me joue
» et que je me divertis. » Alors remettons-nous de
notre trouble! nous allons voir d'ailleurs dans un
moment, en parlant de saint Augustin, qu'elle est
plus d'à moitié janséniste, malgré ses protestations
en faveur de la liberté. Nous ne dirons pas que nous
préférerions qu'elle fût tout d'une pièce; nous ne
sommes pas de ceux qui reprochent aux autres leurs
contradictions, surtout dans ces questions épineuses
où l'on ne sait vraiment trop sur quel pied s'appuyer :
que celui d'entre nous qui est innocent, sous ce
rapport, ose lui jeter la première pierre !

Elle était au reste tout à fait janséniste, il semble, sur le chapitre de la *fréquente communion*. Non
seulement elle approuvait le livre du docteur Arnauld;
mais elle le propageait, elle le colportait, pour ainsi
dire. Nous la voyons, dans l'année 1680, prêter en ca-
chette ce livre aux filles de Sainte-Marie de Nantes, et
se réjouir de leur avoir laissé en partant un très bon
livre. Elle a plusieurs fois blâmé sa fille de ses communions fréquentes : « Il faut apparemment, lui dit-
» elle, le 22 juin 1689, que la place que vous tenez
» demande ces démonstrations; car sans cela je ne
» vous croirais pas plus dévote que saint Louis qui ne
» communiait que cinq fois l'année. » C'est de La

Chaise, auteur de la vie de saint Louis, qu'elle le tenait : « On lui demanda aigrement, ajouta-t-elle, » où il avait pris cela; il fit voir un manuscrit d'un » des aumôniers de ce roi, qui est dans la bibliothèque » de Sa Majesté ! Enfin, ma fille, vous savez mieux » que personne votre religion et vos devoirs; c'est » une grande science ! » Au sujet de la fréquente communion, nous ne sommes pas de l'avis de Mme de Sévigné; nous ne voyons pas pourquoi l'on voudrait éloigner les hommes de la communion ecclésiastique avec celui au sein duquel nous vivons, nous respirons, nous nous mouvons, comme dit l'apôtre saint Paul, surtout quand nous communions tous les jours avec lui dans notre conscience et dans la nature.

Mme de Sévigné aimait beaucoup les filles de Sainte-Marie, d'abord parce que c'était l'ordre fondé par sa grand'mère, Mme de Chantal, mais aussi pour leurs sentiments : » Ma consolation, c'est d'être à mes » filles de Sainte-Marie; elles sont aimables; elles ont » conservé une idée de vous dont elle me font leur » cour; elles ne sont point folles ni prévenues comme » celles que vous connaissez; elles ne croient point » le pape d'aujourd'hui hérétique (c'est Innocent X, » que les jansénistes prétendaient être favorable à leur » doctrine), elles savent leur religion; elles ne jette- » ront point par terre l'Ecriture Sainte, parce qu'elle » est traduite par les plus honnêtes gens du monde (la » Bible de Sacy); elles font honneur à la grâce de Jésus-

» Christ; elles connaissent la Providence; elles élè-
» vent fort bien leurs petites filles; elles ne leur
» apprennent point à mentir, ni à dissimuler leurs
» sentimens; point de coquesigrues ni d'idolâtrie :
» enfin je les aime. M. de Grignan les croira jansé-
» nistes, et moi je pense qu'elles sont chrétiennes.
» Nantes, 17 mai 1680. » Voilà un passage substantiel,
certes! chaque coup porte! Et si l'on attribuait aux
adversaires les dispositions contraires, ils seraient
abominables : mais la passion a parlé et la raison
doit se défier!

Elle fit aussi son pélerinage à Port-Royal-des-
Champs; tout bon musulman doit visiter la Mecque.
Ce fut un 23 janvier 1674, au fort de l'hiver, qu'elle
alla voir pour la première fois cette maison, et elle
écrivait à son retour : « Ce Port-Royal est une Thé-
» baïde; c'est un paradis; c'est un désert où toute la
» dévotion du christianisme s'est rangée; c'est une
» sainteté répandue dans tout le pays, à une lieue
» à la ronde. Il y a cinq ou six solitaires qu'on ne
» connait point, et qui vivent comme les pénitents
» de saint Jean Climaque. Les religieuses sont des
» anges sur terre... Tout ce qui les sert, jusqu'aux
» charretiers, aux bergers, aux ouvriers, tout est
» modeste. Je vous avoue que j'ai été ravie de voir
» cette divine solitude, dont j'avais tant ouï parler. »
Ainsi livres, lieux et personnes, tout est parfait, tout
est divin à ses yeux.

Mme de Sévigné a parlé dans ses lettres d'une autre querelle religieuse de ce temps-là, dont des évêques jansénistes furent les héros, mais en étant cette fois d'accord avec la cour de Rome : nous voulons parler de l'affaire de la régale. On entend par *régale* le droit qu'avait le roi de France de jouir des fruits et revenus des évêchés et archevêchés pendant la vacance des siéges, et de conférer les bénéfices qui en dépendaient : ce droit ne cessait que lorsque le nouveau titulaire avait fait enregistrer son serment de fidélité. Or, plusieurs évêques des pays réunis à la couronne sous la troisième race, n'avaient pas voulu reconnaître ce droit, et tout était resté indécis jusqu'en l'année 1673, où le gouvernement de Louis XIV étendit la régale à tout le royaume. Les deux évêques d'Aleth et de Pamiers refusèrent de se soumettre ; et comme ils n'avaient pas fait enregistrer leur serment, le roi continua de pourvoir aux canonicats de leurs diocèses. Ces évêques excommunièrent les pourvus en régales et le pape Innocent XI écrivit au roi une lettre menaçante : Mais le clergé de France se prononça pour le roi, ainsi que les jésuites.

Le 14 juillet 1680, Mme de Sévigné envoya la lettre du Pape à sa fille, en l'accompagnant de ces réflexions : « Vous verrez un étrange Pape ! Il parle » en maître plutôt qu'en père des chrétiens ; il ne » tremble point, il ne flatte point, il menace ; on » croit voir qu'il sous-entend quelque blâme contre

15

» M. de Paris (François de Harlay, archevêque de
» Paris)! Est-ce donc ainsi qu'il prétend se raccom-
» moder avec les jésuites? Et ne devait-il pas filer
» doux, après avoir condamné soixante-cinq propo-
» sitions? »

Dans sa lettre du 17 juillet suivant, elle parle
de la réponse que le clergé de France fit au Pape :
« Ils ont tous écrit une lettre au Pape où ils disent
» que, bien loin que les évêques se plaignent du roi,
» ils le regardent comme le protecteur de l'Eglise ;
» cette réponse en l'air contentera bien le Pape! Il
» parle de la requête de M. de Pamiers et de M. d'A-
» leth : qu'on réponde aux priviléges de ces deux
» diocèses! »

L'évêque d'Aleth, Nicolas Pavillon, recommandable par son savoir, ses vertus et sa piété, était
mort le 8 décembre 1677 : Mme de Sévigné traite peu
respectueusement son successeur, parce qu'il ne ré-
clamait pas, comme lui, de privilége : « Je crois
» bien, dit-elle, que ce petit freluquet d'Aleth ne se
» plaint de rien; mais l'ombre de son saint prédé-
» cesseur et M. dè Pamiers ont-ils signé cette flat-
» teuse lettre? Nous en verrons la réponse. »

Le 24 juillet suivant, elle écrit qu'on improuve
fort la lettre du clergé; on croit M. de Paris interdit;

il ne dit plus la messe : il faut un sacrilège au peuple pour remettre le prélat en bonne réputation.

Le 31, elle dit son avis tout entier sur cette fameuse lettre qu'elle venait de relire : « C'est une » belle pièce; je voudrais que vous l'eussiez vue, et » les manières de menaces qu'ils font à Sa Sainteté. » Je crois qu'il n'y a rien de si propre à faire chan- » ger les sentiments de douceur qu'il semble que le » Pape ait pris..... S'il voit cette lettre, il pourra » bien changer d'avis. » Heureusement que sa pré- diction ne s'accomplit pas : le Pape, depuis la lettre au roi, avait écrit au cardinal d'Estrées, qui était chargé de l'affaire de la régale auprès de Rome, qu'il vînt et que, par son bon esprit, il accommode- rait toutes choses... ce qui eut lieu en effet, mais plus tard.

Le clergé accusait les Jansénistes d'être la cause du mécontentement de Rome; les deux évêques op- posants appartenaient en effet à ce parti, ainsi que trois autres qui entrèrent plus tard dans la lice. « Mme de Sévigné prétend que c'est un *fantôme* qu'ils » combattent grossièrement, et auquel ils donnent » cent coups après la mort. Cela me paraît, ajoute- » t-elle, comme quand le comte de Gramont disait » que c'était Rochefort qui avait marché sur le chien » du roi, quoique Rochefort soit à cent lieues de là. » En vérité, ceux que nos prélats appellent les Jan-

» sénistes n'ont pas plus de part à tout ce qui leur
» vient de Rome : mais leur malheur, c'est que le
» Pape est un peu hérétique. Ce serait là un mou-
» lin à vent digne de leur faire tirer l'épée. »

La fille de Mme de Sévigné était, sur cette question, du même sentiment qu'elle : elle avait aussi
trouvé le mot de *fantôme* sous sa plume, et elle avait
de plus tiré une comparaison du *médecin malgré lui*.
Sa mère lui répond : « Votre comparaison est divine
» de cette femme qui veut être battue : oui, disent-ils,
» je veux qu'il (le roi) me batte ; de quoi vous
» mêlez-vous, Saint Père ? Nous voulons être battus. »
» Et là dessus ils se mettent à le battre lui-même,
» c'est-à-dire à le menacer adroitement et délicate-
» ment que s'il pense leur rendre le droit de régale,
» il les obligera à prendre des résolutions propor-
» tionées à la prudence et au zèle des plus grands
» prélats de l'Eglise, et que leurs prédécesseurs ont
» su, dans de pareilles conjonctures, maintenir la
» liberté de leurs églises, etc., etc. Tout cela est
» exquis, et si j'avais trouvé cette comparaison de la
» comédie de Molière dont vous me faites pâmer de
» rire, vous me loueriez par-dessus les nues. » Dans
cette même lettre, Mme de Sévigné revint encore
sur le nouvel évêque d'Aleth, c'est M. d'Aleth, courtisan, adulateur, qui joue, qui soupe chez les dames,
qui va à l'Opéra, qui est hors de son diocèse. Il avait un
nom bien chaud à prendre, mais il a soufflé dessus !...

Le 21 août, elle apprit à sa fille la mort de
l'évêque de Pamiers, François-Etienne de Caulet,
aussi recommandable que Pavillon par sa science et
sa vertu : « Voilà, dit-elle, l'affaire de la régale
» finie, et voilà encore un nom bien chaud à prendre ;
» mais, puisque nous nous sommes accoutumés à
» M. d'Aleth, nous souffrirons M. de Pamiers. »
Elle ajoutait que quand M. d'Angers et les autres
seraient morts aussi, l'on n'aurait plus rien à craindre. L'évêque d'Angers était Henri Arnauld; il ne
mourut qu'en l'année 1692, et il y avait eu un
accommodement auparavant.

Mme de Sévigné a trop peu ménagé, il nous
semble, le clergé de France en cette affaire, et
l'on pourrait dire d'elle à l'égard des évêques ce
qu'elle a dit des évêques à l'égard de la cour de Rome,
qu'elle les a traités fort familièrement. Du reste, n'oublions pas que les opposants étaient des jansénistes ;
elle se complaît à les voir dédommagés dans l'autre vie
de ce qu'ils ont perdu dans celle-ci : « Ces cinq,
» dit-elle, à qui l'on voulait faire le procès, seront
» devant le grand Juge qui les aura traités avec
» plus de bonté qu'on n'a fait en ce monde-ci. »

Elle aima jusqu'à la fin tout ce qui venait de
Port-Royal : en 1689, elle lisait un *Traité de la
Prière perpétuelle* fait par M. Hamon. Le livre,
dit-elle, fait de la prose encore mieux qu'elle; et

l'auteur est un vrai saint qui a puisé dans les plus
pures sources tout ce qu'il nous donne. La Préface
est de bon lieu et l'approbation des trois docteurs
est un éloge. Ce Hamon, né à Cherbourg, docteur en
médecine de la Faculté de Paris, passa les trente
dernières années de sa vie à Port-Royal, et composa
plusieurs ouvrages de piété dans ce style simple,
précis, élégant et fort qui les caractérise tous.
Boileau a fait ces vers en son honneur :

> Tout brillant de savoir, d'esprit et d'éloquence,
> Il courut au désert chercher l'obscurité,
> Aux pauvres consacra son bien et sa science,
> Et trente ans dans le jeûne et dans l'obscurité
> Fit son unique volupté
> Des travaux de la pénitence.

Mᵐᵉ de Sévigné lut ensuite, le traité de la *Perpétuité de la Foi*, ouvrage du grand Arnauld, dirigé
contre les calvinistes, où il répondait particulièrement
au ministre Claude :

> Oui, sans peine, au travers des sophismes de Claude,
> Arnauld, des novateurs tu découvres la fraude.

a dit Boileau. Mᵐᵉ de Sévigné ne traite pas mieux le
ministre protestant que ne l'a fait le satirique dans
son épître III; voici ce qu'elle écrivait le 25 janvier
1690 : « Nous lûmes hier le onzième livre du 1ᵉʳ tome
» de la *Perpétuité de la Foi* de M. Arnauld; il répond

» quelques injures et accusations du ministre Claude :
» bon Dieu ! quelle justesse de raisonnement ! quelle
harmonie ! Comme cela étrangle son homme à tout
» moment. » Nous avons commencé ce chapitre par
le grand Arnauld, nous le terminons par lui, mais
ce ne sera pas sans regretter qu'il ait composé cent
quarante volumes in-folio. Que ne s'est-il contenté
d'écrire la millième partie, il serait un de nos grands
écrivains, à côté de Pascal et de Bossuet, tandis
qu'il ne sera jamais placé qu'au second rang avec
Nicole.

CHAPITRE XIV.

SAINT AUGUSTIN.

Pourquoi on lisait saint Augustin au xviie siècle ? — Quelle
était la cause des discussions théologiques de Mme de Sévigné
avec sa fille ? — Du danger pour une femme de faire de la
théologie. — Définition de la liberté. — Conversion de
Mme de La Sablière. — Saint Paul et saint Augustin jansénistes. — Mme de Sévigné se familiarise avec saint Augustin.
— Mme Swetchine et Mme de Sévigné lisant l'histoire ecclésiastique.

Saint Augustin était le patron des Jansénistes,
qui le compromettaient gravement, non point aux
yeux de l'Église, qui connaît bien ses saints, mais
à ceux d'un monde qui n'est pas théologien de profession. C'était la mode alors de lire saint Augustin,
afin de faire l'entendu dans les questions qui se
débattaient entre les Jansénistes et leurs adversaires.

On faisait de la théologie jusque dans les ruelles. Mme de Sévigné suivit le torrent ; elle lut, elle dévora saint Augustin, et elle fit le docteur. Elle était convaincue d'avoir bien compris toute cette théologie sur la grâce et la prédestination, qui embarrassa même les conciles. Écoutons-la, dans sa lettre du 4 novembre 1676, nous dire combien saint Augustin la rend heureuse, et combien elle s'est familiarisée avec lui. « Nous lisons toujours saint » Augustin avec transport : il y a quelque chose de » si noble et de si grand dans ses pensées, que » tout le mal qui peut arriver de sa doctrine, aux » esprits mal faits, est bien moindre que le bien » que les autres en retirent. Vous croyez que je » fais l'entendue ; mais quand vous verrez comme » cela s'est familiarisé, vous ne serez pas étonnée » de ma capacité. » Walckenaer croit Mme de Sévigné sur parole, et il affirme dans ses Mémoires qu'elle était aussi profonde en théologie que Mme de Grignan l'était en philosophie. Au reste, de Somaize, dans son grand dictionnaire des *Précieuses*, où il a tracé son portrait, nous dit que *Sophronie* (c'est le nom sous lequel il la peint) a une promptitude d'esprit la plus grande du monde à connaître les choses et en juger. Nous allons bien le voir par les passages où elle traite spécialement ces graves et hautes questions de la métaphysique chrétienne.

On nous demandera sans doute à quelle occasion elle faisait des appels à saint Augustin : elle ne discutait pas en Sorbonne, ni dans les livres de polémique, cela ne s'est jamais vu chez une femme chrétienne ; mais elle discutait dans sa correspondance et contre sa fille. « Celle-ci, dit Walckenaer, » avait étudié les œuvres de Descartes et les parties » les plus abstruses de sa métaphysique, elle croyait » avoir saisi l'ensemble du système de ce grand phi- » losophe, et triomphé des difficultés qu'il offrait » aux intelligences vulgaires. Devenue le disciple » de cet apôtre du doute, elle se soumettait avec » moins d'abandon que sa mère à ce que la foi » commandait de croire ; elle cherchait plus sou- » vent ses points d'appui dans la philosophie carté- » sienne que dans les lumières de la révélation. » De là, la malentente de ces deux femmes et leurs querelles métaphysiques. « Mais une bonne fois, » ma chère, s'écriait avec une certaine véhémence » Mme de Sévigné, mettez un peu votre nez dans le » livre de *la Prédestination des Saints* de saint Au- » gustin, et *Du don de la Persévérance :* c'est un » fort petit livre, il finit tout. Vous y verrez d'abord » comme les papes et les conciles renvoient à ce » père qu'ils appellent le docteur de la grâce; en- » suite les lettres des saints Prosper et Hilaire, où » il est fait mention des difficultés de certains » prêtres de Marseille, qui disent comme vous; ils » sont nommés semi-pélagiens (ces hérétiques » croyaient que l'homme pouvait, par ses propres

» forces, mériter la foi et la première grâce né-
» cessaire pour le salut). Voyez ce que saint Au-
» gustin répond à ces deux lettres, et ce qu'il
» répète cent fois. Le onzième chapitre *Du don de*
» *la Persévérance* nous tomba hier sous la main ;
» lisez-le et lisez tout le livre ; il n'est pas long ;
» c'est où j'ai puisé mes erreurs ; je ne suis pas
» seule, cela me console, et en vérité je suis tentée
» de croire qu'on ne dispute aujourd'hui sur cette
» matière avec tant de chaleur que faute de s'en-
» tendre. »

Nous voyons par deux passages de la lettre du
30 octobre 1676, l'un de Mme de Sévigné, et l'autre
de son fils, qu'elle avait cependant commencé par
être semi-pélagienne aussi. Elle nous dit d'une manière très brève : « Nous lisons saint Augustin et
» nous sommes converties sur la prédestination et
» sur la persévérance. » Le baron de Sévigné continue et nous donne l'explication de ces mots :
« Il s'en faut, dit-il, encore quelque chose que
» nous ne soyons convertis ; c'est que nous trou-
» vons les raisons des semi-pélagiens fort bonnes
» et fort sensibles, et celles de saint Paul et de
» saint Augustin fort subtiles et dignes de l'abbé
» Têtu. Nous serions très contents de la religion
» si ces deux saints n'avaient jamais écrit ; nous
» avons toujours ce petit embarras. »

Maintenant nous nous demandons comment il se fait qu'étant en désaccord sur ces points-là, Mme de Sévigné et sa fille ne se brouillent pas tout-à-fait? Nous avons remarqué, hélas! trop souvent qu'on ne se pardonne guère, surtout entre parents, de penser différemment en matière de religion. Cela prouve une fois de plus que son amour maternel était bien fort, puisqu'il résistait au plus grand ferment de discorde. Mais nous n'avons rien entendu encore, il faut lire la lettre du 14 juillet 1680 pour voir la facilité avec laquelle elle tranchait et l'ardeur qu'elle y mettait. Nous frémissons en la lisant : il est si facile, en pareille matière, de glisser et de tomber, surtout une femme ! Nous n'en connaissons qu'une qui, dit-on, fasse exception : Mme Swetchine, par la force de sa raison, où plutôt par l'efficacité de la grâce, a pu s'orienter à peu près toute seule à travers les hérésies, les schismes, tous les écueils, et arriver lentement, il est vrai, mais enfin arriver au catholicisme, pour s'y reposer, après les fatigues d'un long scepticisme, au sein d'une inaltérable tranquillité d'esprit. Mme de Sévigné n'avait pas, selon nous, une raison aussi puissante : son imagination lui donnait trop de voiles ; il faut ici les lenteurs de la diplomatie ; l'on va voir, dans le passage suivant, le danger de la précipitation et de la fougue : « Vous lisez donc, s'écrie- » t-elle, saint Paul et saint Augustin : voilà les bons » ouvriers pour rétablir la souveraine volonté de Dieu.

» Ils ne marchandent point à dire que Dieu dispose
» de ses créatures, comme le potier : il en choisit, il
» en rejette ; ils ne sont point en peine de faire des
» compliments pour sauver sa justice ; car il *n'y a*
» *point d'autre justice que sa volonté* : c'est la justice
» même, c'est la règle ! » Faire dépendre la justice
de Dieu de sa volonté nous paraît être une erreur
capitale ; c'est la volonté de Dieu qui agit au contraire
d'après les règles de sa justice. Jusque là, nous ne
voyons que l'égarement de l'esprit ; mais ce qui suit
annonce la dureté du cœur : « Après tout que doit-il
» aux hommes ? que leur appartient-il ? Rien du tout.
» Il leur fait donc justice quand il les laisse à cause
» du péché originel qui est le fondement de tout ;
» et il fait miséricorde au petit nombre de ceux qu'il
» sauve par son fils. » Cela ne rappelle-t-il pas La
Fontaine :

> Vous leur fîtes, seigneur,
> En les croquant beaucoup d'honneur.

Heureusement que le sauveur des hommes est plus
doux et qu'il a une parole plus consolante que ces
stoïciens du christianisme. Mme de Sévigné aurait
bien fait par conséquent de ne pas invoquer cette
parole en faveur d'une doctrine si terrible ; Elle
ajoute : « Jésus-Christ le dit lui-même ; je connais
» mes brebis ; je les mènerai paître moi-même, je
» n'en perdrai aucune ; je les connais, elles me

» connaissent. Je vous ai choisis, dit-il à ses apôtres,
» ce n'est pas vous qui m'avez choisi. » Se serait-
on attendu à voir les paroles du bon pasteur travesties en anathèmes ? Et elle ajoute modestement
qu'elle pourrait citer mille passages sur ce ton,
qu'elle *les entend tous.* Quand elle trouve le contraire
elle se dit qu'on a voulu parler communément, comme
quand on dit que Dieu *s'est repenti,* qu'il *est en furie.*
Et ce qu'il y a de très curieux, c'est que cette thèse
de théologie se termine par une conclusion purement
philosophique, qui semble n'avoir aucun rapport avec
les prémisses : « Je me tiens à cette première et
» grande vérité qui est toute divine, qui me repré-
» sente Dieu comme Dieu, comme un maître, comme
» un souverain créateur et auteur de l'univers, et
» comme un être enfin très-parfait, selon la réfle-
» xion de votre père (Descartes). » Elle fait bien de
s'échapper par cette porte de derrière ; mais elle a
beau dire ensuite: « Voilà mes petites pensées respec-
» tueuses dont je ne tire point de conséquences
» ridicules, et qui ne m'ôtent point l'espérance d'être
» du nombre choisi, après tant de grâces qui sont des
» préjugés et des fondements de cette confiance. »
Nous ne pouvons nous empêcher de la blâmer d'avoir
soulevé des questions d'un tel poids qui pouvaient
l'écraser. Toutefois, rejetons-en la faute sur la première coupable ; elle avait affaire à une adversaire
qui ne la laissait pas tranquille : « Je hais mortelle-

ment, s'écrie-t-elle, à vous parler de tout cela, pour-quoi m'en parlez-vous? »

On croirait d'abord, d'après sa lettre du 21 juin 1680, qu'elle a pris le parti de ne pas répondre; car elle commence ainsi : « Je n'ai rien à vous répondre » sur ce que dit saint Augustin. » Mais elle n'y peut tenir, et sa réponse est la plus longue qu'elle ait jamais faite. Elle établit que ce n'est point en considé-ration d'aucun mérite que Dieu donne sa grâce aux hommes, mais selon son bon plaisir; elle oppose à la définition ordinaire de la liberté celle de saint Augustin, qui entend par le libre arbitre *une déli-vrance et une facilité d'aimer Dieu, parce que nous ne sommes plus sous l'empire du démon*. Mais elle ne dit pas que le grand docteur, en définissant la liberté rendue plus parfaite par la grâce, ne niait pas cette liberté de la philosophie, au moyen de laquelle nous pouvons coopérer à la grâce ou la repousser. Aussi le retranchement de cette liberté l'embarrasse : « Com-» ment Dieu, dit-elle, jugerait-il les hommes, s'ils » n'avaient point de libre arbitre? » Elle conclut qu'il y a là un mystère sur lequel elle ne veut pas être éclairée; elle se tiendra, si elle peut, dans l'humilité et dans la dépendance.

Au milieu de leurs discussions interminables, la conversion de Mme de La Sablière, avait fourni un argument de Mme de Grignan; elle avait vu

là un bon usage de la liberté. Cette fois Mme de Sévigné riposta, pour la défense de la grâce, avec une véhémence qu'on ne trouverait que dans Démosthène ou dans Pascal : « Oui, dit-elle, elle
» est dans ce bienheureux état; elle est dévote
» et vraiment dévote : elle fait un bon usage de
» son libre arbitre. Mais n'est-ce pas Dieu qui le
» lui fait faire? N'est-ce pas Dieu qui la fait vouloir?
» N'est-ce pas Dieu qui l'a délivrée de l'empire du
» démon! Nest-ce pas Dieu qui a tourné son
» cœur? N'est-ce pas Dieu qui la fait marcher
» et la soutient? N'est-ce pas Dieu qui lui donne
» la vue et le désir d'être à lui? c'est cela qui est
» couronné; c'est Dieu qui couronne ses dons.
» Si c'est cela que vous appelez le libre arbitre,
» ah! je le veux bien! »

Il s'agit ici de la conversion de Mme de la Sablière, chez laquelle La Fontaine trouva un asile durant vingt années. Le marquis de la Fare avait été longtemps assidu auprès d'elle; mais entraîné par sa passion pour le jeu de la bassette, il éloigna ses visites. Mme de la Sablière fut si sensible à cet éloignement qu'elle renonça au monde pour se retirer aux Incurables. Mme de Sévigné regarde la bassette comme l'occasion que Dieu avait marquée pour la conversion de cette femme célèbre, conversion qu'il opéra par sa grâce seule, sans qu'elle-même y fût pour rien : « La Fare joue à la

16

» bassette ; voilà la fin de cette grande affaire;
» voilà la route que Dieu avait marquée à cette
» jolie femme. Elle n'a point dit les bras croisés :
» *j'attends la grâce.* Mon Dieu ! que ce discours
» me fatigue ! hé ! mort de ma vie ! la grâce
» saura bien vous préparer les chemins, les tours,
» les détours, les bassettes, les laideurs, l'orgueil,
» les chagrins, les malheurs, les grandeurs. Tout
» sert, tout est mis en œuvre par ce grand ouvrier,
» qui fait toujours infailliblement tout ce qu'il lui
» plaît. » Ce passage, sauf l'exclamation trop vive
» du milieu, n'est-il pas digne d'un sermon et d'un
sermon éloquent sur la grâce?

Les Jansénistes s'appuyant sur saint Paul et saint
Augustin, devaient regarder les Jésuites comme
les ennemis de ces deux apôtres. Mme de Sévigné
le leur reproche en effet dans sa lettre du 9 Juin 1680,
écrite des Rochers, le jour de la Pentecôte : « Je
» lis des livres de dévotion, parce que je voulais me
» préparer à recevoir le saint Esprit. Ah ! que c'eût
» été un vrai lieu pour l'attendre que cette solitude !
» mais il souffle où il lui plaît, et c'est lui-même
» qui prépare les cœurs où il veut habiter; c'est
» lui qui prie en nous par des gémissements inef-
» fables : c'est saint Augustin qui m'a dit tout cela; je
» le trouve bien Janséniste et saint Paul aussi. Les
» Jésuites ont un fantôme qu'ils appellent Jansénius,
» auquel ils disent mille injures, et ne font pas

» semblant de voir où cela remonte : *Est-ce que je*
» *parle à toi?* Et là-dessus, ils font un bruit étrange
» et réveillent les disciples cachés de ces deux
» grands saints. » Les Jésuites répondaient : nous
faisons moins de tort que vous à saint Paul et à saint
Augustin ; nous soutenons que votre doctrine n'est
pas la leur, voilà tout ; et s'il reçoivent, comme vous
le prétendez, quelques-uns des coups qui vous sont
adressés, c'est à vous qu'ils doivent s'en prendre,
à vous qui allez vous cacher dans leurs bras, vous
couvrir de leur manteau !

Dans tous les passages que nous avons cités
jusqu'ici, Mme de Sévigné a montré un grand respect
pour saint Augustin ; mais elle nous semble s'être
familiarisée avec lui dans sa lettre du 25 juin 1690,
où elle dit qu'elle a lu plusieurs de ses lettres et
qu'elle connaît très particulièrement tous ceux à
qui elles s'adressent : « Vous lisez les lettres de
» saint Augustin... elles sont très-belles, très-agréa-
» bles, et vous apprendront bien des nouvelles de
» ce temps-là. J'en ai lu plusieurs ; mais je les
» relirai avec plus de plaisir que jamais, après avoir
» lu l'histoire de l'Eglise des six premiers siècles.
» Je connais très-particulièrement tous ceux à qui
» elles s'adressent ; saint Paulin, évêque de Nole,
» est tout à fait de mes amis. » Nous préférons ce
ton, tout familier qu'il est, à celui des passages
précédents, parce qu'il est plus humain. Cependant

nous lui en voudrions peut-être un peu, si ce n'est
que sa lettre était confidentielle, d'avoir dit du mal
d'un ami, surtout quand cet ami est un saint : « Il
» (saint Paulin) eut, dit-elle, de grands haut et bas
» dans sa vie, et mérita et démérita l'amitié et l'estime
» de saint Augustin. Il vécut saintement avec sa
» femme, étant évêque et vous le verrez dans ces
« épîtres. » Paulin, né à Bordeaux, en 353; d'une
famille illustre, avait épousé une riche espagnole,
nommée Thérèsie, avait passé quatre ans en Espagne avec elle, de là était venu se fixer en Italie,
à Nole, et le peuple de cette ville l'avait nommé
évêque. Les biographies de ce saint ne parlent
point de ces haut et bas qui le firent mériter
et démériter successivement aux yeux de saint
Augustin. Au reste, Mme de Sévigné semble insinuer
que saint Augustin était exigeant dans son amitié
en même temps qu'elle lui reproche ses subtilités :
« Il est vrai, ma bonne, que saint Augustin l'aime
» trop et joue et subtilise sur l'amitié, d'une manière
» qui pourrait ne pas plaire, si on n'était ami de
» M. Dubois. » M. Dubois, académicien, venait de
publier une traduction des lettres de saint Augustin;
et celui-ci est vraiment bienheureux d'avoir été
protégé par M. Dubois. Ce n'est pas non plus sans
une pointe d'ironie qu'elle termine ce fameux passage : « Ce saint, dit-elle, avait une si grande capacité
» d'aimer, qu'après avoir aimé Dieu de tout son
» cœur, il trouvait encore des restes pour aimer

» Paulin et Aspe et tous ceux que vous voyez. »
Mais, encore une fois, nous aimons mieux voir son
esprit se jouer ainsi innocemment, que de courir les
risques de tomber dans quelque hérésie, en raison-
nant sur le dogme.

Nous quittons donc avec plaisir la théologie
pour la suivre dans l'histoire ecclésiastique, où nous
serons plus à notre aise. Mme Swetchine a lu entièrement l'histoire ecclésiastique de l'abbé Fleury, et, la
grâce aidant, y a trouvé la lumière. Mme de Sévigné
a lu peut-être autant qu'elle de ces sortes de livres,
quoiqu'elle n'en eût pas le même besoin. Elle se
livrait à ces lectures, et par curiosité, — car son
esprit était de ceux qui veulent tout connaître, —
et par piété, parce que l'héroïsme des premiers
chrétiens la transportait. Maimbourg, Godeau,
Abbadie, ce dernier surtout, lui ont procuré de ces
plaisirs surnaturels; de Maimbourg, elle lisait l'histoire de l'Arianisme : « Je lis l'Arianisme, dit-elle; je
» n'en aime ni l'auteur, ni le style; mais l'histoire est
» admirable; c'est celle de tout l'univers; elle tient
» à tout; elle a des ressorts qui font agir toutes les
» puissances. L'esprit d'Arius est une chose surpre-
» nante, et de voir cette hérésie s'étendre par tout
» le monde; quasi tous les évêques embrassant
» l'erreur; et saint Athanase soutient seul la divinité
» de Jésus-Christ. Ces grands évènements sont
» dignes d'admiration ! » L'Arianisme n'attaquait pas

directement la divinité du Christ; mais il niait sa consubstantialité avec la première personne de la Trinité, ce qui revenait au même. Seulement nous trouvons qu'il y a de l'exagération à dire que saint Athanase soutenait seul la divinité de Jésus-Christ; à ce compte, que serait devenue la catholicité de l'Eglise à cette époque? On sait que l'Eglise a toujours eu la majorité relative, sans laquelle elle perdrait son caractère catholique.

Mme de Sévigné lisait encore l'histoire de l'Eglise de Godeau, cet évêque de Vence que nous avons vu déjà au chapitre de la Poésie légère, et le livre d'Abbadie *sur la vérité de la religion chrétienne* : « Nos lectures sont délicieuses : nous lisons Abbadie » et l'histoire de l'Eglise : c'est marier le luth à la » voix. » Dans un autre endroit elle rappelle ces deux ouvrages encore en même temps : « Nous lisons » l'histoire de l'Eglise; vraiment c'est une très-belle » chose; quel respect cela donne pour la religion! » avec Abbadie on serait toute prête à souffrir le » martyre! » Abbadie était protestant; mais son livre peut être approuvé des catholiques; et d'ailleurs, ne fût-il pas tout à fait orthodoxe, Mme de Sévigné aurait dit qu'elle ne craignait rien, parce qu'elle tenait d'une main l'épée de saint Paul, et de l'autre le bouclier de saint Augustin.

CHAPITRE XV.

NICOLE.

Nicole est, pour le talent, le troisième écrivain de Port-Royal, si l'on compte Pascal parmi ces illustres solitaires. Ami du docteur Arnauld, il travailla de concert avec lui à plusieurs ouvrages, notamment à la Logique de Port-Royal; il combattit et souffrit avec lui pour la cause du Jansénisme. Mais c'est surtout comme moraliste qu'il s'est fait un nom : ses *Essais de Morale* eurent une grande vogue de son temps. On les lit beaucoup moins aujourd'hui;

mais ils ont assez de mérite pour qu'ils ne périssent pas ; ils sont d'ailleurs sous la sauvegarde de Mme de Sévigné, qui a prononcé plus de deux cents fois le nom de Nicole dans sa correspondance. Cela commence à l'année 1671, et jusqu'à la fin, elle n'a cessé de lire et de vanter les *Essais* de Nicole. Elle trouve que c'est bon, et elle a raison ; elle trouve aussi que c'est beau, que c'est digne de Pascal, et ici elle exagère. Les observations de Nicole sont justes et annoncent une connaissance approfondie du cœur humain ; les routes de la perfection chrétienne sont bien tracées, quoique un peu escarpées quelquefois ; le style est pur, coulant, élégant, mais on trouve qu'il manque de couleur et de mouvement. Mme de Sévigné était enthousiasmée et du fond et de la forme, sans restriction, et nous allons l'entendre dire de lui des choses qu'elle n'a dites de personne.

Elle a été obligée, dès le commencement, de prendre sa défense contre Mme de Grignan. Celle-ci, qui était une puriste en fait de langage, avait été blessée d'une image, *l'enflure du cœur*. Mme de Sévigné semble étourdie d'abord du coup porté à Nicole, et elle convient que cette expression n'est pas bonne : « J'ai été blessée, comme vous, de l'en- » flure du cœur : ce mot *enflure* me déplaît. » Mais quelque temps après, s'étant remise un peu, elle dit : « J'ai pardonné à l'enflure du cœur en faveur » du reste. » Pardonner suppose toujours une faute :

elle fait un pas de plus, même elle saute le fossé,
et la voilà prête à porter des coups à sa fille : « Je
» maintiens, s'écrie-t-elle, qu'il n'y a point d'autre
» mot pour expliquer la vanité et l'orgueil qui sont
» proprement du vent : cherchez un autre mot! »
Ainsi la faute est transformée en un acte de vertu;
car, s'il n'y a pas d'autre mot qu'*enflure*, c'est le
mot propre. Or, la propriété des termes est une qualité du style. Puis, pendant cette polémique gram-
maticale, comme elle a fait valoir le reste! « Pour
» le reste, ne vous avais-je pas dit que c'était de la
» même étoffe que Pascal? mais cette étoffe est si
» belle qu'elle me plaît toujours; jamais le cœur
» humain n'a mieux été anatomisé que par ces
» messieurs-là. » Mme de Grignan aurait bien dû se
récrier aussi contre le mot *anatomisé* : c'est un vilain mot sous la plume d'une femme! d'ailleurs c'est
un mot scientifique, et le peuple ne comprend pas
ces mots-là, excepté le peuple de Paris, qui sait
tout. Quant à l'*étoffe* de Pascal, le mot a fait fortune,
et si on demande à Mme de Sévigné comment elle
l'entend, elle nous répondra : « Personne n'a écrit
comme ces messieurs, car je mets Pascal *de moitié*
» à tout ce qui est beau. » Il est vrai que ces messieurs se corrigeaient et s'entr'aidaient; mais il est
certains ouvrages qui ne souffrent pas plusieurs ouvriers; autrement ils ressembleraient à l'habit d'Ar-
lequin; nous ne sommes pas de ceux qui regardent
Homère comme une *pluralité*.

Mme de Sévigné trouvait dans les *Essais de Morale* quelque chose de meilleur que des mots ; mais elle parle de la morale avec cet air gai et enjoué qui lui sied partout, et qu'ont souvent du reste les âmes qui se portent le mieux : « Je poursuis, dit-elle, » cette morale de Nicole, que je trouve délicieuse ; » elle ne m'a encore donné aucune leçon contre la » pluie ; mais j'en attends : car j'y trouve tout ; et la » conformité à la volonté de Dieu me pourrait suffire, » si je ne voulais un remède spécifique. »

Nicole avait fait un traité spécial *de la soumission à la volonté de Dieu*. A propos de ce traité qu'elle recommande à sa fille, Mme de Sévigné se livre à une de ses boutades jansénistes : « 25 mai » 1680. Vous voyez comme il nous la représente » (la volonté) souveraine, faisant *tout*, réglant *tout*, » je m'y tiens ; voilà ce que j'en crois ; et si, en tour- » nant le feuillet, ils veulent dire le contraire pour » *ménager la chèvre et le chou*, je les traiterai sur » cela comme ces *ménageurs politiques;* ils ne me » feront pas changer, je suivrai leur exemple, car ils » ne changent pas d'avis pour changer de note. »

De tous les traités de Nicole, le meilleur sans contredit est le troisième, qui est intitulé *Des moyens de conserver la paix avec les hommes*. Elle dit de ce traité : « que cela s'appelle chercher dans le fond du » cœur avec une lanterne » ; elle presse Mme de Gri-

gnan de le lire, car elle n'a jamais rien vu de plus
utile, ni si plein d'esprit et de lumière : « Si vous
» ne l'avez pas lu, lisez-le; et, si vous l'avez lu,
» relisez-le avec une nouvelle attention; je crois que
» tout le monde s'y trouve. Pour moi, je suis persua-
» duée qu'il a été fait à mon intention; j'espère aussi
» d'en profiter; j'y ferai mes efforts. » Et là-dessus,
elle prend les plus sages résolutions; malheureusement son imagination lui joue des tours, et il en ré-
sulte des tristesses pour son cœur. Que faire? M. Nicole répond encore qu'il faut faire des actes de
résignation à l'ordre et à la volonté de Dieu. Elle
trouve cependant que c'est une perfection un peu au-
dessus de l'humanité que l'indifférence qu'il veut de
nous pour l'estime ou l'improbation du monde; elle
est moins capable que personne de la comprendre.
Mais M. Nicole peut-il se tromper? Il ne serait pas
impossible, ajoute-t-elle, qu'on se servît dans certaines occasions des raisonnements de l'auteur. En un
mot, c'est toujours un trésor d'avoir un si bon
miroir des faiblesses de notre cœur. C'est de ce
traité qu'elle a dit : « Je voudrais en faire un bouil-
» lon et l'avaler. »

Il est un point sur lequel elle n'est pas disposée
pourtant à céder à M. Nicole : « J'ai des liens de
» tous côtés, s'écrie-t-elle, mais surtout j'en ai un
» qui est dans la moëlle de mes os : et que fera là-
» dessus M. Nicole? Mon Dieu, que je sais bien l'ad-

» mirer; mais que je suis loin de cette bienheureuse
» indifférence qu'il veut nous inspirer! » M. Nicole
aurait eu, à notre avis, un grand tort s'il avait dé-
truit la passion de la belle païenne!

Qu'on ne croie pas du reste que Mme de Sévigné
est tout entière à ses méditations! Comme un enfant, que distrait un papillon qui vole, elle a vu
passer sous ses yeux le mot *éclat* appliqué aux
pensées, et elle s'extasie sur cette métaphore qui
existait avant Cicéron et Démosthène : « Il dit que
» l'éloquence et la facilité de parler donnent *un cer-*
» *tain éclat* aux pensées; cette expression m'a paru
» belle et nouvelle; le mot d'*éclat* est bien placé, ne
» le trouvez-vous pas? » Et ce n'est pas un mot seule-
lement qui la frappe, mais tous : « Nous savons tous
» les mots dont ils se servent; mais jamais, ce me
» semble, nous ne les avons vus si bien placés ni
» si bien enchâssés. »

Ripert, l'intendant de Grignan, son courrier
Ripert, porte chaque année en Provence de nouveaux
traités de Nicole; chacun de ces envois est accom-
pagné d'un nouvel éloge, d'une nouvelle recommandation. Elle appelle Nicole à son secours pour
corriger sa fille de la passion du jeu : passion
malheureuse; car elle perdait toujours et de grosses
sommes à la fois; passion qui s'abaissait jusqu'au
jeu de l'oie, chez Mme la gouvernante de Provence.

Elle la renvoie à Nicole pour l'usage qu'on peut faire des mauvais sermons qui ne manquaient pas, il paraît, dans ce pays. Puis elle se fâche, si sa fille ne lit pas Nicole assez vite. Aussi fut-elle heureuse, quand Mme de Grignan lui fit compliment de son auteur favori : « Vous me ravissez, s'écrie-t-elle, » d'aimer les *Essais de Morale!* n'avait-je pas bien » dit que c'était votre fait? Dès que j'eus commencé » à les lire, je ne songeai plus qu'à vous les envoyer; » vous savez que je suis communicative, et que » je n'aime point à jouir d'un plaisir toute seule. » Quand on aurait fait ce livre pour vous, il ne » serait pas plus digne de vous plaire. » Les mots ont ensuite, comme d'habitude, leur part de louanges : elle va jusqu'à dire qu'on croit n'avoir lu de français qu'en ce lieu.

Le baron de Sévigné, qui pensait souvent comme sa mère, en fait de littérature et d'auteurs, ne partageait pas son enthousiasme pour Nicole, bien s'en faut. Nous voyons par un billet ou plutôt par une lettre écrite à la suite de celle de Mme de Sévigné, le 12 janvier 1676, qu'il trouvait le *Traité de la connaissance de soi-même,* distillé, sophistiqué, galimatias en quelques endroits, et surtout ennuyeux d'un bout à l'autre. Il distingue aussi le style de Pascal du style de Port-Royal, tandis que Mme de Sévigné les confond : « J'honore de mon approbation, » écrit-il à sa sœur, les différentes manières dont

» on peut tenter Dieu : mais, vous qui aimez tant
» les bons styles, et qui vous y connaissez si bien,
» du moins si on en peut juger par le vôtre, pouvez-
» vous mettre en comparaison le style de Port-
» Royal avec celui de M. Pascal? C'est celui-là qui
» dégoûte de tous les autres. M. Nicole met une
» quantité de belles paroles dans le sien; cela fatigue
» et fait mal à la fin; c'est comme qui mangerait
» trop de blanc-manger : voilà ma décision ! »

Il avait dit ailleurs déjà : « Et moi je vous dis
» que le premier tome des *Essais de morale* vous
» paraîtrait tout comme à moi, si La Marans et
» l'abbé Tétu ne vous avaient accoutumée aux
» choses fines et distillées. Ce n'est pas d'aujour-
» d'hui que les galimatias vous paraissent clairs et
» aisés : de tout ce qui a parlé de l'homme et de
» l'intérieur de l'homme, je n'ai rien vu de moins
» agréable ; ce ne sont point là ces portraits où
» tout le monde se reconnaît. » Le baron a exagéré
évidemment dans un sens opposé à sa mère; c'est
pourquoi l'on serait tenté de croire qu'il n'aimait
guère la morale.

Mais Mme de Grignan, qui ne ressemblait pas
à son frère, conserva son goût pour Nicole, au
point que, bien longtemps après, sa mère la félicitait
des merveilles qu'elle avait dites des derniers livres
du moraliste : » Le style de l'auteur éclaire, comme

» vous dites, et nous fait rentrer en nous-mêmes
» d'une manière qui découvre la beauté de son
» esprit et la bonté de son cœur. Car il ne gronde
» point mal à propos, qui est la plus mauvaise
» chose du monde, et qui fait le moins ce qu'on
» veut. 26 octobre 1689. » Cependant Mme de Sévigné
ajoute qu'elle n'avait lu que quelques endroits de
ces derniers livres; et qu'elle ne les avait pas achetés
tout de suite : elle s'était contentée pour le carême
de cette année *du bon Le Tourneux.*

En l'année 1691, la mort subite de Louvois
lui arracha des exclamations, au milieu desquelles
elle emprunta à Nicole une expression philosophique qui est très en vogue aujourd'hui, mais
qui se rencontre moins souvent dans les auteurs
du dix-septième siècle : nous voulons parler du *moi*,
de ce fameux *moi* que nous autres philosophes nous
opposons au *non-moi* matériel ou immatériel, et
que ceux qui ne sont pas philosophes de profession
vous posent tout à coup comme un rempart, ou
vous lancent comme une bombe, en tête de chaque
phrase, pour l'attaque ou pour la défense... *Moi* je
pense... *Moi*, je dis... Il y a des *moi* qui se donnent
plus d'importance qu'ils n'en ont. Quant à celui
de Louvois, Mme de Sévigné ne nous paraît pas
avoir exagéré, voyons! Elle écrit à M. de Coulanges,
le 26 juillet, du château de Grignan : « Je suis
» tellement éperdue de la nouvelle de la mort très

» subite de M. de Louvois, que je ne sais par où com-
» mencer pour vous en parler. Le voilà donc mort,
» ce grand ministre, cet homme si considérable,
» qui tenait une si grande place; dont le *moi*,
» comme dit M. Nicole, était si étendu; qui était
» le centre de tant de choses! que d'affaires, que
» de desseins, que de projets, que de secrets, que
» d'intérêts à démêler, que de guerres commencées,
» que d'intrigues, que de beaux coups d'échecs à
» faire et à conduire! Ah! mon Dieu, donnez-moi un
» peu de temps, je voudrais bien donner un échec
» au duc de Savoie, un mat au prince d'Orange.
» Non, non, vous n'aurez pas un seul moment.
» Faut-il raisonner sur cette étrange aventure?
» non, en vérité, il y faut réfléchir dans son cabinet. »
L'histoire dit que le *moi* de Louvois avait offensé
celui de Louis XIV, et que ce ministre allait tomber
en disgrâce, lorsqu'il mourut subitement. On le
crut empoisonné, mais on n'osa pas *raisonner*
là-dessus; on se contenta de *réfléchir*.

Nicole, dont Mme de Sévigné fait tant de cas
comme moraliste, prit part aussi aux polémiques
de l'époque. Il travailla avec le grand Arnauld à
plusieurs écrits pour la défense de Jansénius et
de sa doctrine; dans la querelle du quiétisme il
soutint les sentiments de Bossuet. Mais il ne mettait
pas d'emportement dans ces guerres civiles, et son
caractère lui donnait bien le droit d'écrire un traité

sur la Paix. Dans la conversation, la timidité le paralysait complétement : il ne trouvait de réponse que quand son interlocuteur était parti. Un jour, il disait de Tréville : « Il me bat dans la chambre; » mais je ne suis pas plutôt au bas de l'escalier que » je l'ai confondu. » Cette même timidité l'empêcha de répondre à l'examen qu'il passait pour le sous-diaconat, il fut refusé, et resta toute sa vie simple tonsuré, ce qui suffisait dans ce temps-là pour être appelé *monsieur l'Abbé.* Et encore nous ne savons pas si on lui faisait cet honneur; après la mort de la duchesse de Longueville, la plus ardente protectrice des Jansénistes, il disait : J'ai perdu tout » mon crédit, j'ai même perdu mon abbaye, car » cette princesse était la seule qui m'appelât » M. l'Abbé. » Ce qu'il y a de sûr, c'est qu'il a fait un bon ouvrage, et qu'on gagnerait à lire *les Essais* plus qu'à lire certains romans. Par conséquent nous recommandons à ceux qui veulent s'améliorer, d'en faire un bouillon, à l'exemple de Mme de Sévigné : seulement que ce bouillon soit fait à petit feu !

CHAPITRE XVI.

PASCAL.

La première rencontre de Mme de Sévigné avec Pascal. — Mme de
Sévigné écrivait-elle pour la postérité? — La migraine de
Mme de La Fayette et les maux de tête de Pascal. — Mme de
Grignan aussi a des maux de tête. — Les *Petites Lettres.* —
Discussion entre le fidèle Achate et Brancas. — La raillerie de
Pascal rappelle Platon. — Querelles de Mme de Sévigné et de
Mme de Grignan. — L'histoire du Père et de Despréaux.

Nous n'avons pas partagé tout à fait les sentiments de Mme de Sévigné à l'égard de Nicole, écrivain; mais en voici un autre dont elle peut dire et
écrire tout ce qu'elle voudra, avec l'accent de l'admiration et le feu de l'enthousiasme, nous ne la con-
tredirons pas. Elle peut l'appeler le génie le plus
original, le plus profond et en même temps le plus
spirituel, nous applaudirons !

Un mot à propos de Nicole nous a déjà révélé que Pascal est un type pour elle : « c'est de la même » étoffe que Pascal. » Mais va-t-elle oser s'approcher du géant? Sa petite main de femme va-t-elle pouvoir, sans se blesser, manier les gantelets du terrible athlète? Pourquoi pas? cette faible femme, elle a de la force, quand il le faut; elle raisonne, comme Bourdaloue; elle foudroie, comme Démosthène; elle raille en enfonçant l'épée jusqu'à la garde, comme Pascal!

Sa première rencontre avec Pascal a lieu au moyen d'une allusion à un passage sur la vanité, qui nous a toujours frappé et que nous allons transcrire d'abord : « La vanité est si ancrée dans le » cœur de l'homme, qu'un goujat, un marmiton » veut des admirateurs, et les philosophes mêmes » en veulent. Ceux qui écrivent contre la gloire » veulent avoir la gloire d'avoir bien écrit; et ceux » qui le lisent veulent avoir la gloire de l'avoir lu; » et moi qui écris ceci, j'ai peut-être cette envie; » et peut-être que ceux qui le liront, l'auront aussi. »

Voici maintenant ce que Mme de Sévigné écrivait le 12 juillet 1672 : « A propos de Pascal, je suis » en fantaisie d'admirer l'honnêteté de ces messieurs » les postillons, qui sont incessamment sur les che- » mins pour porter et reporter nos lettres; enfin, » il n'y a jour dans la semaine où ils n'en portent » quelqu'une à vous et à moi... J'ai quelquefois en-

» vie de leur écrire pour leur témoigner ma recon-
» naissance, et je crois que je l'aurais déjà fait,
» sans que je me souviens de ce chapitre de Pascal,
» et qu'ils ont peut-être envie de me remercier de
» ce que j'écris, comme j'ai envie de les remercier
» de ce qu'ils portent mes lettres. »

. A ceux qui prétendent que Mme de Sévigné écrivait pour la postérité, on pourrait leur objecter ce
passage qui n'est pas à la portée du public, et que
nous n'avons compris qu'après avoir revu celui de
Pascal. Pas de difficulté au contraire si sa lettre n'est
destinée qu'à Mme de Grignan, parce qu'elle connaissait parfaitement Pascal. Mais parlons sans détours :
nous voulons dire que les écrivains feraient bien de
prendre leurs allusions dans des auteurs qu'on sait
par cœur, comme La Fontaine, ou de faire des citations complètes, avec armes et bagages.

Mme de Sévigné ne tire pas ses comparaisons
seulement du style de Pascal, mais aussi de ses
maux de tête qui, comme on le sait, étaient into-
lérables et presque sans intermittence : « Mme de La
» Fayette, dit-elle, m'a mandé qu'elle allait vous
» écrire, mais que la migraine l'en empêche; elle
» est à plaindre de ce mal; je ne sais s'il ne vau-
» drait pas mieux n'avoir pas autant d'esprit que
» Pascal, que d'en avoir les incommodités, 16 août
» 1671. » Comparer la migraine de Mme de La Fayette

aux maux de tête de Pascal, c'est ce que Virgile appelle *parvis componere magna*, comparer les grandes choses aux petites, ou plutôt les petites choses aux grandes.

Mme de Sévigné disait de sa fille elle-même, le 19 septembre 1677 : « Nous craignons plus que vous » la vivacité de votre esprit, qui vous consume et » vous épuise comme Pascal. » Vingt ans plus tard, les maux de tête de Mme de Grignan durant toujours, comme ceux de Pascal, elle s'était comparée, en plaisantant, à ce grand penseur. Sa mère ne prit pas la chose en riant, car elle fit, le 24 avril 1689, une réponse où l'on sent une vive inquiétude : « Que » je suis fâchée de votre mal de tête ! que pensez- » vous me dire de ressembler à M. Pascal? vous me » faites mourir! Il est vrai que c'est une belle chose » que d'écrire comme lui; rien n'est si divin. Mais » la cruelle chose d'avoir une tête aussi délicate et » aussi épuisée que la sienne, qui a fait le tourment » de sa vie, et l'a coupée enfin au milieu de sa course » (Pascal est mort à l'âge de trente-neuf ans). Il » n'est pas toujours question des propositions d'Eu- » clide pour se casser la tête; un certain point d'é- » puisement fait le même effet. »

Malgré ses maux de tête, Pascal a fait plusieurs découvertes de génie dans les sciences, et écrit plusieurs ouvrages d'un style unique. Mais de tous ses ouvrages, *les Petites lettres* (les Provinciales) ont fait le plus de bruit dans le monde : chacune d'elles était un événement, chacune d'elles était une nouvelle déclaration de guerre; le lion a beau être fort, l'invisible ennemi triomphe! On attendait ces petites lettres avec la même impatience que la comédie la plus divertissante; on les dévorait dès qu'elles paraissaient, et il en parut dix-huit l'une après l'autre. Ce livre, comme style, excita l'admiration même des plus grands écrivains de l'époque. Boileau les regardait comme l'ouvrage en prose le plus parfait qui fût en notre langue. On demandait à Bossuet lequel de tous les ouvrages écrits en français il aimerait mieux avoir fait, il répondit: *les Provinciales!* Cependant il y a, quant au fond, du pour et du contre; et il ne faudrait point s'en venir donner le coup de pied de l'âne à propos des Provinciales... Ceux qu'elles attaquaient avaient du bon aussi!

Mme de Sévigné parle plusieurs fois des *Petites lettres*; la première fois, le 23 juillet 1677 : « Le ba- » ron est ici et ne me laisse pas mettre pied à terre » dans les lectures que nous entreprenons... *Don* » *Quichotte, Lucien*, les *Petites lettres*, voilà ce qui » nous occupe. Je voudrais de tout mon cœur, ma » fille, que vous eussiez vu de quel air et de quel » ton il s'acquitte de cette dernière lecture; elles ont » un prix tout particulier quand elles passent par ses

» mains ; c'est une lecture divine , et pour le sérieux
» et pour la parfaite raillerie ; elles me sont toujours
» nouvelles ; et je crois que cette sorte d'amuse-
» ment vous divertirait bien autant que l'*indéfectibi-
» lité* de la matière. »

Le 6 août suivant, elle raconte qu'une discussion s'éleva chez elle entre le fidèle Achate (Mme de
Coulanges) et Brancas sur les Jansénistes : « Brancas
» prit la défense des *Petites Lettres* ; et, comme on
» lui disait qu'il y avait peu de charité dans le style,
» il tira promptement le livre de sa poche, et fit voir
» que c'était ainsi que dans tous les siècles on avait
» combattu les hérésies et les égarements. On lui
» dit que les choses saintes y étaient tournées en
» ridicule ; il lut en même temps la onzième de
» ces divines lettres, où il est démontré que ce sont
» eux (les Jésuites) précisément qui se moquent
» des choses saintes. Enfin cette lecture nous fit
» un extrême plaisir. Ce fut une chose rare de voir
» les convulsions de la prévention expirante sous
» la force de la vérité et de la raison. »

Douze ans plus tard (21 décembre 1689), Mme de
Sévigné relut ces mêmes *Petites Lettres*, toujours
avec son fils. Elle trouve que la raillerie de Pascal
rappelle les dialogues de Platon, et elle reproche à
sa fille de ne les avoir lus qu'en courant. On
voit qu'elle est pénétrée et le passage tout entier est

bien senti : « Quelquefois, pour nous divertir,
» nous lisons les *Petites Lettres* de Pascal : bon
» Dieu! quel charme! et comme mon fils les lit! je
» songe toujours à ma fille, et combien cet excès de
» justesse et de raisonnement serait digne d'elle;
» mais votre frère dit que vous trouvez que c'est
» toujours la même chose. Ah! mon Dieu, tant
» mieux; peut-on avoir un style plus parfait, une
» raillerie plus fine, plus naturelle, plus délicate,
» plus digne fille de ces dialogues de Platon qui
» sont si beaux? Et lorsqu'après les dix premières
» lettres, il s'adresse aux Révérends, quel sérieux!
» quelle solidité! quelle force! quelle éloquence! quel
» amour pour Dieu et pour la vérité! quelle manière
» de la soutenir et de les faire entendre! c'est tout
» cela qu'on trouve dans les huit dernières lettres
» qui sont sur un ton tout différent. Je suis assurée
» que vous ne les avez jamais lues qu'en courant,
» grapillant les endroits plaisants; mais ce n'est
» point cela, quand on les lit à loisir. » Il faut reconn-
naître que chaque mot porte, dans cet éloge de
Pascal, et que l'on n'en a jamais fait un plus complet
en moins de mots.

On a prétendu que Mme de Sévigné était pour
les Jansénistes, parce qu'ils écrivaient mieux que
leurs adversaires : nous avons vu qu'elle tenait à
eux par d'autres liens, par la conviction, par l'amitié.
Cependant on ne peut nier que la beauté de la forme

ne fit une vive impression sur celle qui s'écriait :
« Peut-on aimer Dieu, quand on n'entend pas bien
» parler de lui ? » Pascal l'a saisie, l'a transportée :
aussi sa plume vole, quand elle le défend ; et le trait
part avec la plume : sauve qui peut !

On a dit que la mère et la fille ne pouvaient
vivre en paix, quand elles étaient ensemble : vraiment
cela ne paraît pas étonnant, quand on voit qu'il y
a tant de points sur lesquels elles s'entendent si peu.
Elles différaient d'esprit, de goût, de caractère ; elles
n'aimaient pas les mêmes livres, les mêmes sujets
de conversation ; l'une était aussi froide que l'autre
était ardente : Mme de Grignan fut blessée de l'invec-
tive véhémente de sa mère ; et celle-ci chercha à
faire sa paix dans la lettre suivante : « Mais racom-
» modons-nous ; il me semble que nous sommes un
» peu brouillées. J'ai dit que vous avez lu superficiel-
» lement les *Petites Lettres*, je m'en repens ; elles
» sont belles et trop dignes de vous pour avoir
» douté que vous ne les eussiez toutes lues avec
» application. Vous m'offensez aussi en croyant que
» je n'ai point lu les *Imaginaires*. C'est moi qui vous
» les prêtai ; ah ! qu'elles sont jolies et justes ! je
» les ai lues et relues : sur ces offenses mutuelles
» nous pouvons nous embrasser. » Les *Imaginaires*
étaient des lettres de Nicole, dans lesquelles il se moquait
des visions de Desmarets de Saint-Sorlin. Sa fille lui
reproche plus tard d'avoir dit qu'elles étaient *jolies*

seulement. Mme de Sévigné, qui manquait de mémoire,
le nia : « Mais, voici une querelle (5 février 1690) ;
» c'est que je m'inscris en faux contre la lettre où
» vous assurez que j'ai dit que les *Imaginaires*
» étaient *jolies;* je n'ai jamais dit ce mot; c'est
» une supposition; ce sont des subtilités du sieur
» comte de Grignan, comme disait l'avocat..... oui,
» je le soutiens, je n'ai point dit le mot de *jolies;*
» c'est une supposition de la dame comtesse de
» Grignan; j'ai dit *belles* et *très-belles* : la justesse
» de leur raisonnement emporte cette louange, et
» c'était assez que vous les eussiez louées pour
» m'en donner cette idée. Ainsi vous voyez la mau-
» vaise foi; mais je les relirai, et, en tout cas, le
» *grand conseil* ne me manquera pas. » Avouons
que c'est fâcheux de manquer de mémoire à ce point
là; nous en connaissons d'autres que Mme de Sévigné
qui oublient et nient avec le même aplomb; eh!
qu'importe, après tout, si c'est avec la même grâce!
mais, ô Sévigné, laissez, je vous en prie, vos récri-
minations contre la dame comtesse de Grignan, et
racontez-nous votre charmante historiette du Père
et de Despréaux, vous qui contez si bien!

« A propos de Corbinelli, il m'écrivit l'autre
» jour un fort joli billet; il me rendait compte d'une
» conversation et d'un dîner de chez M. de Lamoignon :
» les acteurs étaient les maîtres du logis, M. de
» Troyes, M. de Toulon, le père Bourdaloue, son

» compagnon Despréaux et Corbinelli. On parla
» des ouvrages des Anciens et des Modernes. Des-
» préaux soutint les Anciens, à la réserve d'un seul
» Moderne qui surpassait, à son goût, et les vieux
» et les nouveaux. Le compagnon de Bourdaloue qui
» faisait l'entendu, et qui s'était attaché à Despréaux
» et à Corbinelli, lui demanda quel était donc ce
» livre si distingué dans son esprit. Despréaux ne
» voulut pas le nommer. Corbinelli lui dit : Monsieur,
» je vous conjure de me le dire, afin que je le
» lise toute la nuit. Despréaux lui répondit en riant :
» Ah ! monsieur, vous l'avez lu plus d'une fois, j'en
» suis assuré. Le Jésuite reprend avec un air dédai-
» gneux et presse Despréaux de nommer cet auteur
» si merveilleux. Despréaux lui dit : Mon père, ne
» me pressez point. Le père continue. Enfin Des-
» préaux le prend par le bras, et, le serrant bien
» fort, lui dit : Mon père, vous le voulez? hé bien !
» morbleu, c'est Pascal ! — Pascal, dit le père, tout
» rouge, tout étonné, Pascal est autant beau que le
» faux peut l'être. — Le faux, reprit Despréaux,
» le faux ! sachez qu'il est aussi vrai qu'il est
» inimitable; on vient de le traduire en trois langues.
» Le père répond : Il n'en est pas plus vrai.—Despréaux
» s'échauffe et criant comme un fou : Quoi, mon
» père, direz-vous qu'un chrétien n'est pas obligé
» d'aimer Dieu? Oserez-vous dire que cela est faux?
» — Monsieur, dit le père en fureur, il faut distin-
» guer. — Distinguer, dit Despréaux, distinguer,

» morbléu! distinguer si nous sommes obligés d'aimer
» Dieu! » Et prenant Corbinelli par le bras, il
» s'enfuit au bout de la chambre; puis revenant et
» courant comme un forcené, il ne voulut jamais
» se rapprocher du père, et s'en alla rejoindre
» la compagnie. Ici finit l'histoire, le rideau tombe.
» 15 janvier 1690. »

Voilà une scène très plaisante assurément et qui
peint bien la passion et l'inutilité de ces sortes de
discussions, surtout après dîner. C'est peut-être au
sortir de là que Boileau est allé composer sa mauvaise épître sur l'amour de Dieu : puisqu'il avait une
si haute opinion du livre des *Provinciales*, il valait
mieux s'en tenir à la belle prose de Pascal!

CHAPITRE XVII.

LES PHILOSOPHES.

Comment et quand Mme de Sévigné étudiait la philosophie. — Le cartésien Corbinelli. — Mme de Sévigné et les stoïciens. — Son opinion sur l'ingratitude et l'espérance. — Son pyrrhonisme. — Les petites parties crochues. — Je pense, donc je suis. — L'embarras de la Mousse. — Sa chienne Marphise est-elle une machine ? — Les prières. — Discussion sur l'origine des idées. — M. de Guébriac et la *Cour d'Amour*. — Lenaut. — Balzac. — Montaigne.

Mme de Sévigné n'était pas portée vers la philosophie ; sa fille ne tenait pas ce goût-là d'elle : c'est si abstrait ! il y a tant de raisonnements subtils ! un esprit qui se fixe peu, une imagination qui colore tout, ont peu de sympathie pour ces questions ardues de la métaphysique ; et si elle s'appliquait à celles de la métaphysique chrétienne, c'est que sa foi y était intéressée. Du reste, elle n'avait pas pour la philosophie le dédain de certaines gens de notre époque,

Moi, héron, que je fasse

Une si pauvre chère !

Au dix-septième siècle, on n'était dédaigneux pour rien de ce qui touchait à l'humanité ; et, dans la conversation, on passait des *Petites Lettres* aux sermons de Bourdaloue, et des pièces de Racine aux Entretiens de Mallebranche. On causait sur tout cela, vous savez, aussi finement, aussi gracieusement que les dialogues de Platon. Il fallait bien que Mme de Sévigné y prît part, bon gré, malgré ; qu'elle dît de temps en temps à son esprit : « Allons, trêve de plaisanteries ; il s'agit ici de choses sérieuses ; » et qu'elle dît à son imagination : « Allons, un peu de repos, que je tâche de comprendre ! » Et elle se mettait à écouter avec attention ses deux acolytes, Corbinelli et La Mousse, lui expliquant Descartes. Ces instructions avaient lieu principalement, quand Mme de Grignan devait venir passer quelque temps avec elle : elle avait tant d'envie de lui plaire, qu'elle eût avalé des couleuvres. Comme nous citons toujours quelque passage à l'appui de chacune de nos assertions, en voici un d'une lettre du 8 juillet 1670 qui prouve cette dernière : « Corbinelli est souvent » avec moi, ainsi que La Mousse, et tous deux parlent

» de *votre père* Descartes; ils ont entrepris de me
» rendre capable d'entendre ce qu'ils disent; j'en
» serai ravie, afin de n'être pas comme une sotte
» bête, quand ils vous tiendront ici. »

Corbinelli était un cartésien distingué, bien digne
d'apprécier Mme de Grignan; nous avons déjà vu qu'il
la mettait, comme philosophe, au dessus de le
Bossu, maintenant il l'égale à Mallebranche: « Cor-
» binelli vous croit aussi habile que le père Malle-
» branche: vous pouvez vous humilier tant qu'il
» vous plaira, vous serez exaltée malgré vous. 16
» septembre 1676. » On raisonnait dans ce temps,
d'après la forme scolastique; mais Corbinelli ne
voulait raisonner que d'après la méthode Descartes:
« Je ne proposerai point à Corbinelli de raisonner
» avec vous *sans la méthode;* il entre en fureur, et
» et l'on n'est point en sûreté. 21 octobre 1676. »

Corbinelli n'était pas seulement un philosophe
cartésien, moins furieux qu'elle ne le dit; c'était
aussi un poëte aimable; car elle ajoute au passage
précédent: « Il est occupé à faire des rondeaux sur
» la convalescence de Mme de Coulanges; je les cor-
» rige: jugez de la perfection de l'ouvrage. » Quelque
temps auparavant, elle avait déjà parlé du poëte:
« Il traite en vers de petits sujets fort aisés, comme
» il prétend que les Anciens ont fait; il est persuadé
» que la rime donne plus d'attention, et que cela re-

» vient à la prose mesurée qu'Horace a mise en cré-
» dit, *sermoni propiora*: voilà de grands mots ! Il a
» fait une épître contre les loueurs excessifs qui fait
» revenir le cœur. 6 juillet 1676. » Nous aimons
beaucoup, pour notre part, cette alliance de la philosophie avec la poésie, surtout avec une poésie
aimable. Ceux qui s'imaginent que cela est impossible
ne se rappellent donc pas que les Muses déposèrent
des rayons de miel sur les lèvres de Platon. Malgré
cela, nous allons faire de la philosophie toute sèche
dans ce chapitre.

Il est une partie de la philosophie qui n'est pas un
rocher inabordable, comme les autres, celle que
Socrate enseignait, celle qui nous importe le plus,
la morale. Mᵐᵉ de Sévigné pouvait encore cueillir
quelques fleurs sur ce sol. Or c'est son amour maternel qui va le premier venir protester contre certaine philosophie: le Stoïcisme ne devait guère conve-
nir à cette âme tendre, à ces yeux toujours pleins
de larmes maternelles, surtout dans les transes d'une
première séparation. Le 18 mars 1671, peu de
temps après le départ de Mᵐᵉ de Grignan, elle lui
écrit qu'elle ne peut recevoir aucune de ses lettres
sans pleurer, et elle ajoute : « Je ne le puis, ma fille;
» mais ne souhaitez point que je le puisse, aimez
» mes tendresses, aimez mes faiblesses: pour moi
» je m'en accommode fort bien. Je les aime bien
» mieux que des sentiments de Sénèque et d'Epictète. »

Et nous aussi, nous les aimons mieux; car, avec ces sentiments, on a, dans l'art, les personnages impossibles des tragédies de Sénèque, et, dans la vie, des Caton qui se suicident au lieu de combattre pour la vertu; et, si Mme de Sévigné eût été elle-même un Caton, nous n'aurions pas le plaisir de lire ses lettres, ni celui d'en faire des extraits.

Quelque temps après, il s'agit d'une discussion philosophique sur l'ingratitude; Mme de Sévigné écrit aux deux époux de Provence que s'ils ne l'aimaient pas tous deux, ils seraient des ingrats, et elle ajoute: « La nouvelle opinion qu'il n'y a point d'ingratitude » dans le monde, pour les raisons que nous avons » tant discutées, me paraît la philosophie de Des- » cartes; et l'autre est celle d'Aristote : vous savez » l'autorité que je donne à cette dernière, j'en suis » de même pour l'opinion de l'ingratitude. » Excepté les ingrats, tout le monde est de l'avis d'Aristote, même les raisonneurs qui soutiennent qu'il n'y a pas de bienfaits désintéressés, ni d'actes de pur dévouement, et partant point d'ingratitude. O philosophes, pourquoi faites-vous le contraire des alchimistes ? ceux-ci cherchaient à convertir en or tous les métaux; et vous, vous voulez dénaturer l'or pur que vous avez dans les mains, et altérer la nature humaine! Est-il étonnant, après cela, qu'on dise en voyant passer la philosophie: voyez, la vieille folle ! mais, si l'on regardait mieux, l'on verrait que ce n'est pas la philosophie qui passe; que ce n'est qu'un mannequin habillé de vos erreurs! la vraie philosophie, messagère entre l'homme et Dieu, plane invisible et immortelle au-dessus de nos têtes; elle ne cesse de diriger l'humanité, qui aura toujours pour elle de la reconnaissance, en dépit de ceux qui nient ce sentiment.

Deux autres philosophes, l'abbé Bourdelot et Mme de la Baume avaient écrit une petite pièce contre l'Espérance, pièce à laquelle la princesse Palatine avait fait une réponse bien inutile, car tous les livres contre l'Espérance n'empêcheront jamais heureusement les hommes d'espérer. Mme de Sévigné fait allusion à cet opuscule dans sa lettre du 1er mars 1672 : « Vos réflexions sur l'Espérance » sont divines: si Bourdelot les avait faites, tout » l'univers le saurait; vous ne faites pas tant de » bruit, pour faire des merveilles: *le malheur du* » *bonheur* est tellement bien dit qu'on ne peut » trop aimer une plume qui exprime ces choses-là. » Vous dites tout sur l'Espérance, et je suis si fort » de votre avis, que je ne sais si je dois aller en » Provence, tant j'ai de crainte d'en repartir. » Mieux vaut encore une fois ne pas tant raisonner sur les sentiments; la réflexion est un ver qui ronge le meilleur fruit! Maudits ceux qui empoisonnaient ainsi vos espérances; ô pauvre mère!

Mme de Sévigné a l'air tout d'abord de pré-

férer les Pyrrhoniens aux Stoïciens: « Le style des
» Pyrrhoniens me plaît assez, dit-elle; il y a bien
» de la prudence dans leur incertitude: elle em-
» pêche au moins qu'on ne se moque d'eux. » Cet
éloge de l'incertitude pyrrhonienne ne doit être
considéré que comme une boutade. Mais quelle
application spirituelle elle en fait à son état présent !
Elle suppose qu'on lui fait des questions et qu'elle
ne sait que répondre : « Allez-vous à Vichy? Peut-être.
» Prenez-vous la maison de la Place (royale) pour
» un an? Je n'en sais rien: voilà comme il faudrait
» parler. » Et pour preuve de son système, elle
raconte ce qui lui est arrivé ce jour-là même 30 juillet 1677: « Je croyais m'en retourner à Livri....
» mais que fait le diable? l'abbé Têtu et le petit de
» Villarceaux font une gageure; cette gageure com-
» pose quatre pistoles; ces quatre pistoles sont des-
» tinées pour voir tantôt la comédie des *Visionnaires*
» (de Desmarets) que je n'ai jamais vue. Mme de
» Coulanges me presse d'un si bon ton que me
» voilà débauchée; et je remets à demain matin ce
» que je devrais faire aujourd'hui. » Tout cela se
termine par la nécessité de se corriger de ces faiblesses de l'incertitude quand on approche de la
vieillesse. Pour nous, nous pensons que le Pyrrhonisme n'est bon à aucun âge de la vie, et qu'il
n'empêche pas qu'on ne se moque de nous: c'est
un ridicule non moins grand qu'un autre de ne savoir pas prendre un parti. L'incertitude ôte la li-

berté, comme Mme de Sévigné l'a dit si bien dans sa lettre du 4 novembre 1676 : « C'est une grande » vérité, ma fille, que l'incertitude ôte la liberté : » si vous étiez contrainte, vous prendriez votre » parti ; vous ne seriez point comme le tombeau de » Mahomet : l'une des pierres d'aimant aurait em- » porté l'autre. »

Elle connaissait aussi le système d'Epicure par Lucrèce, le poëte romain, qui a mis la plus belle poésie au service de la plus triste philosophie : c'est, en effet, assez triste de prétendre que l'univers a été créé par la rencontre fortuite d'une infinité de ces petits atômes ronds ou crochus qu'on aperçoit dans un rayon de soleil ; car, s'il en est ainsi, c'est le hazard qui est le dieu du monde, et nous n'avons pas grand'chose de bon à attendre de ce Dieu-là. Nous ne savons pas comment Mme de Sévigné est allée chercher ces atomes à l'occasion de ce qui arriva à messieurs de Montchreveuil et de Villars, le jour de leur promotion à l'ordre du Saint-Esprit : « 1er janvier 1689 : Ils s'accrochèrent, dit- » elle, l'un à l'autre d'une telle furie ; les épées, les » rubans, les dentelles, les clinquants, tout se » trouva tellement mêlé, brouillé, embarrassé, » *toutes les petites parties crochues* étaient si parfai- » tement entrelacées, que nul main d'homme ne » pût les séparer : plus on y tâchait, plus on les » brouillait, comme les anneaux des armes de Ro-

» ger. Enfin toute la cérémonie, toutes les révéren-
» ces, tout le manège demeurant arrêté, il fallut
» les arracher de force et le plus fort l'emporta. »

Ce que nous venons de voir de philosophie,
n'est que jeux d'enfant : mais voici Descartes, le père
de la philosophie moderne, celui qui a reconstruit
l'édifice sur une base désormais inébranlable ; celui
qui a dit aux flots du scepticisme : « Vous n'irez pas
plus loin ! » Cet homme fut, au dix-septième siècle,
le conquérant de la plus grande partie du monde
intellectuel. Mais les Gaulois avaient osé regarder
Alexandre en face, et Mme de Sévigné qui descendait
de ces braves, osa aussi regarder Descartes en face;
elle osa même l'attaquer, et à travers sa fille. Elle se
servait alors pourtant des armes que celle-ci lui avait
mises entre les mains; elle en convient elle-même :
« Je ramasse, dit-elle, des mots que je vous ai
ouïe dire. »

Le point de départ de cette philosophie est
peut-être son principal titre de gloire : c'est le fameux fait de conscience : *je pense, donc je suis.*
Mme de Sévigné ne nous dit pas l'importance qu'elle
y attache; mais elle en fait un usage très-ingénieux.
Le 11 mai 1980, elle vient de dire à sa fille qu'elle
aimerait fort à lui parler de certains chapitres :
« mais, ajoute-t-elle, en attendant, *je pense, donc
je suis*; je pense à vous avec tendresse, donc je

» vous aime; je pense uniquement à vous de cette
» manière, donc je vous aime uniquement. » Voilà
certes des raisonnements, des enthymêmes, comme
dirait un logicien, qui pourraient faire aimer la
logique aux cœurs sensibles.

La définition de l'âme par Descartes *une
substance qui pense*, lui était familière aussi; et elle
l'applique à sa fille dans sa lettre du 3 juillet
1680 : « Vous vous vantez de ne rien faire dans
» votre cabinet; il me semble pourtant que vous
» êtes *une substance qui pensez beaucoup*: que ce
» soit du moins d'une couleur à ne vous point
» noircir l'imagination. »

Autre part, le 25 août 1680, elle fait allusion
aux *esprits animaux*, ce fluide subtil qui, suivant
Descartes, circule dans les nerfs et fait des traces
dans le cerveau: « Corbinelli n'a jamais essayé de
» détourner le cours des esprits qui courent à vous
» aimer: il est trop habile pour n'avoir pas connu
» que c'est une chose impossible; il est bien loin
» d'improuver les traces que vous avez faites
» dans mon cerveau. »

La méthode de la nouvelle philosophie était,
comme on le sait, un doute prudent, ne se rendant qu'à l'éclat de l'évidence; cet esprit de doute
devait réveiller puissamment la curiosité sur toutes

les questions dont les solutions étaient arrêtées, au temps de la scolastique: mais aussi, chez les esprits faibles, il éteignait quelquefois la lumière, en sorte qu'ils ne savaient plus où ils étaient, où ils marchaient. Mme de Sévigné raille à sa manière ce double état de curiosité d'une part, d'incertitude de l'autre, aux dépens de La Mousse, un de ses maîtres en cartésianisme pourtant: « Pour La » Mousse, il fait des catéchismes les fêtes et les » dimanches; il veut aller en paradis. Je lui dis que » c'est par curiosité, et afin d'être assuré une bonne » fois si le soleil est un amas de poussière qui se » meut avec violence, ou si c'est un globe de feu. » Elle fait allusion, comme on le voit, au système de Descartes suivant lequel le soleil et les étoiles fixes sont les centres d'autant de tourbillons de matière subtile qui font circuler autour d'eux les planètes. Elle va nous montrer à présent le résultat du doute sur ce pauvre La Mousse: « L'autre jour, dit-elle, » il interrogeait les petits enfants (aux Rochers), et, » après plusieurs questions, ils confondirent le tout » ensemble; de sorte que venant à leur demander » qui était la Vierge, ils répondirent tous l'un après » l'autre que c'était le créateur du ciel et de la terre. » Il ne fut point ébranlé par les petits enfants; mais » voyant que des hommes, des femmes et même des » vieillards disaient la même chose, il en fut persuadé » et se rendit à l'opinion commune. Enfin il ne sa- » vait plus où il en était, et si je ne fusse arrivée là-

» dessus, il ne s'en fût jamais tiré. Cette nouvelle
» opinion eût bien fait un autre désordre que le
» mouvement des petites parties. »

La question de l'âme des bêtes était très débat-
tue à cette époque. Descartes avait prétendu que les
bêtes n'étaient que de pures machines, sans intelligence aucune. Mme de Sévigné n'était pas davantage
cartésienne sur ce point; il lui répugnait d'admettre
que *Marphise*, sa chienne, ne fût qu'une pure machine. Elle fait allusion à cette opinion dans sa lettre
du 20 septembre 1671, où elle apprend à sa fille la
maladie de l'évêque de Léon : « L'évêque de Léon a
» été à la dernière extrémité à Vitré, avec un trans-
» port au cerveau qui le rendait bien pareil à Mar-
» phise. » Et elle se trompait; car elle annonce sa
» mort, dix jours après, en revenant encore à l'âme
des bêtes : « Je crois qu'à présent l'opinion léonique
» est la plus assurée; il voit de quoi il est question,
» et si la matière raisonne ou ne raisonne pas, et
» quelle sorte de petite intelligence Dieu a donnée
» aux bêtes et tout le reste. »

Mais on ne peut pas se moquer plus agréable-
ment des animaux-machines qu'elle ne le fait dans
sa lettre du 23 mars 1672, où le personnage de
La Mousse est nommé, mais reste derrière le rideau :
« La Mousse, dit-elle, tremble pour sa philosophie.
» Parlez un peu au cardinal (l'archevêque d'Arles)

» de *vos* machines, des machines qui aiment, des
» machines qui ont une élection pour quelqu'un,
» des machines qui sont jalouses, des machines qui
» craignent... Allez, allez, jamais Descartes n'a pré-
» tendu nous le faire croire. » La question de *l'ani-*
malité n'est pas tranchée, bien entendu, par ces
plaisanteries; elle reste toujours sans solution, et
elle est peut-être tout à fait insoluble. Par conséquent,
mieux vaut la laisser que d'y perdre un temps précieux.

Une autre fois, Mme de Sévigné combat l'opinion
des philosophes qui prétendent que la Providence
n'a pas réglé tout, et elle se moque de ceux qui
sont toujours à fatiguer Dieu de leurs prières. Elle
écrit des Rochers, le 31 mai 1680 : « Il y a un mois
» qu'il pleut tous les jours; ce sont vos prières qui
» nous ont attiré cet excès; que ne laissez-vous un
» peu faire à la Providence? tantôt de la pluie, tantôt
» de la sécheresse; vous n'êtes jamais contents! J'en
» demande pardon à Dieu; mais cela me fait souve-
» nir de Jupiter, dans *Lucien,* qui est si fatigué des
» demandes importunes des hommes, qu'il envoie
» Mercure pour donner ordre à tout et faire tom-
» ber en Egypte dix mille muids de grêle, afin de
» ne plus en entendre parler. Je ne vous obligerai
» plus de répondre sur cette divine Providence que
» j'adore et que je crois qui fait et ordonne tout :
» je suis assurée que vous n'oseriez traiter cette

» opinion de mystère inconcevable avec les disciples
» de votre père Descartes. Ce qui serait vraiment
» inconcevable, ce serait que Dieu eût fait le monde,
» sans régler tout ce qui s'y fait; les gens qui font
» de si belles restrictions et contradictions dans
» leurs livres en parlent mieux et plus dignement,
» quand ils ne sont pas contraints ni étranglés par
» la politique. » On ne peut qu'approuver les pensées philosophiques de Mme de Sévigné sur la Providence; mais il nous semble qu'elle fait trop bon
marché des prières, ces boiteuses d'Homère qui suivent l'injure pour la réparer. Certains esprits pourraient abuser de ses paroles pour prétendre qu'il
est inutile de prier, parce que tout est réglé d'a-
vance par la Providence. Or, si les lois générales
sont réglées, la Providence ne peut-elle pas, dans
les détails, tenir compte des prières? ne peut-elle
pas, par exemple, diriger un courant d'air froid sur
l'abricotier en fleurs de mon voisin, qui ne prie pas,
tandis que le mien en sera préservé.

Le 15 septembre 1680, elle rend compte d'une
discussion qui avait eu lieu en sa présence sur l'origine des idées, question capitale de la philosophie,
puisque, suivant la solution qu'on lui donne, on est
ou sensualiste ou idéaliste, ou autre chose encore.
Descartes admettait trois sources de nos idées; il
appelait idées *adventices* celles qui viennent par les
sens, idées *innées* celles qui sont fournies par la cons-

cience et la raison et qui naissent au-dedans de nous,
idées *factices* celles qui sont formées par la combi-
naison des précédentes. Il eut à combattre toute sa
vie l'opinion de ceux qui soutenaient que toutes nos
idées viennent par les sens, suivant la maxime stoïcienne, *Nihil est in intellectu quod non prius fuerit
in sensu.* La discussion dont il s'agit ici, avait lieu
entre quatre personnages : un M. de Montmoron,
breton, le père Damaie, le baron de Sévigné et
Corbinelli, représenté par ses lettres. Mais qui oserait se mettre à la place de Mᵐᵉ de Sévigné, quand
il s'agit de raconter? Contez-nous donc cela, Mᵐᵉ de
Sévigné :

« M. de Montmoron arriva, vous savez qu'il a
» bien de l'esprit; le père Damaie, qui n'est qu'à
» vingt lieues d'ici; mon fils, qui, comme vous savez
» encore, dispute en perfection; les lettres de Cor-
» binelli : les voilà quatre ! Et moi, je suis le but de
» tous leurs discours; ils me divertissent au der-
» nier point. M. de Montmoron sait votre philoso-
» phie et la conteste sur tout; mon fils soutenait
» *votre père*; le Damaie le soutenait aussi, et les
» lettres s'y joignaient. Mais ce n'est pas trop de trois
» contre Montmoron : il disait que nous ne pouvons
» avoir d'idées que de ce qui avait passé *par nos
» sens.* Mon fils disait que nous pensions indépen-
» damment de nos sens : par exemple, *nous pen-
» sons que nous pensons*, voilà grossièrement le sujet

» de l'histoire. Cela se poussa fort loin et fort agréa-
» blement. Si vous aviez pu vous mêler dans cette
» dispute par vos lettres, comme Corbinelli par les
» siennes, vous auriez fortifié le bon Sévigné. »

Il n'est peut-être pas un point de la doctrine
cartésienne auquel elle n'ait touché, soit qu'elle
discutât pour son compte, soit qu'elle rapportât les
discussions auxquelles elle avait assisté, soit qu'elle
proposât ou transmît à sa fille des questions, comme
c'était l'usage dans ce temps-là. Un jour Mlle Descartes avait écrit à Mme de Grignan et lui avait proposé une question qui tenait à la fois à la philosophie et à la religion. Mme de Sévigné écrivait à ce
sujet à sa fille, le 5 juin 1689 : « Vous vous acquit-
» terez galamment de cette réponse; c'est une jolie
» petite question à traiter; vous donnerez un air
» de superficie qui vous tirera aisément d'affaire. »
Mme de Grignan y répondit si bien que son frère
en fut enthousiasmé : « J'aimerais bien mieux,
» s'écrie-t-il, avoir fait votre lettre à Mlle Descartes,
» non seulement qu'un poëme épique, mais que la
» moitié des œuvres de son oncle, j'en suis enchanté
» et jamais Rohault (célèbre philosophe cartésien)
» que vous citez, n'a parlé si clairement. 12 juin
» 1689. » Mme de Sévigné partagea l'enthousiasme
du baron, bien entendu. C'était un sujet terrible,
car on n'ose pas le dire tout haut, et on promet
que la bonne Descartes gardera le silence : « Elle

» vous admirera avec un fort aimable cartésien,
» qui est fort digne de cette confidence. Soyez en
» repos, ma très chère, cette lettre vous fera bien
» de l'honneur sans aucun chagrin. » Mlle Descartes
admira également la *beauté et la bonté* de l'esprit
de Mme de Grignan ; mais elle cacha sa réponse et
ne la communiqua jamais qu'à un seul homme
qu'elle appelait son maître et qui admirait Mme de
Grignan au-delà de tout ce qu'il avait jamais
admiré.

Le 28 septembre suivant, Mme de Sévigné nous
apprend quel était ce maître : « Nous avons ici
» un abbé de Francheville, qui a bien de l'esprit,
» agréable, naturel, savant sans orgueil : Montreuil
» le connaît. » Cet abbé avait connu Mme de Sévigné
à Paris, et elle était demeurée dans son cerveau
comme une divinité. Il admira, lui quatrième, la
lettre de Mme de Grignan et son esprit lumineux.
Il appelait aussi Mme de Sévigné une divinité, *nate dea*.
La mère refusa toutefois pour le moment les hon-
neurs de l'Olympe ; elle ne consentit qu'à être une
divinité de campagne. Quant à notre abbé, il se
maria à soixante ans, et quitta son abbaye pour
n'avoir plus d'autre emploi que d'être un philosophe
chrétien et un cartésien, et le plus honnête homme
de la province. Il se nommait de Guébriac. Une fois
redevenu simple mortel, il pria Mme de Sévigné de
lui donner sa protection auprès de sa fille, pour

la supplier, en M. Descartes, de vouloir bien l'instruire de *cette cour d'Amour*, dont il a entendu
parler et qu'il a prise pour une fable. Il veut savoir
cette vérité de la gouvernante de Provence, et si
l'on venait se plaindre à cette cour; si l'on y rendait
des sentences; si c'étaient les femmes qui jugeaient.
Cette cour d'Amour, comme on sait, était une
société de gens d'esprit des deux sexes, qui s'était
formée en Provence, vers le milieu du onzième
siècle : les brouilleries et les jalousies des amants
étaient l'objet le plus ordinaire de leurs jugements.

Mallebranche est sans contredit le plus grand des
disciples de Descartes. Son œuvre capitale est la
Recherche de la vérité; et on peut ranger parmi ses
meilleurs ouvrages les *conversations chrétiennes*, qui
furent composées à la prière de Mme de Chevreuse.
Mme de Sévigné connaissait l'un et l'autre; et, quand
nous l'avons représentée, dans sa bibliothèque, ne
sachant auquel de ses livres entendre, c'est sur
les *conversations chrétiennes* qu'elle met enfin la main :
« J'ai pris les *conversations chrétiennes;* elles sont
» d'un bon cartésien qui sait par cœur votre
» *recherche de la vérité*, qui parle de cette philosophie
» et du souverain pouvoir que Dieu a sur nous. Je
» vous manderai si ce livre est à la portée de notre
» intelligence. S'il n'y est pas, je le quitterai humble-
» ment, renonçant à cette vanité de contrefaire
» l'éclairée, quand je ne le suis pas. » Il paraît qu'elle

le comprit; car elle nous apprend plus tard qu'elle continue cette lecture; et elle n'était pas femme à rester dans l'obscurité; elle le devait du reste aux discours de sa fille, de Corbinelli et de La Mousse : « Cela me donne, dit-elle, assez de lumières pour » l'entendre. » Elle trouve qu'il y a bien de l'esprit dans *ses Conversations* qui sont très bien expliquées. Les censeurs ne furent pas du même avis; l'ouvrage leur parut si obscur que la plupart refusèrent leur approbation, et, si Mézerai l'approuva enfin, ce fut comme ouvrage de géométrie. Mme de Sévigné y voyait autre chose : « L'auteur cherche à accorder » la religion avec son système de philosophie; c'est » toute la philosophie de votre père accommodée » au christianisme; c'est la preuve de l'existence de » Dieu sans le secours de la foi, 19 juin 1680. »

Quant à la *Recherche de la vérité*, elle n'osa pas l'aborder : « Ce n'est pas le livre de la *Recherche de la* » *vérité* que je lis; bon Dieu! je ne l'entendrais pas! » Il y a pourtant une proposition de cet ouvrage qu'elle relève avec l'aide de Corbinelli : « On y dit que Dieu » nous donne une impulsion à l'aimer, que nous » arrêtons et détournons par notre volonté. Cela » paraît bien rude qu'un être très-parfait, et par » conséquent tout-puissant, soit ainsi arrêté au milieu » de sa course, 3 juillet 1680. » Mme de Sévigné donne tant de force à la grâce, qu'elle se révolte de l'idée que la liberté de l'homme puisse y faire obstacle.

Quelques jours plus tard, elle ajoute : « J'aimerais
» mieux me taire que de parler ainsi : on voit claire-
» ment qu'il ne dit pas ce qu'il pense, et qu'il ne
» pense point ce qu'il dit. » Pour nous, Mallebranche
a été sincère ; mais il a parlé plus en philosophe
qu'en théologien.

Mᵐᵉ de Sévigné attaque ce philosophe non moins
vivement sur son opinion que tout ce qui se fait
dans la nature, est dans l'ordre : « Je voudrais bien,
» dit-elle plaisamment, me plaindre au père Malle-
» branche des souris qui mangent tout ici ; cela
» est-il dans l'ordre ? quoi ! du bon sucre, des fruits,
» des compotes ! Et, l'année passée, était-il dans
» l'ordre que de vilaines chenilles dévorassent toutes
» les feuilles de notre forêt, et de nos jardins et
» tous les fruits de la terre ? Et le père Païen
» qui s'en revient paisiblement, et à qui on casse
» la tête, cela est-il dans la règle ? N'en déplaise
» à votre père Mallebranche, ne serait-il pas aussi
» bien de s'en tenir à saint Augustin, que Dieu permet
» toutes ces choses, parce qu'il en tire sa gloire par
» des voies qui nous sont inconnues. » Et aussi,
Mᵐᵉ de Sévigné, parce qu'il n'y a de parfait que
Dieu seul, l'ordre absolu ne peut pas exister dans
l'univers ; les lois auxquelles il l'a soumis ne sont
qu'une ombre de cet ordre ; et il a permis, comme
vous le dites, qu'il y eût bien des imperfections
dans l'application de ces lois, afin que nous sentissions
à chaque instant le besoin que nous avons de lui.

Pour philosopher ainsi, il fallait qu'elle fût excitée. Un jour, le 9 juin 1680, il lui prend envie de philosopher seule dans ses bois des Rochers. Elle commence d'abord, sans le secours des philosophes, comme nous le faisons quelquefois, puisque M. Cousin nous apprend que l'homme *qui réfléchit*, fait de la philosophie. Puis elle se demande à qui elle doit s'adresser : « Si j'avais quelqu'un pour m'aider » à philosopher, je pense que je deviendrais une » de vos écolières. » Comme elle n'a personne, elle va prendre un livre pour faire usage de sa raison. Sa fille lui avait recommandé le père Senaut; elle n'en veut pas : « Je ne prendrai pas votre père » Senaut; où allez-vous chercher cet obscur galimatias? » Que ne demeurez-vous dans les droites simplicités » de *votre père?* » Enfin ne pouvant venir à bout de se fixer sur une pensée philosophique, elle s'écrie : « Il me faudra toujours quelque petite histoire; » car je suis grossière, comme votre frère; les choses » abstraites vous sont naturelles, comme elles nous » sont étrangères. Ma fille, pour être si opposées » dans nos lectures, nous n'en sommes pas moins » bien ensemble : au contraire, nous sommes une » nouveauté l'une à l'autre. »

Nous nous sommes déjà demandé plus d'une fois si Mme de Sévigné aimait Balzac; quant à l'avoir lu, cela ne peut faire de doute; car elle eût été la seule qui ne l'eût pas fait. Mais aimait-elle Balzac avec son grand style harmonieux, pompeux, marchant toujours comme une procession? Il nous semble qu'elle devait lui préférer Voiture. Mais nous parlons philosophie : or, est-ce que Balzac était philosophe? oui, Balzac était épistolier, poëte, publiciste et philosophe : en cette dernière qualité, il a produit le *Socrate chrétien*. Il a bien fallu qu'elle le lise aussi, celle qui lisait tout. Elle annonce qu'elle va s'y mettre par deux mots seulement : « Je m'en » vais dans le *Socrate chrétien*. » Et savez-vous d'où elle venait alors? Elle venait de quitter Quintilien, dont les *Déclamations* l'avaient, les unes amusée, les autres ennuyée.

Mais en voici un qui devait être bien plus de son goût que Balzac et les cartésiens; car c'est un esprit primesautier comme le sien. Nous allons terminer ce chapitre par un passage relatif à ce philosophe : « Elle s'écrie tout à coup à Livri, à propos de rien : — En voici un que j'ai trouvé; c'est un » tome de Montaigne, que je ne croyais pas avoir » apporté : ah! l'aimable homme! qu'il est de bonne » compagnie! c'est mon ancien ami; mais, à force » d'être ancien, il est nouveau. Je ne puis lire » qu'avec les larmes aux yeux ce que dit le maréchal » de Montluc du regret qu'il a de ne s'être pas » communiqué à son fils, et de lui avoir laissé » ignorer la tendresse qu'il avait pour lui. Lisez cet » endroit-là, je vous en prie et me dites comme

» vous vous en trouverez. C'est à Mme d'Estissac, *de*
» *l'amour des pères envers leurs enfants.* Mon Dieu
» que ce livre est plein de bon sens ! » Son amour
maternel, comme on le voit, se montre reconnaissant.
Mais elle n'a rien dit de trop dans l'éloge de Montaigne : cet auteur est moins lu aujourd'hui, parce
qu'on comprend moins sa langue ; mais on devrait
moyennant des annotations et explications, lui donner
une petite place dans l'enseignement. Nous aimerions
mieux le voir rendre à notre langue de charmantes
locutions gauloises que de la voir envahie par cet
horrible grec moderne dont on est abasourdi jusque
chez les parfumeurs.

CHAPITRE XVIII.

LA ROCHEFOUCAULD ET MADAME DE LA FAYETTE.

Le livre *des Maximes*. — Deux maximes de Mme de Sévigné. — Mme de Grignan critiquant La Rochefoucauld. — Les remarques de Corbinelli sur cent maximes. — Mme de Grignan corrigeant La Rochefoucauld. — Le système des compensations. — Le portrait du cardinal de Retz par La Rochefoucauld. — Bons mots de La Rochefoucauld. — L'histoire de la réunion du Portugal. — L'esprit de Mme de La Fayette. — Zaïde. — La Princesse de Clèves. — La critique de Bussy. — L'histoire de M. de La Trousse.

Nous aurions pu ranger La Rochefoucauld parmi les philosophes ; car un moraliste est aussi un philosophe ; mais Mme de Sévigné n'aurait pas été satisfaite, si l'on n'eût pas distingué son vieil ami, dont elle a si souvent consolé la goutte, de concert avec Mme de la Fayette. D'ailleurs, cet écrivain mérite bien une place à part; la preuve, c'est que son livre des Maximes est toujours cité en tête des livres de ce genre. Nous n'irons pas répéter après tant d'autres qu'il doit cette distinction à la perfection du style, à la finesse ou à la profondeur des aperçus et à certains petits paradoxes, sans parler du principal qui est le pivot même des Maximes. Mais, à notre avis, le rang de l'auteur, le rôle qu'il avait joué, n'ont pas nui au succès de l'ouvrage, surtout au moment même, quand on pouvait saisir quelque allusion aux événements et aux personnages. L'on sortait de la Fronde où l'amour de soi avait été le mobile de bien des intrigues; toutefois, ce n'était pas une raison pour que l'auteur soutînt qu'il est le mobile de toutes les actions humaines; bien des frondeurs ont dû se dire en le lisant: et cependant je me suis dévoué dans telle occasion! Nous aurions été heureux d'entendre Mme de Sévigné se récrier contre ce paradoxe: comme mère surtout, elle a dû être éloquente! Malheureusement nous n'avons son approbation ou sa désapprobation que sur des points particuliers. Il est probable pourtant qu'elle a eu quelque part à la rédaction des Maximes; car La Rochefoucauld consultait ses amis, acceptant différentes rédactions, changeant, modifiant sans cesse, au point qu'il y a, suivant Segrais, des maximes qui ont été changées plus de trente fois.

La première fois que le nom de La Rochefou-

cauld se présente sous la plume de Mme de Sévigné,
c'est à l'occasion de la peine que lui cause le re-
tard des lettres de sa fille. Elle en a mal dormi depuis deux nuits; elle en a perdu la parole : « Adieu,
» dit-elle, je suis chagrine, je suis de mauvaise
» compagnie; quand j'aurai reçu de vos lettres, la
» parole me reviendra. Quand on se couche, on a
» des pensées *qui ne sont que gris-brun*, comme dit
» M. de La Rochefoucauld; je sais qu'en dire. »
11 juin 1671.

Il y a deux maladies qui se gagnent facilement au contact des auteurs, la manie de faire
des vers, et celle d'écrire ses pensées : nous ne
parlons pas de celle de faire des portraits, qui a
été propre seulement au temps où florissait l'hôtel
de Rambouillet. Mais les deux autres épidémies
font toujours des ravages : Louis XIV a été victime
de l'une, puisqu'il a fait de mauvais vers; Mme de
Sévigné a été — nous n'osons pas le dire vraiment de celle qui a semé dans ses lettres tant de
pensées ingénieuses, fines et délicates — pourtant
elle a été malheureuse aussi, à notre avis, un jour
qu'elle a fait une maxime isolée, sans escorte et
sans pompe. Il faut qu'une maxime nous fasse penser
pendant dix jours au moins; il faut qu'une maxime pro-
duise presque autant d'effet dans le monde, que Minerve sortant tout armée du cerveau de Jupiter : sinon l'on
s'expose à ce qu'une petite maîtresse vous dise que

sa chambrière a pensé cela aussi. Mais peut-être
que nous nous trompons sur la valeur de la maxime trouvée par. Mme de Sévigné et publiée par
elle aussitôt avec une demi-modestie; écoutons-
la donc : « Je fis l'autre jour une maxime tout de
» suite, sans y penser; et je la trouvai si bonne
» que je crus l'avoir retenue par cœur de celles
» de M. de La Rochefoucauld. Je vous prie de me
» le dire; en ce cas, il faudrait louer ma mémoi-
» re plus que mon jugement. Je disais, comme
» si je n'eusse rien dit, que *l'ingratitude attire*
» *les reproches, comme la reconnaissance attire*
» *de nouveaux bienfaits.* » Cette pensée sans doute
est juste; mais n'est-elle point un peu banale?
C'est probablement l'opinion qu'en porta Mme de
Grignan; nous voyons qu'elle en fit la critique
par un passage de la lettre de sa mère, en date
du 16 juillet 1671 : « Ce que vous dites de cette
» maxime que j'ai faite sans y penser, est très-bien
» et très-juste. Je veux croire pour ma consolation
» que, si je l'avais écrite moins vite, et que je
» l'eusse tournée avec quelque loisir, j'aurais dit
» comme vous : en un mot, vous avez raison, et je
» ne donnerai jamais rien au public que je ne vous
» consulte auparavant. »

Nous préférons à cette maxime celle que Mme
de Sévigné fit aux Rochers, encore sans y penser,
en écrivant, le 16 septembre 1671, qu'elle était

triste, parce qu'elle n'avait point de nouvelles de sa fille: « *La grande amitié, dit-elle, n'est jamais tran-* » *quille;* » et elle écrivit à la suite en gros carac-tère *Maxime*. La raison pour laquelle nous préfé-rons celle-ci, c'est que tout le monde ne pourrait pas la trouver, comme la précédente, et surtout parce qu'elle se peint elle-même dans ces mots; et peut-être que sa fille ajouta en elle-même: *La grande amitié n'est jamais tranquille, et ne laisse pas les autres tranquilles.*

Mᵐᵉ de Grignan se mit à faire des maximes aussi, et sa mère les loue, bien entendu: « 10 février » 1672. Votre maxime est divine. M. de La Roche-» foucauld en est jaloux; il ne comprend pas qu'il » ne l'ait pas faite; l'arrangement des mots en est » heureux. Mais pourquoi n'entendez-vous pas la » sienne? » La maxime de La Rochefoucauld dont il s'agit, est celle-ci: « *Qui vit sans folie, n'est pas si* » *sage qu'il le croit.* » Mᵐᵉ de Grignan l'avait trou-vée mauvaise, moralement parlant; et sa mère lui avait déjà répondu: « Je n'ai pas dit ce que vous » avez trouvé dans la maxime qui ressemble à la » chanson. Pour moi, je suis de votre avis; je » saurai s'ils ont eu un autre dessein que de vouloir » louer les fantaisies, c'est-à-dire les passions. Si » cela est, l'exacte philosophie s'en offense. Si cela » n'est pas, il faut qu'ils s'expliquent mieux. » *L'exacte philosophie s'en offense!* mais Mᵐᵉ de Sévi-gné, qui n'est pas une stoïcienne, veut qu'on passe

quelque chose à l'humanité; elle ajoute donc: « Hé-
» las! le moyen de vivre sans folie, c'est-à-dire sans
» fantaisie? Et un homme n'est-il pas fou qui croit
» être sage en ne s'amusant et ne se divertissant
» de rien? Vous reviendrez à notre opinion. 10 fé-
» vrier 1672. » M. de La Rochefoucauld fut consulté
sur le sens qu'il avait entendu donner à ce mot,
et Mme de Sévigné écrivit le 4 mars suivant:
« M. de La Rochefoucauld entend sa maxime dans le
» sens relâché que votre philosophie condamne.
» Epictète n'aurait pas été de son avis. »

Trois ans plus tard, en 1675, M. de La Rochefoucauld faisait encore des maximes, et Mme de Sévigné engageait sa fille (3 juillet) à lui en demander;
« vous les obtiendrez, disait-elle, à cause de l'envie
» qu'il aura d'être approuvé de l'académie d'Arles. »

Trois ans plus tard, en 1678, les maximes
étaient encore en vogue. Nous trouvons dans la
lettre du 18 décembre, écrite des Rochers, un mot
de Corbinelli au comte de Bussy, par lequel on voit
qu'ils faisaient des remarques sur les maximes: quoique Corbinelli ne parle qu'en son nom, il n'est pas
probable qu'étant à la campagne avec elle, il ait
fait des *a parte:* « Je me suis avisé, dit-il, de faire
» des remarques sur cent maximes de M. de La
» Rochefoucauld ; j'en suis à examiner celle-ci:

« *La bonne grâce est au corps ce que le bon*

» *sens est à l'esprit.* Je demande à votre tribunal
» si elle est facile à entendre, et quel rapport ou
» proportion il y a entre bonne grâce et bon sens. »
Nous sommes de l'avis de Corbinelli, parce que le
bon sens surtout quand c'est le *gros* bon sens, ne
nous paraît ressembler à aucune des trois Grâces;
et, quand le bon sens est présenté par une d'elles,
il fait alors une autre figure et s'appelle *l'esprit.*

Mme de Sévigné a critiqué une autre maxime,
avec moins de raison, il nous semble, et pour flatter sa fille. La Rochefoucauld avait dit : « *Nous n'a-*
» *vons pas assez de force pour suivre toute notre*
» *raison.* » Mme de Grignan retournant cette maxime, avait dit : « *Nous n'avons pas assez de raison*
pour employer toute notre force. » Les deux maximes
sont également vraies; car la volonté et la raison
font alternativement défaut dans la conduite des
hommes. Mme de Sévigné exagère donc, quand elle
écrit, le 14 juillet 1680 : « Vous dites mille fois
» mieux que M. de La Rochefoucauld, et vous en
» sentez la preuve. »

Une autre maxime se présenta sous sa plume,
le 2 mars 1689, et en reçut un meilleur accueil :
cette maxime, « *c'est que les peines sont jetées assez*
» *également dans tous les états des hommes.* » Je la
crois véritable, dit-elle; il y en a cependant qui
paraissent bien pesantes. Vous pouviez dire, *qui*
sont bien pesantes, et qui font pencher fortement

un côté de la balance: mais ce qu'il y a de vrai, c'est que la balance finit par se relever; quand ce n'est pas dans cette vie, il faut espérer que c'est dans l'éternité! Et quand même le système des compensations ne serait pas tout-à-fait vrai, il faudrait remercier M. Azaïs d'avoir voulu, avec cette règle de proportions, consoler toutes les misères humaines,

M. de La Rochefoucauld, obéissant à l'esprit de son temps, avait fait aussi des portraits, mais en amateur, sans les exposer en public. Mme de Sévigné nous a laissé, à la date du 3 juillet 1675, un passage curieux sur l'un de ces portraits, celui du cardinal de Retz. « le portrait (de Retz) vient de lui; » et ce qui me le fit trouver bon et le montrer au » cardinal, c'est qu'il n'a jamais été fait pour être » vu : c'était un secret que j'ai forcé, par le goût » que je trouvai à des louanges en absence, de la » part d'un homme qui n'est ni intime ami ni flatteur. » Notre cardinal trouva le même plaisir que moi, à » voir que c'était ainsi que la vérité forçait à par- » ler de lui, quand on ne l'aimait guères, et qu'on » croyait qu'il ne le saurait jamais. » Nous pensons qu'on ne nous saura pas mauvais gré de reproduire ici ce portrait, à cause de l'importance que le cardinal de Retz eut au temps de la Fronde, dont il fut un des héros, et à cause de l'amitié que notre auteur avait vouée à ce parent des Sévigné.

Portrait de M. le cardinal de Retz.

PAR M. LE DUC DE LA ROCHEFOUCAULD.

« Paul de Gondi, cardinal de Retz, a beaucoup
» d'élévation, d'étendue d'esprit, et plus d'ostenta-
» tion que de vraie grandeur de courage. Il a une
» mémoire extraordinaire, plus de force que de
» politesse dans ses paroles; l'humeur facile, de la
» docilité et de la faiblesse à souffrir les plaintes
» et les reproches de ses amis; peu de piété, quel-
» ques apparences de religion. Il paraît ambitieux
» sans l'être; la vanité et ceux qui l'ont conduit,
» lui ont fait entreprendre de grandes choses, pres-
» que toutes opposées à sa profession. Il a suscité
» les plus grands désordres de l'Etat, sans avoir un
» dessein formé de s'en prévaloir; et bien loin de
» se déclarer ennemi du cardinal Mazarin pour occu-
» per sa place, il n'a pensé qu'à lui paraître re-
» doutable, et à se flatter de sa fausse vanité de lui
» être opposé. Il a su néanmoins profiter avec ha-
» bileté des malheurs publics pour se faire Cardinal.
» Il a souffert sa prison avec fermeté, et n'a dû sa
» liberté qu'à sa hardiesse. La paresse l'a soutenu
» avec gloire durant plusieurs années dans l'obscu-
» rité d'une vie errante et cachée; il a conservé
» l'Archevêché de Paris contre la puissance du car-
» dinal Mazarin; mais, après la mort de ce ministre,
» il s'en est démis, sans connaître ce qu'il faisait
» et sans prendre cette conjoncture, pour ména-

» ger les intérêts de ses amis et les siens propres.
» Il est entré dans divers conclaves, et sa conduite
» a toujours augmenté sa réputation. Sa pente natu-
» relle est l'oisiveté; il travaille néanmoins avec
» activité dans les affaires qui le pressent, et il se
» repose avec nonchalance, quand elles sont finies.
» Il a une grande présence d'esprit, et il sait
« tellement tourner à son avantage les occasions
» que la fortune lui offre, qu'il semble qu'il les ait
» prévues et désirées. Il aime à raconter, il veut
» éblouir indifféremment tous ceux qui l'écoutent
» par des aventures extraordinaires, et souvent
» son imagination lui fournit plus que sa mémoire.
» Il est faux dans la plupart de ses qualités, et ce
» qui a le plus contribué à sa réputation est de
» savoir donner un beau jour à ses défauts. Il est
» insensible à la haine et à l'amitié, quelques
» soins qu'il ait pris de paraître occupé de l'une
» ou de l'autre. Il est incapable d'envie ou d'ava-
» rice, soit par vertu, soit par inapplication. Il a
» plus emprunté de ses amis, qu'un particulier ne
» pouvait espérer de pouvoir leur rendre; il a senti
» de la vanité à trouver tant de crédit, et à entre-
» prendre de s'acquitter. Il n'a point de goût ni
» de délicatesse; il s'amuse à tout et ne se plait à
» rien; il évite avec adresse de laisser pénétrer
» qu'il n'a qu'une légère connaissance de toutes
» choses. La retraite qu'il vient de faire est la
» plus éclatante et la plus fausse action de sa vie;

» c'est un sacrifice qu'il fait à son orgueil, sous
» prétexte de dévotion; il quitte la cour où il ne
» peut s'attacher, et il s'éloigne du monde qui s'é-
» loigne de lui. » L'histoire devrait, il nous semble,
tâcher de retrouver tous ces portraits faits d'après
nature par des contemporains; ils ont quelque
chose de vivant qu'on ne trouvera jamais dans la
poussière de ces grandes catacombes qu'on appelle
des *archives*. Celui-ci qui passe pour un chef-
d'œuvre quant à la forme, est au fond l'expression
de la vérité. Seulement nous sommes surpris que
Mᵐᵉ de Sévigné n'ait pas protesté contre le passage
où l'on dit que le cardinal est *insensible à l'amitié*,
car il en avait beaucoup pour Mᵐᵉ de Grignan et
Mᵐᵉ de Sévigné en avait beaucoup pour le cardinal.

M. de La Rochefoucauld a eu de l'esprit ailleurs
que dans ses Maximes et ses Portraits : aussi l'on
recherchait sa conversation, on le consultait, on
répétait ses bons mots, et Mᵐᵉ de Sévigné comme les
autres. M. de La Rochefoucauld avait dit, par exemple : « Si Dieu m'eût fait la grâce d'être né Turc, je
» mourrais Turc, » et Mᵐᵉ de Sévigné, faisant allusion à cette phrase qui sent un peu le fagot, écrivait, le 11 décembre 1675, après la lecture de l'historien Josèphe : « Pour la religion des juifs, je le
» disais en lisant leur histoire : si Dieu m'avait fait
» la grâce d'y être née, je m'y trouverais mieux
» qu'en toute autre, hormis la bonne; je la trouve
» magnifique! »   20

M. de La Rochefoucauld disait d'un homme embarrassé, qui ne sait que répondre, « *qu'il mange*
» *des poids chauds.* » L'expression avait plu à son
amie, et elle en a plusieurs fois fait usage; ainsi, en
parlant de l'embarras de St-Aubin, qui aimait une
personne qu'il avait détestée auparavant, elle dit, le
6 octobre 1676 : « Je lui dis des choses admirables
» de sa petite camuson, et je lui demande les che-
» mins qui l'ont conduit de la haine et du mépris
» que nous avons vus à l'estime et à la tendresse
» que nous voyons : il est un peu embarrassé, *il*
» *mange des poids chauds,* comme dit M. de La Ro-
» chefoucauld. » Si nous descendons jusqu'à ces petits
détails, c'est que nous tenons à faire connaître notre
auteur complètement, à ouvrir tous les tiroirs de
son esprit.

Mme de Sévigné perdit M. de La Rochefoucauld
dans l'année 1680; elle lut cette même année, en
mémoire de lui, un livre d'histoire qu'il lui avait fait
acheter, intitulé *la Réunion du Portugal.* » L'histoire
» et le style, dit-elle, sont également estimables. On
» y voit le roi de Portugal (Sébastien), jeune et brave
» prince, se précipiter rapidement à sa mauvaise
» destinée : il périt dans une guerre en Afrique contre
» le fils d'Abdalla. C'est assurément une histoire des
» plus amusantes qu'on puisse lire. » — « Cette his-
» toire, dit-elle plus loin, est écrite en Italien par
» par un gentilhomme génois, nommé Conestage,
» homme de grande réputation; et c'est un ami du

» cardinal d'Estrées et de Mme de La Fayette qui l'a
» traduite. 17 mai 1680. » Nous avons un chapitre
particulier pour l'Histoire; mais on excusera ce défaut de méthode à cause du sentiment qui nous a
porté à anticiper : n'est-il pas pour chacun de nous
certain objet qui n'a de prix principalement que
celui que l'amitié y attache? Ce n'est pas l'esprit qui
classe dans ce cas-là, mais le cœur !

Une autre femme fut plus vivement frappée que
Mme de Sévigné par la mort de M. de La Rochefoucauld : la pauvre Mme de La Fayette en fut inconso-
ble. Qu'on nous permette de ne pas séparer dans la
tombe ceux qui furent unis d'une si constante amitié
durant la vie! On peut juger de leur amitié par ces
paroles de Mme de La Fayette : « Il m'a donné de
» l'esprit; mais j'ai réformé son cœur. » Et si l'on
veut connaître une des sortes d'esprit qu'il lui a donnée, on n'a qu'à lire un passage de la lettre du
26 février 1690 : « Voyez comme Mme de La Fayette
» se trouve riche en amis de tous côtés et de toutes
» conditions; elle a cent bras, elle atteint partout;
» ses enfants savent bien qu'en dire, et la remer-
» cient tous les jours de s'être formé *un esprit si*
» *liant*; c'est une obligation qu'elle a à M. de La
» Rochefoucauld, dont sa famille s'est bien trouvée. »
L'autre famille, *Zaïde* et compagnie, s'en est bien
trouvée aussi, comme nous allons le voir.

Mme de La Fayette fit d'abord *Zaïde*, avec le

secours de Segrais et de Huet, l'évêque d'Avranches.
Ce roman fut publié sous le nom de Segrais, et Huet
écrivit, pour lui donner plus de valeur, un savant
traité *sur l'origine des Romans*, sous la forme d'une
lettre adressée à Segrais, et qui fut imprimée en
tête de *Zaïde* : « Nous avons marié nos enfants, di-
» sait Mme de La Fayette à l'évêque d'Avranches. »

Ce petit livre fit du bruit; mais quand la *Princesse de Clèves* parut, dix ans après, ce fut bien
autre chose. Mme de Sévigné en parle la première fois
indirectement, par association d'idées, comme c'était
souvent son habitude. Elle apprend au comte de
Bussy la mort prématurée de Mme de Seignelai, morte
à dix-huit ans, et cela lui rappelle que la *Princesse
de Clèves* n'a guère vécu plus longtemps : « 18 mars
» 1678. La *Princesse de Clèves* n'a guère vécu
» plus longtemps; elle ne sera pas sitôt oubliée.
» C'est un petit livre que Barbin nous a donné de-
» puis deux jours, qui me paraît une des plus char-
» mantes choses que j'aie jamais vues. Je crois que
» ma nièce la chanoinesse vous l'enverra bientôt. »

Bussy répondit quatre jours après : « La chanoi-
» nesse de Rabutin ne m'a rien mandé de la *Prin-
» cesse de Clèves*; mais, cet hiver, un de mes amis
» m'écrivit que M. de La Rochefoucauld et Mme de
» La Fayette nous allaient donner quelque chose de
» fort joli, et je vois bien à présent que c'était la

» *Princesse dè Clèves* dont il voulait parler. Je mande
» qu'on me l'envoie; et je vous en dirai mon avis,
» quand je l'aurai lue, avec autant de désintéresse-
» ment que si je n'en connaissais pas les pères. »
Nous avons déjà entendu Mme de Sévigné parler au
pluriel, à propos de l'auteur des *Maximes*; et voici
que Bussy pluralise aussi l'auteur de la *Princesse de
Clèves*. Il ne faudrait pas s'imaginer pourtant qu'il y
ait eu collaboration : les *Maximes* égoïstes sont bien
de M. de La Rochefoucauld; la sage *Princesse de
Clèves* est bien de Mme de La Fayette; la collaboration se réduisait à des conseils acceptés dans l'esprit que recommande Boileau.

Le 29 juin 1679, Bussy rendit compte de ses
impressions à Mme de Sévigné. Il a trouvé la première
partie de la *Princesse de Clèves* admirable; la seconde ne lui a pas paru de même. L'aveu de Mme de
Clèves à son mari est extravagant : une femme dit
rarement à son mari qu'elle est aimée, mais elle ne
dit jamais qu'elle en aime un autre. Bussy n'admet
pas non plus une passion qui soit dans un cœur
longtemps de la même force que la vertu; et ici il
juge trop d'après lui. Il blâme encore l'auteur
d'avoir fait ses personnages se parler à eux-mêmes;
car on ne peut savoir dans ce cas-là ce qu'ils ont
dit, à moins qu'ils n'aient pris la peine de l'écrire
immédiatement. Cependant il trouve que tout est
aussi bien conté dans le second tome, et que les

expressions en sont aussi belles que dans le premier.

Mme de Sévigné est revenue plus d'une fois, dans
sa correspondance, à la *Princesse de Clèves*. Elle la
fait lire à des abbés et à des prélats, à Livry, pendant
les jours gras de l'année 1680. Ailleurs elle se plaint
de ce chien de Barbin, qui la hait, parce qu'elle ne
fait pas des *Princesses de Clèves* et *de Montpensier*. Là,
c'est un M. de La Trousse qui, en lui montrant ses
belles jambes, la fait souvenir de celles du duc de
Nemours, aimé de Mme de Clèves, un peu à cause de
cela. Mais contons cette histoire de La Trousse. Il
avait été de la dernière promotion du Cordon-Bleu;
or il fallait se présenter à la cérémonie en habit de
page. La Trousse avait eu un succès complet sous
cet habit, et Mme de Sévigné l'avait prié par curiosité de le prendre devant elle. Alors elle écrit, encore sous l'impression : « Cet habit de page est fort
» joli; je ne m'étonne point que Mme de Clèves aimât
» M. de Nemours avec ses belles jambes. » Heureusement qu'il avait d'autres qualités, ou plutôt malheureusement; car il est fort triste pour une femme
d'aimer un autre que son mari; encore plus triste
d'aller le confesser à son mari, et encore plus triste
de mourir d'amour à l'âge de dix-huit ans : ceci soit
dit sans esprit de critique contre un ouvrage qui
jouit toujours de sa réputation.

Mme de La Fayette correspondait avec Mme de

Sévigné, mais peu; elle n'aimait pas à écrire, pas plus que M. de La Rochefoucauld. Ce qui nous reste d'elle, en fait de correspondance, annonce une femme de sens mais un peu froide, un esprit fin mais un peu raide. Sa principale gloire est dans le roman et dans la conversion de M. de La Rochefoucauld. Puissent toutes les femmes qui se dévouent à un homme supérieur, — et cela n'est pas rare, — puissent-elles, dis-je, pouvoir se rendre le même témoignage d'avoir reçu du côté de l'esprit et d'avoir donné, donné beaucoup du côté du cœur!

CHAPITRE XIX.

DES HISTORIENS.

Ce que Mme de Sévigné admirait dans Tacite. — Le jésuite Maimbourg. — L'histoire des Juifs. — Mme de Sévigné lit beaucoup
de livres d'histoire aux Rochers. — L'histoire des grands
Vizirs. — Les mémoires de M. de Pontis. — Anne Comnène.
— Lucien. — Les Commentaires de César. — Mme de Sévigné
historien. — La vie du pape Sixte-Quint. — Celle du duc
d'Epernon. — Comparaisons historiques. — Mézerai et le
cardinal de Retz.

La matière est abondante ici, car l'histoire était
la passion de Mme de Sévigné, elle y revenait toujours. Tacite ouvre la marche : elle le recommande
à sa fille le 28 juin 1671, après leur première
séparation; elles le lisaient déjà ensemble auparavant : « Pour Tacite, vous savez comme j'en étais
» charmée ici pendant nos lectures, et comme je

» vous interrompais souvent pour vous faire enten-
» dre des périodes où je trouvais de l'harmonie.
» Mais vous demeurez à la moitié, je vous gronde;
» vous ferez tort à la majesté du sujet. Il faut
» vous dire comme ce prélat disait à la reine-mère,
» *ceci est histoire*, vous savez le conte. Je ne vous
» pardonne ce manque de courage que pour les
» romans que vous n'aimez pas. » C'est probablement de ces lectures faites en commun que parle
Corbinelli, quand il dit à Bussy que Mme de Sévigné, Mme de Grignan et lui, ont lu Tacite tout l'hiver et qu'ils le traduisaient très-bien.

Mme de Grignan privée du secours de Corbinelli et de sa mère n'entendait pas facilement Tacite;
d'ailleurs elle n'aimait pas beaucoup l'histoire:
aussi se faisait-elle prier pour l'achever. Sa mère
revint à la charge le 8 juillet suivant: « Auriez-
» vous été assez cruelle pour laisser Germanicus
» au milieu de ses conquêtes et dans les marais
» d'Allemagne, sans lui donner la main pour l'en
» tirer! Ne voulez-vous pas le conduire au moins
» jusqu'au festin où il fut empoisonné par Pison
» et par sa femme? Je le trouve trop sage et trop
» politique; il craint trop Tibère. Je vois des
» héros qui ne sont pas si prudents, et dont
» les grands succès font approuver la témérité. »
A qui fait-elle allusion par ces paroles? serait-ce
à Julien, qui moins désintéressé que Germanicus,

accepta l'empire que ses troupes lui offraient?
Nous ne savons; mais nous la trouvons un peu
téméraire elle-même: la révolte ou l'insurrection
même contre les mauvais princes est chose grave,
qui ne doit pas être érigée en principe, et dont
il faut laisser le soin à la Providence.

On a dit que Mme de Sévigné n'admirait dans
Tacite que ses périodes; le second passage que
nous venons de citer, prouve qu'elle s'intéressait
aussi aux faits et aux personnages. Cependant
l'harmonie du style la charmait avant tout. Un jour
elle fait l'éloge des lettres de sa fille, et elle trouve
qu'il lui échappe des périodes comme dans Tacite.
Une autre fois elle fait une longue phrase au
sujet de l'évêque de Marseille qu'elle travaillait à
réconcilier avec M. de Grignan, et elle dit:
» Voila une lettre que j'ai reçue de M. de Mar-
» seille; je crois que ma réponse sera de votre
» goût, puisque vous la voulez franche et sincère,
» et conforme à cette amitié que vous vous êtes
» jurée, dont la dissimulation est le lien et votre
» intérêt le fondement : cette période est de Tacite.
» 8 avril 1671. » Mme de Sévigné était une des
meilleures musiciennes de son temps; nous ne
devons pas être surpris de l'importance qu'elle
attache à l'harmonie. Mais est-ce la qualité la plus
saillante de Tacite? Il y a une vertu de style
prédominante dans chacun des grands écrivains :

on dira éternellement la véhémence de Démos-
thènes, la force de Corneille, la richesse de Buffon :
quant à Tacite, on dira, il nous semble, *l'énergie*
plutôt que l'harmonie.

Voici maintenant une autre histoire, dont le
fond seul l'intéresse, et dont elle déteste le style,
l'Histoire des Croisades par le jésuite Maimbourg.
Son style, dit-elle, sent l'auteur qui a ramassé le
délicat des mauvaises ruelles. Pendant qu'elle est à
Vichy, en 1677, nous la voyons s'impatienter
contre lui et le traiter d'impertinent. On n'en
sera pas surpris quand on saura que le père
Maimbourg ne prenait jamais la plume sans avoir
échauffé son imagination par le vin ; et, lorsqu'il
avait à décrire une bataille, il buvait deux bou-
teilles au lieu d'une, de peur que l'image des
combats ne le fît tomber en faiblesse. Il fut
chassé de l'ordre des Jésuites par le pape Innocent
XI, pour avoir écrit contre la cour de Rome en
faveur du clergé de France ; mais il s'agit ici de
son *Histoire des Croisades*. Le merveilleux de ces
guerres lointaines captivait l'imagination de Mme de
Sévigné ; ce berceau oriental de la noblesse française, tout près du berceau du Christ flattait son
amour-propre : « L'histoire des Croisades est très-
» belle, dit-elle, surtout pour ceux qui ont lu le
» Tasse, et qui revoient leurs vieux amis en prose
» et en histoire » .... Et ailleurs à sa fille, si vous

» prenez les croisades, vous y verrez deux de vos
» grand'pères et pas un de la grande maison de
» V..... » Ces deux grand'pères de M. de Grignan
étaient un Aimar de Monteil et un Castellane, qui
sont des héros des croisades. Elle nous donne des
détails sur ces deux personnages dans une lettre du
6 novembre 1675, adressée à M. de Grignan; elle
les lui propose comme modèles non pas d'héroïsme
guerrier, mais de bonté conjugale : « M. le
» Comte, je suis ravie qu'*Elle* (sa femme) soit
» contente de vous.... je vous conjure de continuer;
» vous n'y sauriez manquer sans faire tort au sang
» des Adhémar. J'en vois un dans les Croisades
» qui était un grandissime seigneur, il y a six
» cents ans; il était aimé comme vous; il n'aurait
» jamais voulu donner un moment de chagrin à
» une femme comme la vôtre. Sa mort mit en deuil
» une armée de trois cent mille hommes et fit
pleurer tous les princes chrétiens. Je vois aussi
» un Castellane; mais celui-ci n'est pas si ancien,
» il est *moderne;* il n'y a que cinq cent vingt ans
» qu'il faisait une très-grande figure. Je vous con-
» jure donc par ces deux grand'pères qui sont mes
» amis particuliers, de vous abandonner à la con-
» duite de votre femme. » Plus d'une belle-mère a
gâté des ménages, en tenant ce langage; mais elle
parle de conduite politique, et les grandes dames
de ce temps-là s'y entendaient. Malgré ses satisfactions aristocratiques elle pousse souvent des

exclamations de dépit, à cause du style de l'auteur, et elle est sûre que sa fille, à certains endroits, *jettera le livre par la place et maudira le Jésuite*. Mais comment se fait-il qu'elle ne parle point de la longueur de ses phrases; car le médecin des *Lettres persannes* recommande la lecture de Maimbourg, comme un remède contre l'asthme, en ne s'arrêtant qu'à la fin de chaque période.

L'*Histoire des Juifs* par Josèphe était encore une de ses grandes lectures; l'amitié entrait bien pour quelque chose dans l'intérêt qu'elle y prenait, car elle lisait la traduction du bonhomme d'Andilly, le père de M. de Pomponne; et le style *de ces messieurs* était toujours divin. Mais Mᵐᵉ de Grignan, qui n'avait pas les mêmes raisons, restait au milieu de Josèphe, comme c'était son habitude, sans pouvoir l'achever. Pour l'engager, Mᵐᵉ de Sévigné lui montre la patience qu'elle a avec son jésuite : « Ce serait » une honte dont vous ne pourriez pas vous laver, de » ne pas finir Josèphe. Hélas! si vous saviez ce que » j'achève et ce que je souffre du style du jésuite, » vous vous trouveriez bien heureuse d'avoir à finir » un si beau livre. 3 novembre 1675. » Ces encouragements ont ranimé un peu Mᵐᵉ de Grignan, et, quelques jours après, sa mère s'écrie : « Je suis ra- » vie que vous aimiez Josèphe, et Hérode et Aristo- » bule; continuez, je vous prie. Voyez les siéges de » Jérusalem et de Jotapat; prenez courage, tout est

» beau, tout est grand ; cette lecture est magnifique
» et digne de vous ; ne la quittez pas sans rime ni
» raison. Pour moi, je suis dans l'histoire de France,
» les croisades m'y ont jetée ; elles ne sont pas com-
» parables à la dernière des feuilles de Josèphe. Ah !
» que l'on pleure Aristobule et Mariamne ! » L'histoire de Mariamne surtout est bien touchante : elle
était l'épouse d'Hérode le Grand, qui l'aimait éper-
dûment ; cependant, dans un accès de jalousie, il la
fit mettre à mort sur de faux soupçons (30 ans av. J.-C.).
A peine l'ordre était-il exécuté qu'il tomba dans un
sombre désespoir, et que, perdant sa raison dans
certains moments, il envoyait ses serviteurs chercher
la reine, et il croyait encore la voir et l'entendre.
Voltaire a traité ce sujet ainsi que plusieurs autres
poëtes. Mariamne avait eu deux fils, Hircan et Aristobule ; ce dernier, d'abord l'ami des Romains, se
brouilla avec eux ; Pompée le vainquit, le prit et
l'envoya à Rome où il mourut en prison.

Mme de Sévigné était aux Rochers, à la fin de
cette année 1675, et c'est là qu'elle lisait le plus ;
elle avait même plusieurs lectures à la fois : « Le
» matin, dit-elle, je lis l'histoire de France. L'après-
» dîner, un petit livre dans les bois, comme... les
» *Essais*, la *Vie de saint Thomas de Cantorbéry*, que
» je trouve admirable, ou les *Iconoclastes* (de Maim-
» bourg), et le soir, tout ce qu'il y a de plus grosse
» impression. Je n'ai point d'autre règle. »

Pour ses lectures du soir, c'était surtout l'*Histoire de la prison et de la liberté* du prince de Condé qui obtenait la préférence : « On y parle sans cesse, » dit-elle, de notre cardinal (de Retz) ; il me semble » que je n'ai que dix-huit ans ; je me souviens de tout » cela ; cela divertit fort. Je suis plus charmée de la » grosseur des caractères que de la beauté du style. » Cette histoire était l'œuvre d'un frondeur, nommé Claude Joly. Son neveu, Guy Joly, a laissé des *Mémoires historiques* (de 1648 à 1665) qui sont en quelque sorte la contre-partie de ceux du cardinal de Retz : il avait d'abord été le secrétaire et le conseiller du cardinal ; mais il avait fini par se brouiller avec lui, et s'était attaché ensuite au parti de la cour.

Mme de Sévigné aimait aussi à chercher dans les *manuscrits* les souvenirs de la Fronde, de ce temps de sa jeunesse : « La princesse de Tarente et moi, » dit-elle, nous ravaudions l'autre jour dans des pape- » rasses de feue Mme de La Trémouille ; il y a mille » vers ; nous trouvâmes une infinité de portraits, » entre autres celui que Mme de La Fayette fit de moi » sous le nom d'une inconnue. Il vaut cent fois mieux » que moi ; mais ceux qui m'eussent aimée, il y a seize » ans, l'eussent pu trouver ressemblant. » Mme de La Fayette avait inauguré par ce portrait son règne de bel-esprit, au commencement de l'année 1660.

Non-seulement Mme de Sévigné lisait beaucoup,

quand elle était aux Rochers, mais elle lisait très
vite, ce qui ne serait pas un mérite pour tous les
lecteurs : « On est étonné, dit Walckenaer, de lui
» voir lire en quatre jours l'in-folio de l'académicien
» Paul Hay du Chastelet, contenant la vie de Bertrand
» du Guesclin ; mais tout ce qui concernait l'histoire
» de Bretagne, avait pour elle un intérêt de famille. »
Nous en doutons ; bien des passages de ses lettres
n'annoncent pas une grande sympathie pour les
Bretons, qui l'aiment un peu moins depuis qu'ils
ont découvert cela. Ce qu'il y a de certain, c'est
qu'elle préférait l'histoire de France à l'histoire romaine, où elle n'avait, disait-elle, *ni parents ni amis.*
3 novembre 1675.

Sa vie est si bien remplie aux Rochers, qu'elle
ne s'ennuie pas au fond de cette campagne. Quoiqu'on la plaigne à Paris et que l'on croie qu'elle est
au coin de son feu, à mourir d'ennui· et à ne pas
voir le jour, elle se fait tant d'affaires avec ses lectures qu'elle n'a pas le temps de se tourner : « D'ail-
» leurs, ajoute-t-elle, je me promène, je m'amuse ;
» ces bois n'ont rien d'affreux ; ce n'est pas d'être
» ici ou de n'être pas à Paris *qu'il faut me plain-*
» *dre.* » Vous comprenez, n'est-ce pas, Mme de Grignan ? Mais pourquoi « ne voulez-vous point achever
» Joséphe ? »

Nous avons déjà vu bien des ouvrages, peut-être plus que nous n'en avons lu et que nous n'en lirons, vous et moi, lecteur; mais nous ne sommes pas au bout. Cette dévoreuse d'histoire, dans le courant de l'année 1676, lisait une *Histoire des grands vizirs*, de Chassepol, qui eut dans le temps beaucoup de succès. Elle aime surtout le dernier grand vizir, Achmet Coprogli, homme si parfait, qu'elle ne voit aucun chrétien qui le surpasse : « Si vous trouvez, » dit-elle, un plus honnête homme parmi ceux qui » sont baptisés, vous vous en prendrez à moi. » Le père d'Achmet, Mahomet Coprogli, avait été cruel : aussi engage-t-elle Mme de Grignan à aller jusqu'au fils, sans se laisser dégoûter *par les têtes coupées qui sont sur la table*. Ce livre lui plaisait encore, parce qu'elle y trouvait des détails dignes d'admiration et qui n'étaient pas connus sur la valeur du roi de Pologne, Jean Sobieski. Elle envoya cette histoire à sa fille par un petit prêtre qui s'en allait à Aix.

Elle lisait la même année, à Livry, avec le père Prieur, *les mémoires* d'un monsieur de Pontis : « Je lis avec le père Prieur, et je suis attachée à » des mémoires d'un monsieur de Pontis, provençal, » qui est mort depuis six ans à Port-Royal, à plus » de quatre-vingts ans. Il conte sa vie et le temps » de Louis XIII, avec tant de vérité et de naïveté » et de bons sens, que je ne puis m'en tirer. M. le » Prince l'a lu d'un bout à l'autre avec le même » appétit. Ce livre a bien des approbateurs; il y en

» a d'autres qui ne peuvent le souffrir : il faut ou
» l'aimer ou le haïr, il n'y a point de milieu; je
» ne voudrais pas jurer que vous l'aimassiez. » De
Pontis avait passé cinquante-six ans dans les armées
et ses mémoires furent rédigés d'après ses conversations par le janséniste Du Fossé. Ils sont estimés,
mais suspects, quand il parle de Richelieu dont il
avait eu à se plaindre.

Mme de Sévigné écrit l'année suivante, le 18 août
1677, de Villeneuve-le-Roi : « Nous lisons une *His-*
» *toire des Empereurs d'Orient*, écrite par une
» princesse, fille de l'empereur Alexis (la princesse
» Anne Comnène qui vivait au commencement du
» XIIe siècle). Cette histoire est divertissante; mais
» c'est sans préjudice de *Lucien* que je continue :
» je n'en avais jamais vu que trois ou quatre pièces
» célèbres; les autres sont aussi belles. » Elle avait
déjà dit deux mois auparavant : « Je relis par hasard
» *Lucien*; en peut-on lire un autre? » Et elle le
connaissait depuis longtemps; car nous la voyons,
le 6 septembre 1671, faire allusion à ce passage
où Caron, fatigué des plaintes et des regrets fan-
tastiques de tous ceux qui entrent dans sa barque,
finit par s'écrier : « Dieux, qu'est-ce des pauvres
» mortels! rois, lingots, sacrifices, combats..... et
» de Caron, pas un mot! » De même Mme de Sévigné
nous raconte tout ce qu'elle a fait aux Etats de
Bretagne : « J'ai fait un député, un pensionnaire;

» j'ai parlé pour des misérables, et de Caron pas
» un mot. » Ce qui veut dire qu'elle n'avait rien
demandé pour elle, pour sa tour de Sévigné qui
était située dans la petite ville de Vitré où se tenaient
les États.

Nous avons déjà cité *Lucien* au chapitre de la
théologie ou de la philosophie; nous le citons à
présent au chapitre de l'histoire, est-ce là sa place?
sa place est partout; car on y trouve de tout. On y
trouve de la théologie, quand il se moque des Dieux,
— de la philosophie, quand il raille les philosophes,
— de l'histoire, quand il rapetisse les héros. Mais
prenez garde à cette lecture-là, jeunes gens! *Lucien*
peut donner un esprit frondeur; il peut tarir la source
de l'admiration. Car vous avez bien vu ce qu'il fait
des grands hommes sans respect aucun pour leurs
vertus : Alexandre et César réduits à la dimension
de Polichinelle, avec une figure aussi grotesque!
Jupiter et les autres dieux livrés à la risée de leurs
anciens adorateurs! les grands hommes, et les dieux
joués, bafoués par un cynique impitoyable, *par ce
chien de Ménippe!* — Oui, *Lucien* fait rire, mais c'est
un rire dangereux; il est un rire dont on peut
mourir! témoin ceux que le *Lucien* moderne a si
bien fait rire aux dépens de Jeanne d'Arc et de
Jésus-Christ. Au reste, Mᵐᵉ de Sévigné ne prenait
dans *Lucien* que le dessus des paniers; elle laissait
le scepticisme qui fermentait au fond.

Nous aimons mieux la rencontrer pourtant dans la société du père Rapin, du père Bouhours et du grand Théodose, ce sont gens plus sérieux. Ce père Rapin, qu'il ne faut pas confondre avec un des auteurs de la satire Ménippée, est un poëte français-latin; le père Bouhours est un critique malin que nous connaissons déjà. Mme de Sévigné, écrivant au comte de Bussy, le 29 mai 1679, dit du premier : « Il a » fait un discours sur l'histoire et sur la manière de » l'écrire, qui m'a paru admirable. » Elle dit du second : « Le père Bouhours était avec lui; l'esprit » lui sort de tous côtés. » Puis elle demande à Bussy tout à coup, sans transition, s'il a lu *la vie du grand Théodose* par Fléchier : elle la recommandait, comme on le voit, à tout le monde.

Nous faisons comme Mme de Sévigné; nous allons de droite, de gauche, en avant, en arrière; nous enfourchons les siècles; nous mêlons les âges : il le faut bien, puisque nous la suivons; d'ailleurs cela a bien son charme! Nous remontons donc de Théodose à César. Qui n'a pas lu les *Commentaires* de César? Deux personnes, à ce qu'il paraît, savoir le fils de Grignan, son ignare petit-fils, et un monsieur qu'on ne nomme pas, qui prenait les *Commentaires* pour des troupes, et qui faisait charger les Gaulois par César *à la tête de ses Commentaires*. Mme de Sévigné nous apprend ces deux nouvelles tristes et plaisantes du même coup, dans une lettre du 24 janvier 1689 ; nous savions déjà que son petit-fils ne savait pas grand'chose, ce qui ne l'a pas empêché, dit-on, dans ce temps-là, de devenir un bon militaire. Voici ce qu'elle écrivait à Mme de Grignan : » Votre fils fut hier soir au bal chez M. de » Chartres; il était fort joli ! — Il aurait mieux fallu » qu'il fût fort instruit. — Il vous mandera ses » prospérités. Il ne faut point au reste que vous » comptiez sur ses lectures; il nous avoua hier tout » bonnement qu'il en est incapable présentement. » Sa jeunesse lui fait du bruit, il n'entend pas. Nous » sommes affligés qu'au moins il n'en ait point » d'envie. Nous voudrions que ce ne fût que le » temps qui lui manquât; mais c'est la volonté. Sa » sincérité nous empêche de le gronder; je ne sais » ce que nous ne lui dîmes point, le chevalier et » moi et Corbinelli, qui s'en échauffe : mais il ne faut » point le fatiguer ni le contraindre; cela viendra, » ma chère bonne; il est impossible qu'avec autant » d'esprit et de bon sens, aimant la guerre, il n'ait » point envie de savoir ce qu'ont fait les grands » hommes du temps passé, et *César à la tête de ses* » *Commentaires !* »

L'association des idées nous rappelle ici un souvenir du 6 mai 1680, qui prouve qu'elle savait aussi son Plutarque. Tout le monde connaît le mot de Pompée prêt à faire la guerre à César : « Je » n'aurai qu'à frapper la terre du pied, il en sortira

» des légions. » Mme de Sévigné s'en fait une application à elle-même : « Je vous avouerai, dit-elle,
» que j'ai grand besoin de vous tous; je ne connais
» plus ni la musique, ni les plaisirs; *j'ai beau frapper*
» *du pied*, rien ne sort qu'une vie triste et unie,
» tantôt à ce triste faubourg, tantôt avec les sages
» veuves. »

Ce n'est pas son petit-fils qui aurait trouvé
cette jolie allusion : il n'y a pas eu d'année, de
mois, de jour, je crois, qu'elle ne l'ait houspillé pour
le faire lire; ce serait fatigant d'entrer dans toutes
ces répétitions. Cependant nous ne pouvons nous
dispenser de citer encore un passage, à cause de
son importance; on y va voir Mme de Sévigné écrire
elle-même l'histoire de son temps. Ce passage peut
se diviser en trois parties. Dans la première partie,
elle rapporte ce qu'elle a lu : « La vie de saint Louis
» m'a jetée dans la lecture de Mézerai, j'ai voulu
» voir les derniers rois de la seconde race; et je
» veux joindre Philippe de Valois et le roi Jean :
» c'est un endroit admirable de l'histoire, et dont
» l'abbé de Choisi a fait un livre qui se laisse fort
» bien lire. » La deuxième partie contient la triste
répétition relativement à son petit-fils : « Nous tâchons
» de cogner dans la tête de votre fils l'envie de
» connaître un peu ce qui s'est passé avant lui;
» cela viendra! » Non, cela ne viendra pas! c'est
ce que vous dites toujours, parents faibles; et cela

n'est jamais venu; et savez-vous pourquoi? Parce
que, en fait d'éducation, ce qui commence mal,
finit mal. — La troisième partie enfin nous montre
Mme de Sévigné comme historien, on dirait plutôt
de nos jours, comme homme d'Etat : « Il y a bien
» des sujets de réflexion à considérer ce qui se passe
» présentement. Vous allez voir, par la nouvelle
» d'aujourd'hui, comme le roi d'Angleterre (Jac-
» ques II) s'est sauvé de Londres, apparemment
» par la bonne volonté du prince d'Orange. Les
» politiques raisonnent et demandent s'il est plus
» avantageux à ce roi d'être en France : l'un dit
» *oui*, car il est en sûreté, et il ne courra pas le
» risque de rendre sa femme et son fils, et d'avoir
» la tête coupée. L'autre dit *non*, car il laisse le
» prince d'Orange protecteur et adoré, dès qu'il
» arrive naturellement et sans crime. Ce qui est
» vrai, c'est que la guerre nous sera bientôt déclarée
» et que peut-être même nous la déclarerons les
» premiers. Si nous pouvions faire la paix en Italie
» et en Allemagne, nous vaquerions à cette guerre
» anglaise et hollandaise avec plus d'attention; il
» faut l'espérer, car ce serait de trop d'avoir des
» ennemis de tous côtés. Voyez un peu où me porte
» le libertinage de ma plume; mais vous jugez bien
» que les conversations sont pleines de ces grands
» événements..» Plût à Dieu que l'histoire eût eu
toujours de pareils interprètes des conversations
relatives aux évènements politiques, elle aurait eu

des matériaux bien préparés, et la mise en œuvre n'aurait plus été difficile ; c'est un *libertinage* dont elle se plaindrait moins que de la dissimulation de Tibère. Nous n'avons pu nous arrêter jusqu'ici pour dire le nom de celui qui a fait *la vie de saint Louis* : il s'appelait La Chaise. Mme de Sévigné apprit sa mort à Mme de Grignan, le 25 octobre 1688 : « Ma fille, » on meurt ici plus qu'à Philipsbourg. Le pauvre » La Chaise, qui vous aimait tant, qui avait tant » d'esprit, qui en avait mis tant dans *la vie de saint* » *Louis,* est mort à la campagne d'une petite fièvre. » Voilà une oraison funèbre en trois mots, mais ils sont bien sentis !

En fait *de Vies,* Mme de Sévigné a lu encore *la vie* d'Origène, qu'elle trouve *divine, la vie* du cardinal Commendon *qui lui tient très-bonne compagnie,* et *la vie* du pape Sixte-Quint, dont nous voulons dire un mot. C'était en 1680 : le Pape avait condamné soixante-cinq propositions du livre de Jansénius ; puis il avait écrit une lettre foudroyante, que Mme de Sévigné s'empressa d'envoyer à sa fille : or cela lui rappelle le pape Sixte-Quint, l'incarnation de l'énergie, et elle souhaite que Mme de Grignan lise sa vie quelque jour : « J'ai encore » dans la tête, dit-elle, le pape Sixte-Quint. Je » voudrais bien que quelque jour vous voulussiez » lire cette vie, je crois qu'elle vous arrêterait. » Cette Vie a été écrite par Grégorio Leti, auteur si célèbre de son temps que Louis XIV voulait, s'il consentait à se faire catholique, se l'attacher en qualité d'historiographe ; que l'Angleterre le disputa au roi de France ; que la Hollande négocia pour l'enlever à l'Angleterre ; que la duchesse de Savoie, alors régente, chercha à le fixer dans ses Etats ; et que la République de Génève lui concéda gratuitement le droit de bourgeoisie, faveur qui n'avait été accordée à personne avant lui. Walckenaer l'appelle le père du style *romantique* et il entend par là un style *extravagamment figuré*. Grégorio Leti a écrit dans ce style plus de cent volumes dont quelques-uns forment d'épais in-quarto. Nous devions bien, n'est-ce pas, cette petite mention au père du romantisme ?

Encore *une vie*, celle du duc d'Epernon qui tient presque un siècle (1554—1642). Ce mignon d'Henri III fut un des derniers à reconnaître Henri IV. Il reçut de ce prince le gouvernement de la Provence, et le conserva jusqu'au ministère de Richelieu, qui le fit disgracier : ce ministre, comme on sait, réprimait l'indépendance des gouverneurs de province au profit de l'autorité royale. Mᵐᵉ de Sévigné, dont la fille et le gendre étaient mécontents de rester éloignés de la cour, dans la même province, qu'ils regardaient comme un lieu d'exil, leur montre, à propos de *la vie* du duc d'Epernon, le regret qu'il eut de quitter ce beau pays, et la

joie de M. de Guise, quand il en fut nommé le
gouverneur : « 15 juin 1689. Quand je lis, dans
» la vie de ce vieux duc d'Epernon, quelle douleur
» il eut d'être forcé à quitter son beau gouverne-
» ment de Provence, toutes ces belles villes, dit
» l'historien, si grandes, si considérables; combien
» M. de Guise s'en trouva honoré et content; quelle
» marque ce fut de sa paix sincère avec le roi;
» quelle joie il avait d'y être aimé et honoré; je
» comprends que Dieu vous ayant donné la même
» place avec tous les agréments, toutes les distinc-
» tions, et les marques de confiance que vous avez
» encore; en vérité il n'y aurait pas de raison ni
» de sincérité à trouver que c'est la plus ridicule et
» la plus désagréable chose du monde.

Devons-nous enregistrer les autres livres d'histoire que Mᵐᵉ de Sévigné a lus et dont elle n'a dit
qu'un mot? Cela pourrait ressembler par trop à un
catalogue. Nous indiquerions *L'Histoire de la décou-
verte de l'Amérique par Christophe-Colomb*, qui la
divertit au dernier point; ensuite *l'Histoire générale
des Indes* de l'espagnol Herrera, qui lui fait désirer
d'entretenir un homme des Indes qui est en Provence et dont sa fille lui a parlé; puis *la relation
de la mort de Turenne* par le marquis de Feuquières.
L'auteur l'avait adressée à Mᵐᵉ de Vins pour M. de
Pomponne, qui la trouva meilleure et plus exacte
que celle du roi. Mᵐᵉ de Sévigné la considère

comme la plus belle et la meilleure qu'on ait eue depuis la mort du héros. Ce marquis de Feuquières était petit-fils d'Anne Arnauld ; il n'est pas surprenant alors qu'il sût écrire : « Il a, dit-elle, un » petit coin d'Arnáuld dans sa tête qui le fait mieux » écrire que les autres courtisans. » Ce marquis de Feuquières a laissé en outre *des mémoires sur la guerre*.

Si nous voulions citer aussi toutes les allusions que Mme de Sévigné a empruntées à l'histoire, nous n'en finirions pas non plus ; contentons-nous de quelques-unes. Elle compare l'âme de sa fille à celle de Régulus, qu'elle appelle *chose*, à la manière de ceux qui ne se rappellent pas tout de suite le nom qu'ils cherchent : « Je ne vous ai » pas répondu sur votre belle âme.... de bonne » foi vous l'avez fort belle. Ce n'est pas de ces » âmes de premier ordre, comme *chose,* ce romain » qui retourna chez les Carthaginois pour tenir » sa parole, sachant bien qu'il y serait mis à mort. » 15 janvier 1672. »

Le 22 janvier suivant, elle raconte une anecdote relative à M. de Montausier ; et comme c'est là qu'elle excelle surtout, nous allons la placer ici ; l'allusion viendra au bout : « M. de Montausier demanda » une petite abbaye à Sa Majesté pour un de ses amis ; » il en fut refusé et sortit fâché de chez le roi, en

» disant : Il n'y a que les ministres et les maîtresses
» qui aient du pouvoir en ce pays. Ces paroles n'é-
» taient pas très bien choisies; le roi les sut. Il fit
» appeler M. de Montausier, lui reprocha avec dou-
» ceur son emportement, le fit souvenir du peu de
» sujet qu'il avait de se plaindre de lui; et le lende-
» main il fit Mme de Crussol (fille de M. de Montau-
» sier) dame du palais : je vous dis que voilà des
» conduites de Titus! »

Le mariage du prince de Conti avec Mlle de Blois,
fille légitimée du roi, avait rendu le prince si heureux
qu'on racontait des merveilles de sa générosité, et
qu'il jetait l'argent héroïquement. Mme de Sévigné le
compare en cette occasion à trois personnages historiques à la fois : à Henri IV, à Bayard et à Sylla :
« Il a des *bontés* de Henri IV, des *procédés* du Che-
« valier Bayard et des *justices* de Sylla. »

Plus tard, en 1688, la conduite de Marie Stuart,
fille de Jacques II et femme du prince d'Orange,
allant prendre possession avec son mari du trône
d'Angleterre, dont elle précipitait son père, rappelle
à notre auteur la fille de Tarquin, et elle s'écrie
avec indignation : « C'est une Tullie! ah! elle passe-
» rait bravement sur le corps de son père! »

Nous allons terminer ce chapitre en revenant à
deux historiens, que nous avons nommés seulement

en passant, Mézerai et le cardinal de Retz. Mme de Sévigné lisait-elle la *grande Histoire* ou l'*Abrégé* de Mézerai? Approuvait-elle l'indépendance de l'historiographe à qui Colbert supprimait une pension de quatre mille livres pour ses jugements sévères? Aimait-elle son style nerveux, mais incorrect? Nous n'avons pas trouvé de réponses à ces questions, et nous en sommes fâché, car Mézerai est dans l'histoire ce que Malherbe est dans la poésie. Les *Mémoires* du Cardinal de Retz l'auraient bien attachée; mais ils n'ont été publiés qu'en 1717 pour la première fois. On lui doit quelque reconnaissance pour cet ouvrage; car elle l'a poussé à écrire son histoire, et elle a engagé sa fille, que le cardinal appelait *ma chère nièce*, à se joindre à elle pour tâcher de l'obtenir : « Quand je vous ai proposé, dit-elle, de lui » conseiller de s'amuser à écrire son histoire, c'est » qu'on m'avait dit de le lui conseiller de mon côté, » et que tous ses amis ont voulu être soutenus, afin » qu'il parût que tous ceux qui l'aiment sont dans » les mêmes sentiments. » Généralement les amis d'un auteur pourraient revendiquer une part de ses succès et de sa gloire; il est à regretter que la postérité n'ait pas inscrit les noms de ces bons anges du talent et du génie à la suite du nom principal, comme elle a inscrit les noms de Scipion et de Lélius à la suite de celui de Térence. Collaboration ou conseils, peu importe; l'air et le soleil contribuent également à la fertilité de la terre!

Le cardinal eut de bonne heure des infirmités, comme tous les frondeurs ; heureusement pour lui il trouva en Mme de Sévigné une amie pleine de ressources pour le distraire ; écoutez comme elle s'y prenait : « Nous tâchons d'amuser notre bon cardi- » nal : Corneille lui a lu une pièce qui sera jouée dans » quelque temps et qui fera souvenir des anciennes. » Molière lui lira *Trissotin*, qui est une fort plai- » sante chose. Despréaux lui donnera son *Lutrin* et sa » *Poétique* : voilà tout ce qu'on peut faire pour son » service. 19 mars 1672. » Quel est donc ce Jupiter Olympien auquel tous les dieux servent le nectar ? Il ne devait pas sans doute cet honneur à ce qu'il avait été le général de la Fronde, et qu'il avait perdu la première et la seconde aux Corinthiens. Non, mais lui et La Rochefoucauld étaient les deux hommes de ce temps-là qui avaient le plus d'esprit ; or, demandez à Mme de Sévigné ce qu'elle adorait avant tout, mais toutefois après sa fille !

CHAPITRE XX.

LA MYTHOLOGIE.

La mythologie est encore de l'histoire, l'histoire d'une religion. Le polythéisme avait personnifié tous les attributs de la divinité, afin d'établir plus de points de contact entre elle et l'homme; il avait peuplé les villes, les champs, les bois, les montagnes et les eaux d'une foule de dieux et de déesses dont les aventures se mêlaient à celles des mortels. C'est un dieu qui plante la première vigne sur les coteaux, une déesse qui ouvre le premier sillon au sein de la terre. Flore protége les fleurs,

22

Pomone les fruits, Palès les troupeaux. Les sciences et les arts invoquent Apollon et les Muses. Le commerce est sous l'invocation du Dieu qui vola les troupeaux d'Admète. Les vertus et les sentiments du cœur humain sont aussi représentés sous des traits divins : Vénus inspire l'amour, Minerve donne la sagesse; et, tandis que les Euménides punissent ceux que l'amour a égarés, les Champs-Elysées reçoivent parmi les ombres bienheureuses ceux qui ont écouté les conseils de Minerve. Le grand Jupiter a distribué tous les rôles; à l'aide de ses ministres il gouverne le ciel et la terre, et avec la Foudre, œuvre de son fils Vulcain, il fait respecter ses ordres. Cette religion, toute poétique qu'elle est, a disparu, parce qu'elle contenait des principes de corruption; au lieu de faire l'homme à l'image et à la ressemblance de Dieu, comme le christianisme, elle avait fait ses Dieux à l'image de l'homme, leur donnant ses vices aussi bien que ses vertus, en sorte qu'il arriva une époque où le monde effrayé de l'immoralité de l'olympe et de la terre, soupira après une régénération morale : Dieu avait attendu ce moment pour lui envoyer un sauveur !

Mais si le polythéisme a péri comme religion, il a survécu comme poésie; les auteurs latins et grecs qui sont la base de notre enseignement littéraire, ont dominé, par les souvenirs mythologiques, tous les poètes français du grand siècle;

et si les poëtes modernes ont secoué ce joug si
doux des antiques Muses, nos arts leur demandent
toujours des inspirations. On se plaint néanmoins
que la jeunesse d'aujourd'hui ne sait pas la mythologie : qu'elle y prenne garde, car il lui manque-
rait un moyen de communication avec les auteurs,
car elle passerait, sans les comprendre, devant
ces merveilles de l'art antique qui remplissent nos
monuments publics. Ménage et Chapelain, eux,
apprirent avec soin la mythologie à leur élève, et
elle profite de leurs leçons, comme nous allons le
voir par quelques citations.

Le 7 juin 1671, comme elle venait d'arriver
aux Rochers, elle écrit à sa fille qui craignait que
sa calèche n'eût été rompue par les chemins: « Ma
» calèche n'est pas rompue par les chemins; mes
» arcs sont forgés de la propre main de Vulcain : à
» moins que de venir de cette fournaise, ils n'au-
» raient pas résisté à un troisième voyage de
» Bretagne. »

Quelques jours après, elle exprime plaisamment le désir qu'elle aurait de recevoir des visites
de sa fille montée sur l'hippogriffe, ce cheval ailé
du moyen-âge, qui remplaçait le Pégase de l'antiquité: « si vous n'étiez pas grosse et que l'hippo-
» griffe fût encore au monde, ce serait une chose
» galante et à ne jamais oublier que d'avoir la
» hardiesse de monter dessus pour me venir voir

» quelquefois. Ce ne serait pas une affaire, il
» parcourrait la terre en deux jours; vous pourriez
» même quelquefois venir dîner ici et retourner
» souper chez M. de Grignan. »

Parle-t-elle de son fils qui est malade et qui se
soigne aux Rochers, elle le compare à Eson, ce
vieillard, père de Jason, que la magicienne Médée
fit bouillir dans une chaudière pour le rajeunir : « Il
» est comme le bonhomme Eson, il veut se faire
» bouillir dans une chaudière avec des herbes fines
» pour se ravigotter un peu. » Veut-elle peindre
sa tendresse pour sa fille, elle se compare à Niobé,
cette mère si fière de ses enfants, cette victime si
touchante de l'amour maternel: « depuis Niobé
» jamais mère n'a parlé comme je fais. » Et quand
sa fille a compris sa pensée, elle suppose que Cas-
tor et Pollux la lui ont portée, comme ils avaient
porté sans doute aux Romains la nouvelle d'une
victoire remportée sur les Tarquins près du lac
Rhégille. Veut-elle l'engager à se ménager, à ne
pas écrire autant qu'elle le fait, elle appelle son
écritoire le Temple de Janus: « Mon enfant, sou-
» lagez-vous, ayez soin de vous, fermez votre
» écritoire; c'est le vrai temple de Janus; et songez
» que vous ne sauriez faire un plus solide et plus
» sensible plaisir à ceux qui vous aiment que de vous
» conserver pour eux, puisque ce serait vous tuer
» que de leur écrire. 29 décembre 1679. »

Le château de Grignan était situé sur une hauteur exposée à tous les vents, et Mme de Sévigné ne pouvait se représenter sa fille dans ce château sans songer à Psyché, à Andromède, à Orythye, à toutes celles enfin qui furent, dans les temps antéhistoriques, exposées à la fureur de quelque monstre : « Ma fille, si vous allez dans votre château, vous se-« rez comme Psyché sur sa montagne. » Elle écrivait ceci à la veille de son premier voyage en Provence, en 1671, et elle craignait un peu pour elle-même la forte bise de Grignan. Dix-huit ans plus tard, en 1689, son imagination craint encore un enlèvement semblable à celui d'Orythye par Borée : « Je vous souhaite M. de Grignan; je n'aime point » que vous soyez seule dans ce château, pauvre petite » Orythye! Mais Borée n'est point civil ni galant pour » vous : c'est ce qui m'afflige! » — Andromède exposée aussi sur un rocher d'où elle avait été délivrée par le héros Persée, lui était revenue également en mémoire, à propos de Mlle de Ludre, l'une des filles de la reine, qui avait été mordue par une petite chienne, morte enragée. Elle était à Dieppe pour prendre des bains, et le nouveau Persée, son libérateur, est ce M. de Tréville, capitaine des gardes, dont nous avons vu la conversion dans un chapitre précédent : « Ne savez-vous point que Ludre ressem-» ble à Andromède? Pour moi, je la vois attachée au » rocher et Tréville sur un cheval ailé qui tue le » monstre. »

En l'année 1677, Mme de Grignan avait décrit, dans une lettre, un orage et les tonnerres de son pays; sa mère lui répondit le 26 août : « Vos ton- » nerres sont bons à Grignan : ils ont un éclat et une » majesté au-dessus de tous les autres. Lucien n'au- » rait pas osé appeler cette foudre un vain épouvan- » tail de chènevière; c'est un Jupiter tonnant comme » du temps de Sémélé; nous n'avons rien eu de si » considérable dans ce pays-ci. » Sémélé, aimée de Jupiter, avait désiré que le dieu vînt la visiter dans tout l'éclat de sa gloire; or, comme la foudre est l'arme au moyen de laquelle il triompha de ses en- nemis les géants, il vint avec la foudre. Mais le palais de Sémélé fut embrâsé et elle-même consumée. C'est le cas de dire que Jupiter ne fut point *civil* ni *galant*. Quant à Lucien, qui appelait la foudre de Jupiter un vain épouvantail de chènevière, bon pour effrayer les petits oiseaux, il avait tort; il faut compter avec la foudre, de quelque main qu'elle parte.

La même année, en revenant de Vichy à Paris, Mme de Sévigné visita les forges de Cône, près de Gien; et, le 1er octobre, elle rendit de sa visite un compte tout rempli de souvenirs mythologiques : « Hier au » soir, à Cône, nous allâmes dans un véritable enfer : » ce sont des forges de Vulcain; nous y trouvâmes » huit ou dix cyclopes forgeant non pas les armes » d'Énée, mais des ancres pour les vaisseaux; ja- » mais vous n'avez vu redoubler des coups si justes, » ni d'une si admirable cadence. Nous étions au mi-

» lieu de quatre fourneaux. De temps en temps les
» démons venaient autour de nous, tout fondus de
» sueur, avec des visages pâles, des yeux farouches,
» des moustaches brutes, des cheveux longs et noirs :
» cette vue pouvait effrayer des gens moins polis que
» nous. Pour moi, je ne comprenais pas qu'il fût pos-
» sible de résister à nulle des volontés de ces mes-
» sieurs-là dans leur Enfer. Enfin nous en sortîmes
» avec une pluie de pièces de quatre sous, dont nous
» eûmes soin de les rafraîchir, pour faciliter notre
» sortie. » Cela nous rappelle une visite que nous
avons faite nous-même aux forges de Rasnes, ap-
partenant à M. prince de Broglie. Des frères des
écoles chrétiennes s'y trouvaient en même temps
que nous. Les *Démons* virent-ils avec déplaisir ces
bons frères dans leur empire? Ces *Messieurs* eurent-
ils moins de respect pour nous, faute de la pluie de
pièces de quatre sous? Toujours est-il qu'ils trouvèrent le moyen de nous rendre aussi noirs qu'eux, en
nous faisant tomber un sac de suie sur la tête.

Après Vulcain et les Cyclopes, Mme de Sévigné
va nous rappeler Tantale et Erésichton. Le premier
est assez connu, et son supplice est assez commun
même sur la terre, où l'eau fuit souvent, par exemple, devant les lèvres altérées d'un ambitieux. Quant
à Erésichton, il eut le malheur de profaner un bois
consacré à Cérès; il fut depuis ce temps-là en proie à
une faim dévorante, et finit par dévorer ses propres

membres. Voici maintenant les deux occasions où elle se sert de ces personnages. Mme de Grignan avait écrit sur la dévotion des réflexions qu'elle avait envoyées à sa mère; celle-ci lui répondait, le 1er mai 1680 : « Je vous admire sur tout ce que vous dites » de la dévotion : eh! mon Dieu! il est vrai que nous » sommes des *Tantales*; nous avons l'eau tout auprès » de nos lèvres, nous ne saurions boire : un cœur » de glace, un esprit éclairé, c'est cela même! » Nous ne trouvons pas la comparaison juste ici : ce n'est pas l'eau de la grâce qui fuit devant nos lèvres, ce sont plutôt nos lèvres qui ne s'en approchent pas, parce que nous ne sommes pas malheureusement assez altérés.

Le 19 juin suivant, Mme de Sévigné félicite Mme de Grignan de ce qu'elle fait un merveilleux usage des *Métamorphoses* d'Ovide, et elle ajoute : « Si j'avais de » la mémoire, j'aurais appliqué ici naturellement » le ravage d'Érésichton dans les bois consacrés à » Cérès, au ravage que mon fils a fait au Buron qui » est à moi. Je crois qu'il suivra en tout l'exemple de » ce malheureux, et qu'il se mangera lui-même. » Nous avons déjà entendu des plaintes bien éloquentes sur les ravages du Buron; mais sa prédiction ne s'accomplit pas, son fils se maria, se rangea, et fit une bonne fin.

Nous terminerons ce petit chapitre sur la mythologie par un passage où il s'agit des travaux entrepris pour faire venir la rivière d'Eure à Maintenon, et la conduire de là à Versailles, travaux qui furent interrompus par la guerre de 1688, et abandonnés dans la suite : « Jamais rien n'a été si plaisant que » ce que vous dites de cette grande beauté, qui doit » paraître à Versailles, toute fraîche, toute pure, » toute naturelle, et qui doit effacer toutes les autres » beautés. Je vous assure que j'étais curieuse de voir » son nom, et que je m'attendais à quelque nouvelle » beauté arrivée et menée à la cour; je trouve tout » d'un coup que c'est une rivière, qui est détournée » de son chemin, toute *précieuse* qu'elle est, » par une armée de quarante mille hommes; il n'en » faut pas moins pour lui faire un lit. Il me semble » que c'est un présent que Mme de Maintenon fait » au roi, de la chose du monde qu'il souhaite le » plus. Je ne connaissais point le nom de cette » rivière; mais, quoiqu'il ne soit point fameux, ceux » qui sont sur ses bords, ne laisseront pas d'être » étonnés de son absence : ce n'est point ce qu'on » a accoutumé de craindre dans un tel voisinage, et » les géographes seront aussi embarrassés que ceux » qui n'eussent point trouvé le mont Pélion et le » mont Ossa, quand Mercure les eut dérangés : cette » considération l'obligea, comme vous savez, à les » remettre en place; mais Sa Majesté n'aura pas » tant de complaisance pour ces messieurs. 23 sep- » tembre 1684. »

Ce charmant badinage avec la mythologie aurait valu chez les Grecs, à notre auteur, une place à côté des Aspasie et des Sapho, et peut-être en eussent-ils fait une déesse : certes beaucoup des habitantes de l'Olympe n'avaient pas autant d'esprit qu'elle. Par conséquent nous invitons de nouveau la jeunesse — cet âge où l'on aime tant les fleurs de l'imagination et de l'esprit, — à venir, sur les pas de Mme de Sévigné, cueillir celles des antiques Muses, fleurs qui n'ont pas perdu de leur prix, malgré les nouvelles que l'on cultive aujourd'hui, toutes belles, toutes divines qu'elles sont elles-mêmes.

CHAPITRE XXI.

LE ROMAN.

L'ambition du roman. — Sapho. — La princesse Cléobuline. — Clarinte. — Un commentaire des sonnets de Pétrarque. — Les Conversations de Mlle de Scudéri. — Les œillets du grand Condé. — Cléopâtre. — Le style de La Calprenède. — Une bosse ne se voit pas. — Trop heureux ceux qui plantent des choux. — Le Don Quichotte d'industrie. — Mme de Sévigné à Vichy. — Les bergers de l'Astrée. — Le druide Adamas. — Sibylle Cumée. — Tout est sain aux sains.

Il ne ferait pas bon attaquer le roman de nos jours: on nous dirait que, parmi cent personnes qui lisent, il y en a quatre-vingt-dix qui ne lisent que des romans; on nous dirait que les romans racontent mieux l'histoire que l'histoire elle-même; que c'est la forme universelle de la pensée, celle qui exprime le mieux—parce qu'elle est la plus libre et la plus dramatique—les théories politiques,

sociales, morales et religieuses dont chaque romancier est l'inventeur ou le propagateur. Pour nous,
nous sommes de ceux qui croient que ce genre de
littérature a trop étendu son empire, et qu'il doit
se restreindre : à lui la peinture des mœurs et des
caractères qui ne sont pas du domaine de l'histoire, à lui les tableaux et les drames de la vie
intime, qui est inépuisable ; mais rien au de-là. Il
avait peut-être déjà une autre ambition, du temps
de Mme de Sévigné ; cependant cette ambition n'allait pas jusqu'à vouloir usurper tous les trônes ;
elle le lui aurait reproché franchement et l'aurait
conjuré de lui laisser ses histoires toutes simples
et sa morale toute crue. Il faut dire aussi que
jamais femme n'a eu l'esprit moins romanesque,
quoi qu'elle en dise ; que jamais femme n'a été
moins portée à monter sur les grands sentiments.
Elle pouvait, par conséquent, sans danger pour
elle et sa famille, satisfaire son imagination, qui
seule était de la partie, quand elle lisait des
romans.

Elle a connu intimement le premier romancier
de l'époque, Mademoiselle Scudéri ; elle parle d'elle
la première fois, dans ses lettres, à l'occasion du
procès de Fouquet, auquel elles s'intéressaient
vivement toutes les deux ; elle la désigne sous le
nom de Sapho ; elle loue son esprit et sa pénétration : toutefois elle n'en fait pas preuve, selon elle,

dans les circonstances présentes, en s'imaginant que l'affaire ne tournera pas à mal. « 9 décembre » 1664. Je vous assure que ces jours sont bien » longs à passer, et que l'incertitude est une épou- » vantable chose : c'est un mal que toute la famille » du pauvre prisonnier ne connaît point. Je les ai » vus, je les ai admirés. Il semble qu'ils n'aient » jamais su ni lu ce qui est arrivé dans les temps » passés. Ce qui m'étonne encore plus, c'est que » *Sapho* est tout de même, elle dont l'esprit et la » pénétration n'ont point de bornes. » Si *Sapho* se trompait, c'est qu'elle jugeait, non avec son esprit, mais avec son cœur qui lui faisait croire que Fouquet, son ami, n'était pas coupable. Et d'ailleurs, disons-le, ceux qui vivent, comme elle, dans un monde imaginaire, n'entendent pas toujours bien les affaires du monde réel : la pointe de leur esprit est tournée vers leur idéal ; mais le gros bout est du côté de la terre, et n'entre pas.

Mme de Sévigné vient de parler de l'esprit de Sapho ; elle va parler à présent des fruits de cet esprit. *Le Cyrus* est un des principaux : les uns l'ont trouvé délicieux, les autres trop fade. Nous croyons que l'antique Sapho aurait trouvé l'amour de ces gens-là trop lent et leur galanterie trop raffinée ; car elle n'y mettait pas tant de façons et s'expri- mait avec toute l'impétuosité de la passion. Il faut, à notre avis, empêcher les sentiments de devenir

des passions, la rivière de devenir un torrent,
mais il faut leur laisser leur air, leur langage
naturel.

Ce roman du Cyrus, ainsi que les autres de
Mlle de Scudéri, contenait une grande quantité de
portraits, tracés avec finesse, qui, sous des noms
le plus souvent anciens, représentaient parfaitement
des personnages contemporains. Mme de Sévigné fait
allusion à un de ces portraits dans sa lettre du
13 mai 1671 : « Madame de Pennes a été aimable
» comme un ange ; Mlle Scudéri l'adorait : c'était la
» princesse Cléobuline ; elle avait un prince Trasi-
» bule en ce temps-là ; c'est la plus jolie histoire
» du *Cyrus*. » Mme de Sévigné ne nous dit pas, par
modestie, qu'elle-même avait son portrait tracé dans
la Clélie, ce roman du même auteur, tout plein de
français débaptisés et affublés de noms romains, dont
le principal, comme on le voit, est celui de cette
jeune romaine qui se sauva du camp de Porsenna,
où elle était retenue comme otage, et traversa le
Nil à la nage. Mme de Sévigné est peinte sous le
nom de Clarinte : « La princesse Clarinte a les yeux
» bleus et pleins de feu. Elle danse merveilleuse-
» ment et ravit les yeux et le cœur ; sa voix est
» douce, juste et charmante ; et elle chante d'une
» manière passionnée. Elle lit beaucoup, quoiqu'elle
» ne fasse pas le bel-esprit.... » Walckenaer prétend que le portrait de Mme de Sévigné, fait par Mme

de La Fayette, n'est qu'une copie de Clarinte. Pour nous, nous pensons que l'auteur de la princesse de Clèves était assez capable et connaissait assez l'original, pour faire un portrait d'après nature. Voilà donc déjà trois portraits de Mme de Sévigné que nous mentionnons, celui de Bussy et ces deux derniers; ajoutez-y le portrait fait par Somaize, et qui se trouve dans *son grand dictionnaire des Précieuses*, et vous aurez les principaux.

Mme de Sévigné devait bien quelque reconnaissance à Mlle de Scudéri pour sa Clarinte; aussi, par ce sentiment, et par justice en même temps, elle loue *son commentaire des sonnets de Pétrarque* : « vos lectures sont bonnes, dit-elle à sa fille; Pé- » trarque vous doit divertir avec le commentaire » que vous avez; celui que nous avait fait Mlle de » Scudéri sur certains sonnets, les rendait agréables » à lire. » Les commentaires desquels on peut dire cela—quand il s'agit surtout d'un poète comme Pétrarque—ne devraient pas tomber dans l'oubli; ils devraient être dans les mains de tous ceux qui veulent faire connaissance avec un auteur : mais une fois la connaissance faite, nous pensons qu'il vaut mieux rester en tête à tête et causer tout bas avec lui, sans l'intervention d'un tiers.

A la même époque, Mme de Sévigné louait un autre ouvrage du même auteur, *ses Conversations* :

« Mlle de Scudéri vient de m'envoyer deux petits
» tomes de *Conversations*; il est impossible que cela
» ne soit bon, quand cela n'est point noyé dans
» son grand roman. 25 septembre 1680. » *Les
Conversations* sont ce qu'elle a fait de meilleur; on
les lisait autrefois pour se former aux belles manières,
pour devenir un *honnête homme*. Cela nous rappelle
que, dans notre enfance, nous lisions, pour le même
motif, dans *la Civilité chrétienne*. Ces livres ont
certes leur utilité, et ce serait fâcheux qu'ils dispa-
russent de l'enseignement public ou privé : les
exemples parlent plus éloquemment sans doute ;
mais là où les exemples manquent, il faut semer les
maximes : tâchons surtout que la nation française,
si renommée jadis pour sa politesse, ne dégénère
pas sous ce rapport.

Nous avions annoncé un éloge de la part de
Mme de Sévigné, et la phrase que nous avons citée
contient un blâme dans sa dernière partie : « *Quand
» cela n'est point noyé, dit-elle, dans son grand roman.* »
Mme de Sévigné n'est pas la seule qui se soit plainte;
Despréaux appelait les romans de Mlle de Scudéri
une boutique de verbiage. Mais si l'on se contentait
de citer ce mot, on serait injuste; qu'on lise le
délicieux chapitre de M. Saint-Marc Girardin, intitulé
Clélie, et on verra tout ce qu'il y a de bon dans les
romans de Mlle de Scudéri.

Il y a encore quelques lignes pour elle vers la

fin de la correspondance de Mme de Sévigné, le 15 février 1690. Celle-ci parle de vers qui lui ont été envoyés par sa fille, à laquelle elle en envoie à son tour de Mlle de Scudéri : « En voilà de la Scudéri pour » Coulange ; qu'en pensez-vous? On dit que c'est » son adieu, et qu'elle s'en va doucement avec » M. de Montausier. » On se trompait : Mlle de Scudéri tarda encore assez longtemps, car elle mourut en 1701, à l'âge de 94 ans. Ce n'était donc pas encore le chant du cygne que Mme de Sévigné avait entendu. Parmi les vers de Sapho, on a surtout retenu ceux qu'elle fit sur les œillets que cultivait le grand Condé, alors détenu à Vincennes :

> En voyant ces œillets qu'un illustre guerrier
> Arrosa d'une main qui gagna des batailles,
> Souviens-toi qu'Apollon bâtissait des murailles,
> Et ne t'étonne pas si Mars est jardinier.

Mlle de Scudéri, née au Havre, et par conséquent normande, eut pour rival, dans le roman, un seigneur gascon, nommé La Calprenède. Il fit comme elle de longs romans pour lesquels le grand Condé se plaisait à lui fournir des épisodes ; mais elle écrivait mieux que lui. Mme de Sévigné avait un véritable engouement pour cet auteur, surtout pour ses deux romans intitulés *Cléopâtre* et *Cassandre*. Le 28 juin 1671, elle écrit : « Mon fils fait lire *Cléopâtre* à » La Mousse, et, malgré moi, je l'écoute, et j'y trouve » encore quelques amusements. » Et à la fin de la

même lettre qui est très longue, elle dit : « Voici une
» lettre d'une telle longueur que je vous pardonne
» de ne la point achever. Je le comprendrai plus
» aisément que de demeurer au septième tome de
» *Cassandre* et de *Cléopâtre.* »

Ce n'est rien, nous allons entendre bien autre
chose encore, dans la lettre du 5 juillet suivant :
« Je n'ose vous dire que je suis revenue à Cléopâtre,
» et que, par le bonheur que j'ai de n'avoir point
» de mémoire, cette lecture me divertit encore;
» cela est épouvantable, mais vous savez que je ne
» m'accommode guère bien de toutes les pruderies
» qui ne me sont pas naturelles; et, comme celle
» de ne plus aimer ces livres-là ne m'est pas encore
» arrivée, je me laisse divertir sous le prétexte
» de mon fils, qui m'a mise en train. Il nous a lu
» aussi des chapitres de Rabelais à mourir de rire. »
— « Cléopâtre va son train, écrivait-elle dix jours
» plus tard. » Mais qu'on ne croie pas qu'elle fit
comme certaines gens, qui oublieraient tout, même
boire et manger, pour achever leur lecture. Mme de
Sévigné lisait son roman « sans empressement, aux
heures perdues » ou après les occupations de la
journée : « C'est sur cette lecture que je m'endors,
» dit-elle. »

Maintenant elle va nous confesser pourquoi elle
aime les romans, quoiqu'elle déteste le style de
La Calprenède. Ecoutons ces aveux pleins de charme,

qui nous retracent un combat entre son goût blessé
par le mauvais style et son imagination prise par
les beaux sentiments : « Je reviens donc à nos
» lectures : c'est sans préjudice de Cléopâtre, que
» j'ai gagé d'achever; vous savez comme je soutiens
» les gageures. Je songe quelquefois d'où vient la
» folie que j'ai pour toutes ces sottises-là; j'ai peine
» à le comprendre. Vous vous souvenez peut-être
» assez de moi pour savoir à quel point je suis
» blessée des méchants styles; j'ai quelque lumière
» pour les bons, et personne n'est plus touché que
» moi des charmes de l'éloquence. Le style de La
» Calprenède est maudit en mille endroits; de grandes
» périodes de roman, de méchants mots, je sens
» tout cela. J'écrivis l'autre jour à mon fils une
» lettre de ce style qui était fort plaisante. Je trouve
» donc que celui de La Calprenède est détestable, et
» cependant je ne laisse pas de m'y prendre comme
» à de la glu : la beauté des sentiments, la violence des
» passions, la grandeur des événements et le succès
» miraculeux de leurs redoutables épées, tout cela
» m'entraîne comme une petite fille; j'entre dans
» leurs desseins; et si je n'avais M. de La Rochefou-
» cauld et M. d'Hacqueville pour me consoler, je me
» pendrais de trouver encore en moi cette faiblesse.
» Vous m'apparaissez pour me faire honte; mais
» je me dis de mauvaises raisons, et je continue. »
— Elle avait déjà écrit quelque temps auparavant :
« pour les sentiments, j'avoue qu'ils me plaisent et

» qu'ils sont d'une perfection qui remplit mon idée
» sur la belle âme. Vous savez aussi que je ne hais
» pas les grands coups d'épée, tellement que voilà
» qui est bien, pourvu que l'on m'en garde le secret. »
Du reste, si elle avait un faible pour *Cléopâtre*, elle
n'avait que de l'antipathie pour le *Pharamond* du
même auteur : « 22 décembre 1775. Mon fils me met
» en furie par le sot livre qu'il vient de lire autour
» de moi, c'est *Pharamond*. Il me détourne des livres
» sérieux, et, sous prétexte que je me fais mal aux
» yeux, il me fait écouter des sornettes que je veux
» oublier. » La Calprenède avait un défaut dont
Mme de Sévigné ne nous parle pas; mais Boileau s'est
chargé de l'immortaliser :

> Souvent sans y penser, un écrivain qui s'aime,
> Forme tous ses héros semblables à soi-même ;
> Tout a l'humeur gasconne en un auteur gascon,
> Calprenède et Juba parlent du même ton.

Mais revenons au goût de Mme de Sévigné pour
les romans. Quand on lui objectait le danger des
lectures romanesques, elle répondait : « Vous n'ai-
» mez pas les romans, et vous avez fort bien réussi;
» je les aimais, et je n'ai pas trop mal couru ma
» carrière. Tout est sain aux sains, comme vous
» dites. Pour moi, qui voulais m'appuyer dans mon
» goût, je trouvais qu'un jeune homme devenait gé-
» néreux et brave en voyant mes héros, et qu'une
» jeune fille devenait honnête et sage en lisant *Cléo-*

» *pâtre*. Quelquefois il y en a qui prennent un peu les
» choses de travers; mais elles ne feraient peut-être
» guère mieux, quand elles ne sauraient pas lire. Ce
» qui est essentiel, c'est d'avoir l'esprit bien fait. »
Oui, Mme de Sévigné, mais le malheur est que tout le
monde croit être sain d'esprit, et ceux qui sont à
Charenton le croient encore plus que les autres; tout
le monde s'imagine avoir l'esprit bien fait, surtout
ceux qui l'ont de travers : une bosse ne se voit pas!
Et puis nous ne conseillerions jamais à une femme
d'aller retourner des perles dans le fumier de Rabelais!

Toutefois, malgré notre aversion pour le curé
de Meudon, nous convenons qu'elle lui a fait des
emprunts capables d'augmenter son avoir, ce qui
n'est pas la conséquence ordinaire des emprunts.
Nous en citerons un exemple. Elle est aux Rochers,
elle fait travailler à sa chapelle, et elle écrit à sa fille,
le 4 novembre 1671 : « J'ai dix ou douze ouvriers en
» l'air qui élèvent la charpente de ma chapelle, qui
» courent sur les solives, qui ne tiennent à rien, qui
» sont à tout moment sur le point de se rompre le
» cou, qui me font mal au dos, à force de leur aider
» d'en bas. On songe à ce bel effet de la Providence,
» que fait la cupidité, et l'on remercie Dieu qu'il y
» ait des hommes qui, pour douze sous, veuillent
» bien faire ce que d'autres ne feraient pas pour cent
» mille écus : *O trop heureux ceux qui plantent des*

» *choux, quand ils ont un pied à terre, l'autre n'en*
» *est pas loin!* Je le tiens d'un bon auteur. » Mme de
Sévigné, si elle vivait de nos jours, verrait avec plaisir le cas que l'on fait, dans certains lieux, de *Gar-*
gantua et Pantagruel. Nous ne contestons pas que
l'auteur n'ait le génie de l'expression, qu'il ne soit ar-
mé de la masse et de l'épée contre les abus de son
temps, qu'on ne lui doive même certains proverbes,
comme celui des *moutons de Panurge*; mais les Précieuses devaient se boucher les oreilles en entendant
ses gros mots.

Nous préférons voir Mme de Sévigné lire l'*Astrée* de
d'Urfé et *Don Quichotte*, même dans une traduction;
car celui-ci peut rabattre le montant, le pétillant
d'un certain enthousiasme, et celui-là peut inspirer
du goût pour les vertus champêtres. A-t-elle ri dans
Don Quichotte, des grands sentiments, des grands
coups d'épée, qu'elle aimait tant dans les romans
de chevalerie? Probablement, mais elle n'a pas voulu
l'avouer. Elle s'est contentée, à l'occasion de cette
lecture, de faire une réflexion sur le vieux langage :
« 26 août 1677. Vous trouverez que *Don Quichotte*
» est fort bon; j'aime en plusieurs occasions le vieux
» langage; et, si on l'avait ôté de cinq ou six livres
» que je vous dirais bien, on en aurait ôté toute la
» grâce, et je n'en voudrais plus; mais je ne m'étais
» point assez affectionnée à celui de *Don Quichotte*
» pour n'avoir pas pris beaucoup de plaisir à la tra-

» duction. » Nous regrettons vraiment qu'elle n'ait rien dit du fond ; car nous avons toujours parmi nous des Don Quichotte, sinon de chevalerie, au moins d'industrie, qui vont se briser sur des moulins et autres usines, et des Sancho Pança qui partagent les coups ! — Ceux-ci, dira-t-on, n'ont pas une Dulcinée ! — Oh ! si vraiment ! — Comment l'appelez-vous ? — Et ne le savez-vous pas ? Elle fait fureur aujourd'hui ! — Mais, enfin, son nom ? — *La Dulcinée des écus !* Cherchons le Cervantès qui nous fera le roman du nouveau Don Quichotte ; ou plutôt allons sur les bords de l'Allier, admirer les bergers du Lignon, tout en prenant les eaux de Vichy.

Mme de Sévigné arriva à Vichy le 18 mai 1676, et sa première pensée fut pour les bergers de l'*Astrée* : « J'arrivai ici hier au soir. Mme de Brissac avec le » chanoine (Mme de Longueval), Mme de St-Herem et » deux ou trois autres me vinrent recevoir au bord » de la jolie rivière de l'Allier ; je crois que si on y » regardait bien, on y trouverait encore des bergers » de l'*Astrée*. » Nous engageons ceux qui voudraient connaître l'Astrée, à lire non pas l'*Astrée* elle-même, mais le chapitre de M. St-Marc Girardin sur l'Astrée ; on y verra la portée littéraire et morale de ce roman, dont l'un des principaux personnages, *Céladon*, « est devenu le type de l'amour toujours pur et tou- » jours constant. »

Mme de Sévigné regardait tout autour d'elle, pour

voir s'il apparaîtrait quelqu'un ou quelqu'une de ces bergers et de ces bergères qui vont « se promenant » ensemble, cherchant les fraîches ombres et les » agréables sources des fontaines, parce que, n'ayant » nul troupeau à garder, ils n'emploient le temps » qu'à passer leur vie le plus doucement qu'il leur » est possible. » En voilà un qui se présente enfin; c'est le druide Adamas, celui auquel toutes les bergères du Lignon allaient confier leurs amours. Il lui apparaît sous les traits d'un bon abbé qui avait une maison de campagne dans les environs : « L'abbé » Bayard vient d'arriver de sa jolie maison, pour me » voir : c'est le druide Adamas de cette contrée! » Céladon, banni par Astrée de sa présence, avait dû son salut à ce druide Adamas, qui lui conseilla de se déguiser en fille pour reparaître devant elle, ruse qui réussit parfaitement, sans porter nulle atteinte à l'innocence des deux amants.

Dans les romans de chevalerie les fêtes sont des tournois; dans un roman pastoral les fêtes sont des danses. Mme de Sévigné n'attendit pas pour jouir de ce plaisir; elle loua un violon, un tambour de basque; puis elle fit danser les restes des bergers et des bergères du Lignon : « Tout mon déplaisir, écrit-elle à » sa fille, est que vous ne voyiez point danser les » bourrées de ce pays; c'est la plus surprenante » chose du monde : des paysans, des paysannes, une » oreille aussi juste que vous, une légèreté, une dis- » position... enfin j'en suis folle. Je donne tous les

» soirs un violon avec un tambour de basque, à très
» petits frais; et dans ces prés et ces jolis bocages,
» c'est une joie que de voir danser les restes des
» bergers et des bergères du Lignon. Il m'est im-
» possible de ne pas vous souhaiter, toute sage que
» vous êtes, à ces sortes de folies. » Voilà comme
elle s'y prenait pour digérer les eaux de Vichy; seulement elle ajoutait à cette dose de plaisir une légère pincée de satire, aux dépens, par exemple, de
Mᵐᵉ de Péquigny, qui est pour elle la sibylle Cumée :
« Nous avons la sibylle Cumée, toute parée, toute
» habillée en jeune personne; elle croit guérir; elle
» me fait pitié. Je crois que ce serait une chose pos-
» sible, si c'était ici la fontaine de Jouvence ! »

Pour terminer par un second trait de satire,
nous allons transcrire un passage d'une lettre du
20 juillet 1679, où, en blâmant la longueur et la
monotonie de ses lettres, elle les compare aux chapitres de l'*Amadis* : « Je suis tellement libertine
» quand j'écris, que le premier tour que je prends,
» règne tout le long de ma lettre. Il serait à souhaiter
» que ma pauvre plume, galopant comme elle fait,
» galopât au moins sur le bon pied. Vous en seriez
» moins ennuyés, messieurs et mesdames. » Nous
n'en sommes pas du tout ennuyés, Mᵐᵉ de Sévigné,
et il est à souhaiter pour les lecteurs de l'*Amadis*,
qu'il ennuie son monde de la même façon. Pour nous,
si nous avions quelque chose à vous reprocher, ce

serait plutôt l'infinie variété de choses et de mots et d'images; ce serait ce miroir brillant qui tourne constamment devant nos yeux et nous éblouit. Nous sommes, nous l'avouons, forcé de temps en temps de fermer les yeux pour nous reprendre : mais à qui la faute, si ce n'est à la faiblesse de notre vue?

Quand Mme de Sévigné commença à vieillir — mais laissons ce vilain mot qui nous fait mal, quand il s'agit de ceux que nous aimons bien; nous n'avons pu, à cause de cela, pardonner à Casimir-Delavigne de nous avoir montré la *fille du Cid*. — Et d'ailleurs Mme de Sévigné n'a pas vieilli, ce n'est pas possible. — Plus tard donc, pour une cause ou pour une autre, son goût pour les romans s'émoussa; et il est facile de suivre la gradation décroissante. Nous l'avons vue d'abord se vanter de les lire, puis se justifier tout en se vantant et parlant de la pruderie de celles qui ne les lisent pas; enfin elle reconnaît que ce sont de vieux péchés, mais dignes de pardon. Le 8 février 1690, elle répondait à sa fille qui lui reprochait d'avoir relu jusqu'à trois fois les mêmes romans : « Ce sont de vieux péchés qui doivent être » pardonnés en considération du profit qui me revient » de pouvoir lire aussi plusieurs fois les plus beaux » livres du monde, les Abbadie, Pascal, Nicole, » Arnauld, les plus belles histoires! » N'est-ce pas qu'il ne faut rien craindre pour les lecteurs et lectrices de romans, qui peuvent s'administrer de

pareils contre-poison, quand toutefois il y a empoi-
sonnement. Mais, comme elle nous l'a dit : *Tout est
sain aux sains!* Imitons sa réserve et n'établissons
pas la proposition contraire.

CHAPITRE XXII.

BUSSY DE RABUTIN.

L'amitié solide et l'amitié tendre. — Le portrait de Mme de Sévigné par Bussy. — Le discours de Bussy à ses enfants. — Ses Mémoires. — Bussy était-il un bon courtisan ? — Sa traduction des épigrammes de Martial et de Catulle. — La généalogie de la famille des Rabutin. — Les deux langages de Mme de Sévigné. — L'affaire de Furetière. — Souhaits de l'auteur.

Marie de Rabutin Chantal naquit en 1626 ; Bussy de Rabutin, son cousin, était né en 1618. Elle avait pour lui une vive amitié, dont la source n'était pas seulement dans le sang, mais dans la conformité de l'esprit et des goûts littéraires. Celui-ci, homme peu délicat, chercha à abuser de l'intimité ; les détails de ses intrigues composeraient un roman assez immoral : mais c'étaient des toiles d'araignée qu'elle rompait en se jouant, et elle n'en conservait pas moins avec lui un ton de bonne ami-

tié, quelquefois, il est vrai, un peu piquante : « On
» m'a dit, lui écrivait-elle en 1655, que vous
» sollicitez de demeurer sur la frontière, cet hiver.
» Comme vous savez, mon pauvre comte, que je
» vous aime rustaudement, je voudrais qu'on vous
» l'accordât, car on dit qu'il n'y a rien qui avance
» tant les gens; et vous ne doutez pas de la passion
» que j'ai pour votre fortune, Ainsi, quoiqu'il puisse
» arriver, je serai contente : si vous demeurez sur
» la frontière, l'amitié solide y trouvera son compte;
» si vous revenez, l'amitié tendre sera satisfaite. »
Cette distinction des deux amitiés est charmante;
on devrait toujours se la rappeler entre amis : mais
n'est-ce point cette amitié tendre qui entretenait
les illusions coupables de Bussy? Du reste, il a
rendu justice à sa vertu dans toutes les circonstances, jusqu'à cette malheureuse affaire d'argent de
l'année 1658 : c'est toujours l'argent qui gâte tout !

On était à l'ouverture de la campagne; Bussy,
qui avait toujours besoin d'argent, s'était adressé à
sa cousine pour un prêt de dix mille écus. Quelques
formalités conseillées par l'abbé de Coulanges
retardèrent l'envoi de cette somme. Bussy se crut
joué et chercha à se venger. Il le fit d'une manière
bien peu noble, en insérant dans son *Histoire
amoureuse des Gaules* un portrait satirique de Mme
de Sévigné, où il met en doute cette vertu qu'il
avait toujours reconnue auparavant, Il ne ménageait

ni le moral, ni le physique. Nous nous contenterons de citer le passage auquel fait allusion la lettre à Bussy du 26 juillet 1668, où elle dit qu'après avoir longtemps été incrédule à tous ceux qui lui disaient avoir vu son portrait, elle le vit enfin elle-même de ses propres yeux : « Enfin le jour malheureux » arriva où je vis moi-même et de mes propres yeux » *bigarrés*, ce que je n'avais pas voulu croire. » Voici maintenant l'explication des yeux *bigarrés*, extraite du portrait : « Mme de Sévigné est inégale jusques aux » prunelles des yeux et jusques aux paupières; elle a » les yeux de différentes couleurs ; et les yeux étant » les miroirs de l'âme, ces inégalités sont comme un » avis que donne la nature à ceux qui l'approchent, de » ne pas faire un grand fondement sur son amitié. » Et il y avait encore pis que cela ; mais elle était si bonne qu'il suffit à Bussy, un an après, de donner quelques marques de repentir, pour obtenir un pardon complet. Dans les explications qui eurent lieu avant la réconciliation, il se montra courtois et toujours galant : « Vous me voulez tuer à terre..... » Vous voulez souffleter un homme qui se jette à » vos pieds, et qui avoue sa faute, et qui vous prie » de la lui pardonner.... Envoyez-moi un modèle » de la satisfaction que vous désirez. » Elle eut le dernier, comme elle le voulait; et c'était justice, puisqu'elle était l'offensée : « Levez-vous, comte, » répondit-elle, je ne veux point vous tuer à terre, » ou reprenez votre épée pour recommencer le

» combat. Mais il vaut mieux que je vous dónne la
» vie et que nous vivions en paix. »

Bussy a écrit à Mme de Sévigné des milliers de
lettres peut-être, et il mêlait la prose et les vers
quelquefois. En 1646, il servait dans l'armée de
Flandre, où il se distingua et mérita les éloges du
duc d'Enghien : de là il écrivit à sa cousine une lettre
datée du camp d'Hondischoote, lettre qu'il a insérée
dans son *Discours à ses Enfants*: « J'écrivis, dit-il,
» le détail de la campagne à votre tante de Sévigné,
» mes enfants, dans une lettre, moitié vers et moi-
» tié prose; et, comme elle lui plut, je crois que
» vous serez bien aises de la voir. » Cette lettre,
qui n'est pas un morceau bien remarquable, se
termine par ces vers :

> Sans les eaux, le froid et le vent,
> Seules ressources de l'Espagne,
> Mon prince aurait poussé plus avant sa campagne ;
> Et moi je finirais mes récits de combats,
> Et l'éloge de son Altesse,
> En vous parlant de ma tendresse,
> Si je n'étais un peu trop las.

Bussy, comme on sait, se fit mettre à la Bastille, à cause de l'intempérance de sa langue, et
resta ensuite vingt ans dans la disgrâce. Il se mit
alors à composer *ses Mémoires*; il occupait ainsi ses
loisirs forcés; et il espérait en même temps que
Louis XIV, amateur de ces sortes d'ouvrages, de-
manderait à les lire, et qu'il le rappellerait à la cour.

Mais le duc de Saint Aignan, son ami, eut beau parler de lui, eut beau prier, le Roi fut inexorable : Bussy s'était fait trop d'ennemis par sa causticité, parmi les personnages les plus puissants de la cour et de l'armée, entre autres, le prince de Condé sous lequel il avait servi comme lieutenant-général de la cavalerie, et qui poussa la rancune jusqu'à la persécution. Sans son maudit défaut, Bussy serait devenu maréchal de France ; et au lieu de cela, le voilà prisonnier à la Bastille ! Mme de Sévigné lui resta fidèle pendant sa disgrâce. Il y eut bien quelques petits refroidissements ; mais les brouillards étaient bientôt dissipés, et leur amitié brillait de nouveau dans une correspondance étincelante d'esprit : le seul point où Bussy en manqua, ce fut de croire qu'il en avait plus qu'elle.

Il était très content de lui généralement, en voici une autre preuve. Mme de Sévigné, après avoir blâmé le choix que Louis XIV avait fait de Racine et de Boileau pour être ses historiographes, avait ajouté : « Ah ! que je connais un homme de qualité à qui j'au- » rais bien plutôt fait écrire une histoire qu'à ces bour- » geois-là, si j'étais son maître. » Bussy prit cela pour lui, et répondit le 6 novembre 1677 : « La réponse » de Racine au roi est bonne pour un courtisan, » mais elle ne vaut rien pour un historien ; et je crain- » drais bien, pour la gloire de notre maître, qu'il » ne nous donnât souvent, dans son histoire, de ces

24

» sortes d'exagération qui ne plaisent jamais qu'aux
» intéressés, et qu'il ne fût toujours poëte en prose.
» Je pense connaître l'homme de qualité, Madame,
» à qui, si vous étiez roi, vous commettriez le soin de
» votre histoire. Celui que je veux dire honorerait
» Sa Majesté, sans dégoûter le lecteur par ses hom-
» mages. »

C'était sans doute la composition de ses Mémoires qui leur faisait croire, à l'un et à l'autre,
qu'il avait l'étoffe d'un historien. Bussy les montra à
Mme de Sévigné, dans l'année 1676. Elle écrit le
7 octobre : « M. de Bussy est arrivé, comme j'écri-
» vais cette lettre; je lui ai fait voir votre souvenir;
» il vous dira lui-même combien il en est content.
» Il m'a lu des Mémoires les plus agréables du
» monde : ils ne sont pas imprimés, quoiqu'ils le mé-
» ritassent bien mieux que beaucoup d'autres cho-
» ses. » La marquise de Coligny, fille de Bussy, les
fit imprimer après la mort de son père. Walckenaer
ne les apprécie pas de la même manière que Mme de
Sévigné : « œuvre incohérente et incomplète, dit-il,
» pleine d'indiscrétions et de réticences, sans impar-
» tialité et sans abandon. »

Mme de Sévigné avait une si haute idée de son
cousin qu'elle le dorait sur toutes les coutures. C'é-
tait pour elle un grand épistolier, un grand historien,
et, en outre, le plus spirituel courtisan, comme nous
le voyons par la lettre du 29 mai 1670, où elle rapporte

une conversation qu'elle avait eue avec Rapin et Bouhours : « Nous fîmes commémoration de vous,
» comme d'une personne que l'absence ne fait point
» oublier. Tout ce que nous connaissons de courti-
» sans nous parurent indignes de vous être compa-
» rés, et nous mîmes votre esprit dans le rang qu'il
» mérite. Il n'y a rien de quoi je parle avec tant
» de plaisir. » — Oui, Mme de Sévigné; mais, quand on est un parfait courtisan, on ne devrait pas se faire chasser de la cour et se faire enfermer à la Bastille. Le monarque s'est très bien passé de ce courtisan pendant vingt ans, et personne ne s'est plaint de son absence, excepté vous et ceux qui causaient avec vous, par politesse. — Mais est-elle bien sincère, quand elle fait ce compliment à son cousin? Nous en doutons, en lisant un passage d'une lettre du 12 janvier 1680, adressée à Mme de Grignan, et où elle se moque de l'amour-propre et des espé-rances de Bussy. — Quelles espérances, dira-t-on?
— A cette date, cela ne pouvait être que de rentrer en grâce à la cour : « Je ferai, dit-elle, vos compli-
» ments à cet autre homme toujours si satisfait et
» dont on peut dire qu'il a des ressources d'espé-
» rance qui sentent fort une des loges que vous savez;
» mais, à cela près, il a vraiment bien de l'esprit. »

Nous ne sommes pas au bout des louanges sur l'esprit : tout ce que Midas a touché se convertit en or, même les épigrammes de Martial et de Catulle

dont Bussy avait fait des traductions assez médiocres :
« Tout mon silence, s'écrie-t-elle, ne m'a pas fait
» oublier les charmes de vos traductions. » Or,
Martial et Catulle auraient bien pu appliquer au traducteur deux de ses vers :

> Les vers que tu nous dis, Oronte, sont les miens ;
> Mais quand tu les dis mal, ils deviennent les tiens.

Voici maintenant une autre chose qui va la toucher davantage encore : Bussy avait fait la généalogie
de leur famille et la lui avait dédiée. Elle l'en
remercie, non sans revenir sur ses torts passés,
disant qu'il ne l'avait pas toujours autant estimée.
Sa fille aussi a été contente de ce livre ; mais son
fils ne l'a pas été, parce que l'auteur l'a laissé guidon, sans parler de la sous-lieutenance qu'il a eue
pendant quatre ans. Malgré ce petit désappointement,
elle trouve que c'est fort beau, que ce sont des vérités qui font plaisir ; d'autant mieux qu'on a trouvé
ces titres dans des chartes anciennes et dans des
histoires : « Ce commencement de maison me plaît
» fort, dit-elle, on n'en voit point la source ; et la
» première personne qui se présente est un fort
» grand seigneur, il y a plus de cinq cents ans, des
» plus considérables de son pays, dont nous trou-
» vons la suite jusqu'à nous. Il y a peu de gens qui
» puissent trouver une si belle tête. Tout le reste
» est fort agréable ; c'est une histoire en abrégé
» qui pourrait plaire même à ceux qui n'y ont point

» d'intérêt. Pour moi, je vous avoue que j'en suis char-
» mée et touchée d'une véritable joie, que vous
» ayez au moins tiré de vos malheurs, comme
» vous dites fort bien, la connaissance de ce que
» vous êtes. » Elle aurait pu ajouter que les Rabutin, par leurs alliances, tenaient à la première
dynastie des ducs de Bourgogne et à la famille royale
de Danemarck.

Qui ne trouverait les sentiments de Mme de
Sévigné bien naturels? Qui ne serait heureux de
posséder une galerie de portraits représentant une
longue suite d'ancêtres honorables? Qui ne senti-
rait battre son cœur, en recevant la généalogie de
ceux dont on tient, avec le sang, ce type auguste
de la noblesse, et cette hauteur de sentiments qui
leur donnait jadis un air de demi-Dieux? Mme de
Sévigné était bien de cette belle aristocratie; mais
elle était femme aussi, et par conséquent sensible
aux louanges. Bussy lui en avait donné à pleines
mains dans sa dédicace; or des louanges se payent,
voyons en quelle monnaie elle s'est acquittée : « Il
» faudrait être parfaite, c'est-à-dire n'avoir point
» d'amour-propre, pour n'être pas sensible à des
» louanges si bien assaisonnées. Elles sont même
» choisies et tournées d'une manière que, si l'on
» n'y prenait garde, on se laisserait aller à la
» douceur de croire en mériter une partie, quelque
» exagération qu'il y ait. Vous devriez, mon cher

» cousin, avoir toujours été dans cet aveuglement,
» puisque je vous ai toujours aimé, et que je
» n'ai jamais mérité votre haine. N'en parlons
» plus, vous réparez trop bien tout le passé,
» et d'une manière si noble et si belle que je veux
» bien présentement vous en devoir le reste. » Le
reproche se mêle toujours un peu, comme on le
voit, à la reconnaissance, car la blessure n'a jamais
été entièrement cicatrisée, malgré un pardon généreux. Pour en être convaincu, lisez la lettre du
22 juillet 1685, et voyez sur quel ton elle parle de
cette même généalogie, et des louanges de Bussy :
» J'avoue, dit-elle, ma faiblesse, j'ai lu avec plaisir
» l'histoire de notre vieille chevalerie : si Bussy avait
» un peu moins parlé de lui et de son héroïne de
» fille, le reste étant vrai, on peut le trouver assez
» bon pour être jeté dans un fond de cabinet, sans
» en être plus glorieuse. Il vous traite fort bien. Il
» veut trop me dédommager par des louanges que je
» ne crois pas mériter, non plus que ses blâmes.
» Il passe gaillardement sur mon fils, et le laisse
» inhumainement guidon dans la postérité. Il pou-
» vait dire plus de bien de sa femme (Jeanne-Margue-
» rite de Bréhaut) qui est un des bons noms de la
» Province. Mais, en vérité, mon fils l'a si peu mé-
» nagé, et l'a toujours traité si incivilement, que,
» lui ayant rendu justice sur sa maison, il pouvait
» bien se dispenser du reste : vous en avez mieux
» usé et il vous le rend. » Ainsi que Mme de Sévigné,
nous avons tous, hélas ! deux langages, l'un pour

l'absence, l'autre pour la présence; et, si l'on pouvait fouiller dans les papiers des historiens, on y trouverait probablement deux rédactions différentes, deux histoires, l'une officielle et l'autre secrète. Nous ne l'accuserons pas de fausseté pour cela, mais nous considérons ses compliments comme dictés par le désir de conserver la paix avec un homme dangereux plutôt qu'inspirés par une cordiale amitié, et nos sentiments n'en seront nullement altérés. En effet, votre délicatesse, ô Sévigné, forme avec votre esprit, avec votre grâce et surtout avec votre amour maternel un groupe d'attributs, un quelque chose que les Grecs auraient divinisé. Nous, froid et faible rapporteur de votre littérature, nous avons fait tous nos efforts pour vous dresser un autel : s'il a quelque solidité, nous le devrons aux matériaux que vous nous avez prêtés; s'il a quelque élégance, votre esprit seul en aura tout le mérite. Nous voici au moment de poser la dernière pierre : c'est un moment solennel où l'ouvrier s'arrête pour jeter un coup d'œil sur tout l'édifice. Son cœur éprouve, avec la joie d'avoir terminé son œuvre, un vif regret de la quitter, ne sachant pas surtout le sort quelle aura. Votre nom inscrit sur le frontispice et à chaque page de ce livre le protégera peut-être..... Mais achevons et citons notre dernier passage.

C'était le 14 mai 1686; Mme de Sévigné écrivait

à Bussy relativement à l'affaire de Furetière, qui avait été chassé de l'Académie pour vol littéraire, et qui, pour se venger, avait publié un factum contre deux de ses anciens collègues, Benserade et La Fontaine. Bussy avait pris la défense de ces deux écrivains, et elle l'en félicite en ces termes : « Tous » vos plaisirs, vos amusements, vos tromperies, vos » lettres et vos vers m'ont donné une véritable joie, » et surtout ce que vous écrivez pour défendre Ben- » serade et La Fontaine contre ce vilain factum. » Je l'avais déjà fait en basse note à tous ceux qui » voulaient louer cette noire satire. Je trouve que » l'auteur fait voir clairement qu'il n'est ni du monde, » ni de la cour, et que son goût est d'une pédanterie » qu'on ne peut pas même espérer de corriger. » Puis vient un éloge de Benserade et de La Fontaine, que nous sommes surpris de voir placés sur le même rang. Elle plaint ceux qui ne les comprennent pas, qui n'en sentent pas les beautés : « Il y a de » certaines choses qu'on n'entend jamais, quand on » ne les entend point d'abord ; on ne fait point en- » trer certains esprits durs et farouches dans le » charme et dans la facilité des ballets de Bense- » rade et des fables de La Fontaine : cette porte leur » est fermée, et la mienne aussi ; ils sont indignes » de jamais comprendre ces sortes de beautés, et » sont condamnés au malheur de les improuver et » d'être improuvés aussi des gens d'esprit : nous » avons trouvé beaucoup de ces pédants. » Elle nous dépeint ensuite *psycologiquement*, dirait-on aujourd'hui, les trois états par lesquels de tels pédants la font passer. Le premier mouvement est de la colère. Comme la colère n'est pas une raison et ne produit rien de bon, vient un second mouvement, le désir de les instruire. Enfin, comme la chose est impossible, le troisième et dernier mouvement, est de prier Dieu pour eux. Là voilà analysée, *anatomisée* : mais l'analyse, l'anatomie, c'est la mort ! et vous voulez Mme de Sévigné pleine de vie. Vous avez raison, écoutez-la donc elle-même : « Mon premier mouvement est toujours de me » mettre en colère, et puis de tâcher de les ins- » truire ; mais j'ai trouvé la chose absolument im- » possible. C'est un bâtiment qu'il faudrait reprendre » par le pied ; il y aurait trop d'affaires à le réparer. » Et enfin nous trouvions qu'il n'y avait qu'à prier » Dieu pour eux ; car nulle puissance humaine n'est » capable de les éclairer. C'est le sentiment que » j'aurai toujours pour un homme qui condamne » le beau feu et les   rs de Benserade, dont le » roi et toute la co   fait ses délices, et qui ne » connaît pas les charmes des fables de La Fon- » taine. Je ne m'en dédis point ; il n'y a qu'à prier » Dieu pour un tel homme, et qu'à souhaiter de » n'avoir point de commerce avec lui. » Cette fin n'est pas très-charitable, car il faut tâcher de supporter ceux qui ne pensent point comme vous.

Et vous, ô Sévigné, pourriez-vous croire qu'il

y a des gens qui sont à votre égard aussi des esprits *durs et farouches?* Nous nous sommes interrogé à votre exemple, nous nous sommes demandé ce que nous éprouvions pour eux. Or nous n'avons pas trouvé de colère dans notre cœur; nous nous sommes dit: *c'est qu'ils ne la connaissent pas!* Nous nous sommes rappelé d'ailleurs que, plus jeune, nous ne savions pas vous apprécier non plus; c'est avec l'âge et l'expérience que nous avons appris à vous connaître, et alors nous vous avons aimée, beaucoup aimée. Comme professeur, nous éprouvons naturellement le désir *d'instruire* nos élèves; nous espérons être plus heureux avec elles que vous ne l'avez été avec les ennemis de Benserade et de La Fontaine. Quant à *prier Dieu*, nous le faisons volontiers aussi: nous le prions donc qu'il convertisse tous les cœurs à votre égard et qu'il donne à ce livre un double succès; savoir : le désir chez le lecteur d'en lire un autre bien plus beau sans comparaison, et ensuite un peu de reconnaissance pour celui qui lui aura inspiré ce désir.

FIN.

TABLE

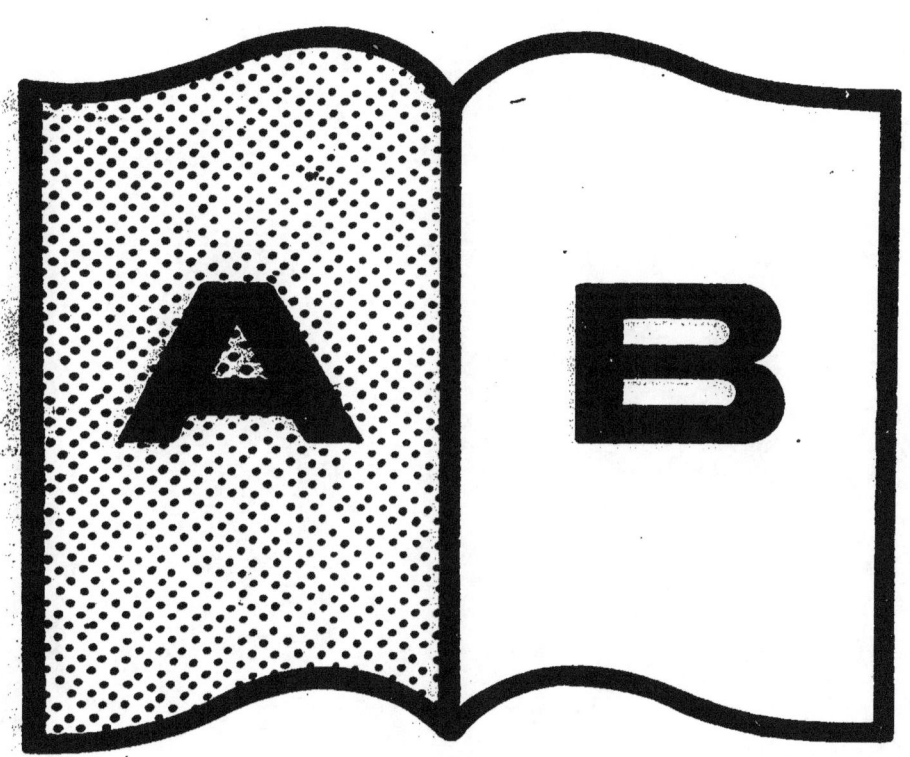

Contraste insuffisant

NF Z 43-120-14

www.ingramcontent.com/pod-product-compliance
Lightning Source LLC
Chambersburg PA
CBHW050319030726
47505CB00003B/779